To、幸运星

U1068107

你也能在自己的世界里闪闪发光。

FXCULTURE
风炫

大人人大青芽

岁岁，
跟随你的心吧。

既然能做的只有努力，就必须更加努力。

杨岁啊，总是能自己缓解自己的坏情绪，总是能说出些让他都意想不到的话。

这样认真所爱的人，倘若得不到应得的东西，那实在是有些说不过去了……

大大大
大香菜
著

在逆光处

ZAI
NIGUANG
CHU

江苏凤凰文艺出版社
JIANGSU PHOENIX LITERATURE AND ART PUBLISHING

图书在版编目（CIP）数据

在逆光处 / 大大大大香菜著. -- 南京 : 江苏凤凰文艺出版社，2023.9
ISBN 978-7-5594-7549-7

Ⅰ. ①在… Ⅱ. ①大… Ⅲ. ①长篇小说—中国—当代 Ⅳ. ① I247.5

中国国家版本馆 CIP 数据核字（2023）第 026723 号

在逆光处

大大大大香菜　著

责任编辑　周颖若
特约编辑　谢梓麒　喵尾一夏
责任印制　刘　巍
出版发行　江苏凤凰文艺出版社
南京市中央路 165 号，邮编：210009
网　　址　http://www.jswenyi.com
印　　刷　上海盛通时代印刷有限公司
开　　本　880 毫米 ×1230 毫米　1/32
印　　张　10
字　　数　297 千字
版　　次　2023 年 9 月第 1 版
印　　次　2023 年 9 月第 1 次印刷
书　　号　ISBN 978-7-5594-7549-7
定　　价　42.00 元

目录 CONTENTS 在逆光处

目录 CONTENTS 在逆光处

楔　子

杨岁一直生活在遍布荆棘的丛林里。

十八岁之前，她常常抬头仰望林音音。

她曾偷偷想过，是不是这个世界上，真的有人生来就是主角，就像林音音这样。

他们总是能轻而易举地站在最高点，享受身边人的注目与追捧，伸手就能触碰到他人再怎么努力也无法得到的东西，轻松获得所有人无条件的偏爱。

那平凡的普通人该怎么办？

难道一辈子就生活在主角的光芒之下，像个配角一样，眼睁睁看着自己拼命地付出，却无法触及那道属于自己的光芒？

不，这不是杨岁想要的未来，她不想成为主角的衬托，她想做自己人生的主角。

即便身处不见光芒的黑暗，她都要为自己而活，站在属于自己的那束光芒里。

努力得不到回报，那又怎样？

没有好运气，那又怎样？

没有人生来就是为衬托他人而存在。

那就努力吧，直到自己的努力无法被“好运”两个字磨灭。

十八岁后的杨岁，要争取属于自己的未来。

杨岁啊，从来都是恶劣环境中的小白杨，温柔却又坚定地成长着。

第一章

女主光环

“安静！安静！”

班主任陈江拿着一摞书走向讲台，恨铁不成钢地看向底下一群闹哄哄的学生。

“高三了！还天天吵吵吵！高考不用考了是吧？”说着，陈江将手中的书重重扔到讲台上。

随着这一声巨响，高三（1）班的学生立刻停止玩闹，规规矩矩地坐正。

老陈一拍书，就是要发火的前兆。

等班级里彻底安静下来后，陈江的脸色才缓和一些：“班长上来，把期中考试的卷子发下去！”

听到老陈叫自己，杨岁上前拿过卷子。

“你们自己看看！试卷里哪类题型是我没有讲过的？我天天在上面讲得口干舌燥，你们呢？啊？就给我考这点分数？要不是有杨岁和周裴顶着，我们高三（1）班的平均分就要下降了！”

陈江重重地吸了口气，努力平息自己的怒火，但看到底下这些不争气的学生，又气得要死："要不然这样吧，我就给杨岁和周裴上课好了，其他人，反正上课和没上课一个样，那也不用听我的课！"

底下的学生收到试卷，东看看西看看，都倒吸了一口气。

也难怪老陈发这么大的火，成绩确实惨不忍睹。

但是，这张卷子都是奥数题型，本来就是为了筛选竞赛名额而出的，大家考不好，也正常嘛。

蒋思右垂头丧气地看着自己卷子上红艳艳的"32"，又看了一眼杨岁试卷上的成绩，瞬间惊得瞪大双眼。

一百四十五分！离满分仅差五分。

"杨岁，你咋这么牛啊？这种卷子都能考将近满分？"蒋思右往旁边挪了挪，悄悄问杨岁。

杨岁拿出草稿纸，将错的那道选择题重新演算，压低声音回道："多做题，多努力，每个人都可以的。"

得嘞！白问！蒋思右撇了撇嘴，开始头疼地订正题目。

陈江拿起保温杯，喝了口茶，降降火气，然后走到杨岁身边，看到杨岁快速订正好卷子上错误的那道题，满意地点了点头。

"杨岁，你上去讲解卷子。"

"好。"

陈江拿了把椅子，坐到教室后面，认真听着杨岁讲解。

之所以让杨岁上去讲解，是因为她做题思路清晰简单，很擅长将一道复杂的题目一步步分解。

陈江知道，杨岁在他所带的这么多届学生中算不上顶聪明的，却是所有人中最努力的。

这样的学生即使成绩不好，也是很讨喜的，更何况杨岁成绩斐然。

他如今所带的班里，除了杨岁，还有一个成绩同样十分不错的学生——周裴。

周裴和杨岁不同。

杨岁靠拼命学习，周裴靠天赋。

周裴即使上课睡觉、下课打架，成绩照样好得要命。

想起周裴，陈江皱眉看了看前面枕着脑袋睡得正香的人，忍不住抬脚踹他的椅子。

哪知周裴坐得稳，这一脚没有踹动椅子，只是让周裴清醒了些。

陈江看到他这副半醒不醒的样子就怒火中烧。

奈何周裴不仅学习天赋极高，家境还特别好，就连校长都特别叮嘱过陈江。

讲台上，杨岁坐在投影机前讲完两道大题，下课铃声正好响起。

陈江走向讲台："差点忘了说，学校有一个保送A大的名额，有意向的同学课间操时间来办公室找一下我。对了，杨岁、周裴，你们两个等会儿来找一下我。"

老陈一走，班里立刻吵闹起来。

"你们瞧见没？老陈刚刚那个眼神不就是告诉我们这些差生，不要不自量力？"蒋思右完美解读了老陈的面部表情。

"算了吧！就一个名额，要么杨岁，要么周裴，我还是安安静静地参加高考吧。"

"A大！音音，A大不正是你想去的学校吗？你去试试啊！"吴雯推了推身边的好友。

杨岁微微皱眉，停下做题的手，转头看向林音音。

林音音脸颊微红，有些不好意思地摆摆手："我？不了吧……我成绩不好，肯定不行的啦。"

"老陈又没说一定要成绩好！就去试试呗。你运气一向好，说不定能上呢。"吴雯继续劝说。

吴雯这么说，旁边其他人也开始跟着起哄。

林音音想了想，犹豫不决。

A大是国内顶级学府，整个省只有他们学校有一个保送名额。她如果靠高考，是绝对进不去的，或许……她真的可以试试运气。

可万一没选上她，出糗了怎么办？

在她迟疑时，教室后面传来漫不经心的声音。

“去试试。”

林音音循声望去，正好对上周裴的眼睛，瞬间涨红了脸，立刻下定决心：“那我试试！”

杨岁收回视线，看着笔下的一道道题目，无意识地握紧了笔杆。

明明是靠实力的保送，林音音却可以靠运气。

因为她一直都带主角光环，深受命运的眷顾。

果然，课间操的时候，杨岁在班主任办公室里看到了一同前来的周裴和林音音。

老陈正在和杨岁讨论保送名额的事，抬头看到林音音也来的时候，有些吃惊。

林音音的成绩谈不上差，但离保送的距离还差得远。

“老师，我也想咨询一下保送的事。”林音音怯怯地说。

老陈有些尴尬：“你的成绩离A大的要求还有些差距……”

本来一言不发的周裴低头看了一眼有些气馁的林音音，突然开口：“老师，保送看的不全是成绩吧。林音音除了成绩不突出外，其他方面都很优秀啊。”

“保送不看成绩，那看什么？”安静待在一旁的杨岁听到这话，觉得十分可笑，忍不住抬眼。

周裴一愣，本来想反驳，却一下子想不出任何话，只能瞪向杨岁。

杨岁再次一字一句重复问道：“保送不看成绩，难道看运气吗？”

“杨岁！你是对我有意见吗？火药味这么重？”周裴咬牙切齿。

一旁的林音音不知所措地扯了扯周裴的衣袖。

老陈默默抿了口茶水。

“我对你以及任何人都没有意见，我只是在就事论事。我是想问一下周同学，在你眼里，保送到国内顶级学府，究竟看什么呢？是看运气还是好人缘？”

面对比自己高很多的周裴，杨岁眼中没有一分惧怕，只是固执地又一遍问出这个问题。

听到这话，老陈不自觉地点了点头。

林音音难堪极了，有些着急地说道："对不起，杨岁，我就是想试试，没有其他意思。周裴只是想帮我争取这个机会。我知道我的成绩不如你，这个名额我也没想和你争……"

"名额目前不属于我们中的任何一个人。"杨岁面无表情地看向林音音，补充道，"我们之间不存在竞争关系。实力相当的人才可以竞争……"

"杨岁！"周裴气急败坏，几乎是怒吼，"好！看成绩是吧？难不成全校就你成绩最好？"

"目前是的。"看了一会儿戏的老陈吐掉嘴里的茶叶，不急不慌地打断周裴的话。

周裴脸色一青："陈老师，麻烦问一下您，保送名额什么时候定？"

"下个月初，保送名额就要提交到学校进行审核。"

"陈老师，我会辅导林音音一个月，提交名额前麻烦您出张卷子，到时候看看谁的成绩更好。"

周裴盯着杨岁的脸，想从她的脸上看出一丝畏惧，可是杨岁一脸平静。

林音音心中一震，又默默靠近了周裴一些。

老陈笑了笑，看向杨岁，询问杨岁的意见。

杨岁轻轻点了点头。

所以，这一次作为被命运眷顾的人生大女主林音音又会以什么样的方式，来拿走这个保送名额呢？

无论如何，杨岁目前能做的，只有拼了命地努力学习，只有在下个月的测试中得到满分，才有可能得到保送名额。

杨岁想上 A 大，并非一定要靠保送，她可以通过高考，她也相信自己一定能考上。但凭什么林音音想要得到的东西，就可以不费吹灰之力？保送不看成绩，岂不是笑话？

这短短的一个月中，周裴为了争一口气，兢兢业业当起了家教。

他四处搜罗各种类型的题目试卷，拿去给林音音做。

林音音十分感激，一来二去，对周裴的好感上升了很多，常常会在补习后送一些自己做的小饼干、小蛋糕给他。

在约定期前一天，林音音做完最后一张卷子，交给周裴批改。

周裴批一道题，脸色就差一分。

蠢！怎么会有这么蠢的人？！

“这些题目我都说了多少遍了！你怎么……”周裴自顾自地说了些重话，突然发现一向叽叽喳喳的林音音没有出声，下意识地低头看了她一眼。

高强度的学习让林音音几近崩溃，再被周裴这么一说，她更加难受和委屈，眼中渐渐泛起泪水。

看到她泛红的双眼，周裴语气放缓了一些：“好了，我不骂你了，这些题目我再和你说一遍，然后你再重新做一遍。”

“好……对不起。”林音音擦干眼泪，突然有些后悔去竞争保送名额。要是不去竞争，她这段时间就不需要这么累。现在被推到这个份儿上，她又不好意思说放弃。

她只能咬紧牙根，努力去听周裴讲解题目。

与此同时，杨岁也在翻阅错题集。

她从来都不是有学习天赋的人，也绝不轻易放弃任何一个机会。她必须努力，也必须靠自己。

到了约定的期限，老陈把他们叫去了办公室，亲自监考。

老陈拿出一张卷子，上面密密麻麻的，包含了数学和理综的题目。

林音音拿到卷子，翻过来又看了看后面，心中一喜——居然和周裴昨天给她做的卷子一模一样。昨天她在周裴的监督下将错题都订正了。虽然有些题目还是不理解，但做题步骤和答案她都还记得。

杨岁看见林音音本来一脸愁苦，却在拿到卷子后瞬间眉头舒缓。

她意识到，好运又开始眷顾林音音了。

批卷结束之后，老陈拿着两份满分的试卷，皱起了眉头。

这份卷子是他从另一位老师那里要到的，杨岁考满分他不意外，可林音音居然也考了满分。

短短一个月的补习，即使作用再好，也不可能如此突飞猛进吧？

但作为老师，他不应该在没有任何证据的情况下怀疑任何一个学生。

可是名额就一个啊……

老陈有些头疼。

无奈，他只能拿着两张试卷走去教室。

看到陈江走进教室，林音音迫不及待地走上前，兴奋地问成绩。她从来没有过这么迫切地想知道自己成绩的时候。

老陈冲教室里喊了一声“安静！”，然后将卷子递给了林音音。

林音音开心地拿起自己满分的卷子，再看向老陈手中同样满分的另一张卷子后，脸色肉眼可见地一变。

“老师，都是满分，这名额怎么办呀？”她有些泄气。

“我也不知道。大家一起决定吧。”老陈同样为难，他将另一张卷子递给杨岁，然后对所有学生说道，“我上次说的保送名额，大家还记得吧？现在出了这么一个情况，杨岁和林音音都考了满分，但名额就一个，你们这些兔崽子一起出出主意。”

“我同桌也太牛了，这种玩意儿都能考满分！”蒋思右拿过杨岁的卷子看了看，忍不住赞叹，同时又产生了疑问，“你考满分正常，林音音怎么也能考满分？奇怪。”

“可能她这个月真的努力了吧。”杨岁低头做卷子，平淡地回道。

“不对呀，杨岁，”蒋思右挠了挠脑袋，“再怎么努力也不可能进步如此神速吧，照这样的话，人人都能考A大了！奇怪……林音音这人怎么一遇到这种大事就运气特别好？”

在蒋思右疑惑的时候，林音音已经凭着好人缘，受到班中好多人的推荐。

“老师！林音音为这次保送付出了很多努力！”

“对啊，音音确实变了很多，保送应该对她很重要吧。”

…………

“胡说！明明一直优秀的是杨岁，凭啥你们都推荐林音音？吴雯，林音音老是给你买吃的，这就把你收买了？”蒋思右戳了戳杨岁，看杨岁一副波澜不惊的样子，替她着急。

尤其是那个吴雯，好像林音音是她主子一样！真是看不过去！

老陈差点把茶水吐出来，瞪了蒋思右一眼：“不许说脏话。”

“陈老师，”周裴睡眼蒙眬地站起来，“林音音为这次保送付出了很多心血，在考试前一天还做题做到深夜，并且进步了很多，这些大家也是有目共睹的。林音音如果错失了保送名额，高考也不一定能考上，她比杨岁更需要这次的名额。”

周裴也觉得奇怪，这段时间他陪着林音音复习，林音音虽然已经很努力了，但也远不到能考满分的程度。他其实也没打算为林音音说什么话，但一想到上次杨岁是如何怼他的，他就咽不下这口气。

尤其是目光瞥到杨岁的时候，她一直低头写题，似乎并不在乎这次的保送，那倒不如留给更需要的人。

周裴一说完话，立刻得到很多人的赞同，林音音也向他投去了感激的目光。

蒋思右气得要死，正准备再次辩论的时候，杨岁面色如常，缓缓抬起了头，转身看向周裴，双眸清亮却又带着一丝轻蔑。

“我不否认林音音这段时间的努力，也不否认林音音同学的进步。可是，难道因为我一直优秀，经常考满分，好似没有进步的空间，你就能否认我的努力吗？还有，这个保送名额并不是对谁更重要、谁更需要就属于谁的。我确实不如林同学那么急需这个名额，就算是高考，我也能以高分考入 A 大。就算我放弃这个名额，班里也不只是林音音一个人需要，又为什么要把名额给林音音呢？”

杨岁笑着，不紧不慢地说完这段话。

周裴被说得哑口无言。

杨岁收回目光，继续笑着："所以，周同学的这些理由，都没有说服力。"

"好！学霸就是学霸！"蒋思右听完，啪啪啪鼓掌。

林音音脸色惨白，她这辈子从来没有这样被人针对过，也从来没有受过这样的委屈。从小到大，哪个人不是把她捧在手掌心？她有些恍惚地起身："陈老师，这个名额我不要了，给杨岁吧。"

"音音，你就是太好欺负了，这个名额本来就是你的，干吗不要？"吴雯心疼地拉了拉好友的手。

"吴雯，你说啥呢，啥叫'这个名额本来就是林音音的'？有人说名额给她了吗？本来就是公平竞争，争不过就来这套？"蒋思右脾气直，他一向看不惯吴雯的做派，便毫不客气地回道。

"你……你！跟你讲不清，懒得理你！"吴雯说。

蒋思右觉得好笑地翻了个大大的白眼。

"好了好了，差不多行了。"老陈适时出来收拾残局，"那这个名单我就写杨岁了，等会儿就交到教导处。"

"麻烦老师了。"

名额的事情落定，老陈开始讲上午没有讲完的题。

蒋思右得意扬扬，好像赢了场大战。正当他打算聚精会神地听讲时，耳边轻轻传来一声"谢谢"。

保送名额敲定后，杨岁原以为短期内应该不会再跟林音音和周裴扯上什么关系。

这天，杨岁作为值日生在课间操时间留下来打扫卫生。

在她拿着拖把要去厕所清洗时，瞧见了守在楼梯口的周裴几人。

杨岁抬眼看去，然后毫不停留地转身走向楼层另一边的厕所。

如果有可能，她不想和他们扯上任何关系。但如果遇到都想要的机遇与利益时，她也不怕去争。

“站住！没看见我在等你吗？”

周裴吊儿郎当地坐在楼梯扶手上，看到杨岁，挑眉一笑。哪知，对方连个眼神都没给他，直接转身。

看见杨岁转身走开，周裴只能迈开大步追上：“杨岁，你这个人怎么就这么倔？不就是一个保送名额吗？以你的成绩，想考去哪儿不行？非要跟林音音争吗？”

杨岁脚步一顿，将拖把放到一边：“如果你今天特意蹲守我，就是为了让我让出保送名额，那你还是不要浪费彼此的时间了。我拖完地还要背英语，没有多余的时间来应付你。”

“你放弃这个名额，我可以送你出国读书。”听到如此不客气的话，周裴脸色稍沉了些，看到杨岁毫无反应，又语气不善地强调一遍，“你放弃，就可以出国念书，会有更多的选择！这不比死磕保送名额好多了？杨岁，我是为了你好。”

“打着为别人好的借口，却干些损人利己的事？你觉得出国好，那为什么不把林音音送出国？这样岂不是更简单？”杨岁扯嘴一笑，好像听到了什么可笑的笑话。

她转身走向周裴，缩短他们之间的距离，那双平时一笑起来就弯弯的眼睛紧紧盯着周裴：“林音音失去名额会难受，我失去名额就不会难过吗？林音音是人，我就不是人吗？难道只要是你周裴想做的事情，全天下所有人都得为你让步吗？这没道理呀……”

“杨岁……”她一连几个问题，瞬间让周裴发蒙。他不自然地垂眸，以此躲避杨岁毫不掩饰的目光，不知道为何，突然有些心虚，“我……我也不是这个意思。”

杨岁收回目光，又恢复到那副淡漠的神情，漆黑的眸子深处看不出任何波澜：“况且，林音音想要的东西，我哪里拿得走？”

“什么意思？”周裴皱眉，正想追问杨岁的话是什么意思时，广播突然响起。

“各位高三同学请注意！各位高三同学请注意！本校20××届保送A大名额已审核完毕，特此通知。高三（1）班杨岁同学！

祝贺！”

不远的操场上响起了稀稀拉拉的掌声。

“另外，收到A大招生组的通知，由原单个名额扩招到两个。第二位获得保送名额的同学是高三（1）班的林音音同学！祝贺！”

跟刚刚稀稀拉拉的掌声截然不同的是，这次操场上的掌声极其热烈。

杨岁笑了笑，招生组扩招这种莫名其妙又可笑的借口都能想到，却偏偏没有一个人质疑，所有人都在真心为林音音祝贺。

杨岁想，如果这个名额一开始就给林音音，那保送名额就永远只有一个。

可这个世界上总有人会被偏爱，而到最后，所有不能令他们满意的一切，也都会偏向他们，而让他们满意。

“看到了吧，我拿不走林音音想要的东西，我只是在捍卫凭自己的努力所得到的。”杨岁垂头拿过拖把。

周裴只觉脑袋胀痛，愣愣地看着杨岁与他擦肩而过。

“陈老师，不好意思打扰您，我想申请后面三个月在校外自行学习。”杨岁诚挚地鞠了一躬，对老陈道。

老陈正在喝茶，听到这话差点呛到：“杨岁，你虽然被保送了，不需要参加高考，但这并不意味着你可以不用继续学习。”

“陈老师，我在校外也不会放弃学习的，您放心。”杨岁道。

看着平时最乖巧的学生现在这副固执的样子，老陈将保温杯用力拍在办公桌上，示意自己生气了：“杨岁，你要知道，你能在每次考试中取到高分，是靠你自己一步一个脚印踏实地学习，你不像周裴那样……”

“老师，我知道自己不是周裴那样天赋型的学生。”杨岁意识到老陈话只说一半，是考虑到了她的自尊心。她不在意地笑了笑，顺着老陈的话说下去。

“陈老师，我不比任何一个人差，所以，是不是天赋型又有什么关系呢？只要最后的结果是我是最优秀的就好。”杨岁弯唇，闪着光的眼睛弯成月牙。

老陈一愣，叹了口气，收起严肃的模样：“为什么突然做这个决定？”

“保送虽然免除了大学里的学费和住宿费，但我还需要攒一些生活费……而且，我想尽快把前几年上学欠的钱还完。”

杨岁家里的情况，老陈是知道一些的。

父亲酗酒家暴，因意外身亡；母亲离开那个家后，音信全无。两人留给这孩子的只有老城区的一套小公寓。

也幸亏杨岁自己争气，在小学三年级时以极为优秀的成绩，得到一位匿名人士的资助，才得以继续上学。

老陈心疼这个孩子，她好像与整个班的学生都格格不入，但其实杨岁心中有比任何人都坚定的信念。

“资助其实是不用还钱的。”老陈无奈劝道。

杨岁高高瘦瘦的，站得笔直，语气清亮，不卑不亢：“我不想欠别人的，资助我的钱也是应该还的。老师，我昨天刚过十八周岁生日，可以出去赚钱了。”

昨天是杨岁生日？老陈瞳孔微微一颤。

昨天也正好是林音音的生日，林音音请了整个班的同学去她家庆贺自己的生日，除了杨岁。

老陈也收到了邀请，但他没有去。

林音音的朋友圈里也能看见一张张现场生日图，环境布置得很温馨。

班级群里，也被一句句“林音音，生日快乐！”刷屏。

而杨岁呢？这个孩子会不会难受？

老陈喉咙发涩，有些怨自己不够关心学生。

杨岁微微弯起嘴角，轻轻地摇了摇头，仿佛知道老陈心里在想什么：“老师，我昨天给自己买了蛋糕，过得也很开心。”

“你……你就是太固执。”老陈声音哽咽，他故意咳嗽了几声，隐藏了自己的心情，“找了什么工作？别跟我说是去超市收银、饭店洗碗什么的！”

“我跟一个家教机构联系过了，应该是带几名小学生……”

“带什么小学生？你这段时间给那帮兔崽子上课上得多好，你的能力，带高考班都足够。”老陈想了想，从裤兜里掏出手机，飞快地打了几行字。

过了一会儿，他抬头道：“我有个朋友的妹妹，此前一直在国外读书，去年回国，打算参加国内高考，但是成绩跟不上，考个专科都够呛，现在也是高三。辅导时间是每周六、周日，每天辅导三个小时，下午三点到六点。这样的话，你星期一到星期五就可以在学校学习，周六我给你请半天假，补课的同时也可以顺便自己复习。”

“本来是托我去帮帮忙的，但我哪有空啊？周日钓鱼遛狗，忙得要死。介绍其他人去我也不放心，那孩子成绩差，脾气也不太好。不过，老师相信你肯定可以的。”老陈开心了些，又捧起保温杯，吸溜吸溜喝起茶。

杨岁一下子没有反应过来，过了一会儿，双眼猛然睁大，几乎要藏不住内心的喜悦：“谢谢老师！”

“杨岁，你是我带的这么多届学生中，最让我骄傲的学生。”

杨岁走到门口脚步一顿，转身，深深鞠了一躬，声音清亮坚定：“老师，我一定会让您一直为我骄傲的！”

一周学习结束后，星期六下午，杨岁捧着一大袋习题，站在需要补课的那家人的门口，这时，口袋里的手机突然响了起来。

她手忙脚乱地腾出一只手，拿出手机看了看，是一则她的银行账户到账提示短信。

每个月十日，她都会定时收到一笔转账，来自一位好心的资助人。

那是一个很奇怪的人，杨岁从来没有见过他，准确地说，只匆匆见过他的背影。

小学的时候，因为家里出事而耽搁，学校促成的见面会她没有赶上。她拼了命地跑，喉咙里都冒出了铁锈味，结果还是没能赶上，只能隔着一条街的距离，眼睁睁地看着那个高大挺拔的身影坐进了车里。

小小的杨岁弯着腰艰难地大口喘气，固执地望着那辆车离去的方向，直到什么都看不见。

从那以后，她每个月都能固定地收到一笔生活费，一直到现在，从未间断。

她曾经问过小学班主任，能否给她资助人的联系方式。

那时，小学班主任很遗憾地摇摇头，表示学校也没有对方的联系方式，只知道对方姓纪。

姓纪，纪叔叔。

杨岁在心里默默念了念这个姓氏，将手机放回口袋里。她其实不知道等自己赚了钱后，该如何将钱还给对方，但她一定会想办法的。

杨岁努力笑了笑，让自己看起来尽量显得成熟一些，像个老师的模样。

正打算按门铃时，门内的人似乎有心灵感应一般，正好打开了门。

随着门被打开，一个穿着剪裁合体的西装的男人走了出来。那人看着二十七八岁的样子，高挺的鼻梁上架着一副金丝边眼镜，一双眼含笑，温柔至极。

杨岁呆了一下，将刚刚举起的手放下："您好，我是陈老师介绍过来的，我叫杨岁，白杨的杨，岁岁平安的岁。"

丁瑞安推开门，看到门口拿着一堆书的女孩，也明显一愣，似乎没有想到对方会来得这么准时，正好三点，一分不差。

"小杨老师好，我是你即将要辅导的学生的哥哥，我叫丁瑞安。"他上前接过杨岁拎着的一堆书，举止有度，温柔礼貌。

"老陈和你说了吧，我妹妹丁纪喻脾气不太好，也还没有适应国内的教学。我平时上班也比较忙，能管她的时间比较少，所以要麻烦小杨老师多多关注一下她。”

丁瑞安一边说着丁纪喻的情况，一边从冰箱里倒了杯橙汁递给杨岁。

杨岁接过，说了声“谢谢”。

“我听老陈说，小杨老师是个非常优秀刻苦的学生。”丁瑞安坐在杨岁对面，像是想到了什么，有些苦恼地微微蹙眉，修长的手指轻轻一点，“小喻有些不省心，但不是坏孩子……希望小喻能从小杨老师身上学到一些什么吧。”

丁瑞安年纪不算大，但或许是过早接手父母留下的公司，过早融入名利交际场，言谈举止仿佛有其固定的一套，严谨周到，斯文且温柔。

“丁先生，陈老师给我看过丁纪喻同学的试卷。”杨岁放下一口未碰的果汁，从一堆习题中抽出一摞被红笔写得密密麻麻的试卷，递给丁瑞安，“前几天我分析了一下她的错题，解题的步骤很乱，错的题型很杂，连基本的套公式题目都没有做对。我想……应该是基础太过于薄弱，以及没有端正学习态度。”

丁瑞安笑着点点头，示意她继续说下去。

“高考留给她的时间不多了，接下来的时间里，我会从高一的内容开始，快速带她过一遍。但是我没有办法替她保证什么……我只能说我会尽力，至少会让她比目前要好。”杨岁认真地说道。

学习是自己的事情，但如果丁纪喻自己不端正学习态度，作为外力的杨岁最多也只能做到这些。

“哈哈哈——”丁瑞安看她这副谨慎的样子，有些忍俊不禁，“我相信老陈的推荐，也相信小杨老师的能力。小喻就麻烦你了。”

“我拿了工资，是应该的。”杨岁看了看手表，已经三点过十分了，“丁先生，请问我在哪里为丁纪喻补课？现在三点十分了，今天我会在六点十分走。”

她想，说好三个小时就是三个小时，既然已经过去了十分钟，那就应该把时间补上。

丁瑞安指了指二楼的书房："小喻在书房里。"

等到杨岁上楼后，丁瑞安这才翻开那些试卷。杨岁红笔批注的字迹娟秀，连标点符号都异常正确，一丝不苟，就像她这个人一样，坚定又固执。

他想了想，老陈说得果然不错。

杨岁站在书房门前敲了好一会儿门，里面都毫无反应。

丁纪喻听到敲门声，余光瞥了一眼门口，丝毫没有当回事，继续看手中的书。

她就不开门，她倒要看看门口那个人能敲多久。又过了好一会儿，敲门声依旧持续响起，不轻不重，听得人头大。

"烦死了！"丁纪喻烦躁地把耳机摘掉，用力将书一合，塞到旁边的书架上。

自从转学到国内，丁瑞安前前后后请了不少家教，但每个人都因为她的坏脾气而被赶走，无一例外。

门口的那个人也绝不会是例外。

丁纪喻慢吞吞地走到门口，极不情愿地打开了门。她再不开门，这连续不断的敲门声再听下去，估计会耳鸣。

"你是想把门敲坏吗？！"丁纪喻语气凶狠，故意露出胳膊上的大片文身，想赶紧吓跑门口这个看着文静瘦弱的女生。

她一点都不喜欢别人干扰她的生活，一点都不喜欢。

杨岁的身高一米六七，在女生中算是比较高的，可丁纪喻比她还要高出一个头。

杨岁抬头看去，对面的人一身朋克机车风的打扮，头发剃得极短，模样怒气冲冲，似乎生怕别人不知道她是个问题学生。

"我身上是有什么好看的地方吗？你们这种好学生没见过我这样的人吧？"丁纪喻得意扬扬，语气揶揄。她觉得杨岁一定是被自己吓到了，重点高中的尖子生，哪里见过她这副打扮的人？

"知道怕了吧？知道怕了就赶紧离开我家。我这人一不开心就喜欢揍人。"

杨岁瞄了一眼丁纪喻的文身，弯了弯嘴角，在对方错愕的目光下，轻轻吐出两字：“很酷。”

丁纪喻呆住了，以致眼睁睁地看着杨岁走进房间，都忘了出手阻拦。过了好一会儿，她缓过来，正要再次放狠话时，又听见杨岁轻飘飘地说了一句：“丁纪喻同学，你的文身贴有些起皮了……”

“……”丁纪喻一肚子骂人的话哽在了喉咙里。她悄悄瞄了一眼杨岁，发现杨岁不再看自己后，赶紧看了看手臂上的文身。

反反复复看了三遍，哪里有起皮？

“你放屁！根本没有起皮！”丁纪喻怒吼。

杨岁点了点头：“嗯，我知道。”

“那你为什么说我文身起皮？！”

“哦，逗你玩儿的。”

丁纪喻觉得杨岁简直不可理喻，顶着一张文静好学生的脸，却说在逗她玩儿。可她偏偏觉得杨岁的语气还特别的……诚恳？

她深吸一口，怕自己真的暴怒，咬牙切齿地问道：“你是不是有什么毛病？！”

“没有，我很健康。两个月前我刚做了体检，很健康。”杨岁放下习题，很自觉地拖来一把椅子，坐在书桌前。

“我在骂你！知不知道啊？谁真的问你有没有病？”丁纪喻气到狠狠踹了一脚房间的门。

杨岁侧过半个身子，脸上扬起淡淡的笑，又轻轻点了点头：“嗯，我知道。”

丁纪喻感觉心脏都开始疼了，丁瑞安从哪里请来这么个怪人？简直无法交流。

“喂，你走不走？你就算不走，我也不会学习的！”丁纪喻嘭的一声坐在椅子上，大大咧咧地把脚跷到桌子上，随手拿起一本书看起来，还挑衅地看了一眼杨岁，一副你奈我何的表情。

杨岁静静地看了她一会儿，轻轻叹了口气，把头凑了过去：“男女主角最后是亲兄妹，女主角还失忆了。”

丁纪喻翻书的手一顿，她努力忍住想打人的冲动，扔了这本书，又拿起另一本，还将椅子转了个方向，一只手遮住半本书，不想让杨岁看到分毫。

“这本书的男女主角产生了误会，最后导致——”

“你有完没完？有完没完？！每本书都剧透，你让我看什么？”丁纪喻狠狠瞪着杨岁，“你知不知道自己很讨人厌？”

杨岁看着她，沉默了片刻，道：“你如果觉得我很讨厌，不如抓紧学习，快点把这三个小时熬过去，时间一到我就会离开。”

丁纪喻疯了一样抓了抓头发，最后选择妥协：“行！学习是吧？我倒要看看，在我配合你的情况下，你能把我的成绩提高到哪里去！”

百般无奈之下，丁纪喻十分痛苦地完成了三个小时的补课。

在杨岁要离开时，她忍不住问：“你一个好学生，还有时间看这些小说？”

“没时间。”

丁纪喻瞪大双眼：“那你怎么知道结局？”

“哦，我编的。”

“同桌，你上周六居然请假了？你去干吗了啊？老陈居然也同意你请假！”蒋思右不可思议地盯着杨岁。

老陈这种古董，如果不是什么非常必要的事情，是绝不会给假的。

杨岁用纤细的手指翻过一页题，轻轻点头：“出去做家教了。”

周裴趴在桌子上闭目养神，耳朵一直注意听着前面的动静，听到杨岁说请假出去做家教时，他脸上露出一抹难以察觉的高傲神色：“杨岁，你很缺钱吗？”

“杨岁，你如果钱不够的话，我可以借你。”林音音听到周裴的话后，停下与吴雯的交谈，对着杨岁露出一个友好的微笑，“千万不要为钱耽误了学习。”

林音音话语诚恳，听得吴雯一肚子气：“音音，人家都抢了你的名额，你还替她着想？你能不能不要这么好说话？”

“我不缺钱。”杨岁继续写题。

周裴自信地笑了笑，觉得杨岁一定是在嘴硬，又问道：“不缺钱，为什么出去做家教？”

“我享受做老师的感觉，不行吗？”杨岁忍住心中的不耐烦，回道。

林音音也觉得杨岁在嘴硬，于是顺着周裴的话小声劝道：“我们是同学，你要是遇到困难，一定要跟我说，只要我帮得上忙，我一定帮。”

吴雯看着杨岁不为所动的表情，眼睛都要喷出火来，为好友感到不值：“杨岁，你这是什么态度？音音在担心你，你呢？你什么态度？你就这么对待关心你的人？”

蒋思右实在是听不下去，将手中的书狠狠摔到吴雯脚边：“你什么毛病？关你什么事！林音音是你妈？护主也不是这么护的吧？！”

吴雯到底是个女生，被蒋思右砸到脚边的书吓到了，悄悄躲到林音音身后。

林音音皱眉，很不认同蒋思右的做法，也往前一步，将吴雯遮了个彻彻底底。

蒋思右看着她的举动，简直要被气笑，搞得好像他要揍人一样。

“吴雯，”杨岁合上书，站了起来，侧过身子，直至看向躲在林音音身后的吴雯，“我刚刚态度很正常，说的话也很正常，我不知道你从哪里听出来我态度不好。是不是每一个愿意关心我的人，我都要下跪感谢才算是态度好？”

“那吴雯，你今天早饭吃了吗？”杨岁弯唇，直勾勾的眼神中却看不出丝毫笑意。

那眼神看得吴雯有些害怕，她哆嗦着问：“你……什么意思？为什么突然问我有没有吃早饭？”

“吴雯，我在关心你呀。那……你是不是应该下跪感谢我？”杨岁说。

她语气轻柔，这话却重重地在吴雯脑子里炸开，她气得浑身发颤：“你……不可理喻！”

“不可理喻的不是我，是你。”杨岁目光一沉，说完，转身坐回位子上，继续演算刚刚没做完的题。

蒋思右乐了，也坐回到位子上，想不到文文静静的同桌还是“嘴炮王者”：“你真的太厉害了，骂人不吐脏字啊！下次吴雯再跟你吵架，都不需要我帮你了！”

“我没有在吵架。”杨岁将算出来的正确答案填到试卷上，才说道，“我在就事论事。”

“行行行！你说什么就是什么。”蒋思右也不纠结这个，他坐了一会儿，片刻后，有些犹豫地挠头，问杨岁，“同桌，我数学有点差，以后不会的题目能不能来问你呀？老陈……实在是太凶了，我都不敢问……”

“可以。”

杨岁回得很快，没有丝毫的犹豫，蒋思右心中乐开了花。

“音音、周裴，杨岁她太过分了！”吴雯拉着林音音的手抱怨道。

周裴表情奇怪地看着杨岁的背影，听到吴雯的话，一言不发地扭头看了她一眼，就坐回去趴下睡觉。

林音音也只是说了句“没事”，再没多说什么。

吴雯瞬间感觉委屈无比，又无处发泄，只能坐在椅子上抹眼泪。

一旁看戏的其他人看到吴雯这副委屈的样子，都觉得杨岁未免太咄咄逼人了，因此他们看杨岁的目光都有些不善。

“大家都是同学，没必要这样吧？”

“简直是得理不饶人，难怪上次音音生日请了全班就没请她，都是有原因的……”

“好学生就是厉害，仗着老陈喜欢她，真是为所欲为。”

…………

周围的人虽然压低了声音在窃窃私语，但这些话还是断断续续传到杨岁耳朵里。

杨岁抿了抿嘴，继续写题，什么都没有说。

匆匆吃完午餐，杨岁赶回教室，为两个星期后高中最后一次全国奥数竞赛做准备。

学校一共推选五个人去参赛，其中包括常年第一的杨岁，以及……林音音和周裴。

以往这类比赛都是个人赛，最多分配两个名额，而且还要靠各种初赛、加赛才有资格参加全国赛。

这一次……奥数竞赛有些偏向团体比赛，而且比赛规则、排名方式都很奇怪，成绩再好的人，即便是个人排名第一，但一旦队友成绩不理想，第一名的成绩也会被稀释，校集体排名还是会难看。

这也就意味着，杨岁要比以往任何一次都要更加努力。

她改变不了其他人的成绩，只能逼着自己变得更优秀。

因此，这次杨岁不只要拿第一名，还要全力与第二、第三名拉出尽可能大的距离，以此补全其他四人与他人之间可能产生的差距。

林音音拿着一瓶牛奶站在杨岁座位旁边好久，杨岁都没有注意到她，无奈之下，她只好清清嗓子，说道："杨岁，我给你带了瓶牛奶。刚刚吴雯的事，确实是她脾气有点冲，我替她向你道歉。"她一边说着，一边将牛奶递给杨岁。

杨岁刚刚在想竞赛的事情，听到林音音的话才回过神："抱歉，我乳糖不耐，喝不了牛奶。"

其实杨岁没有乳糖不耐，她只是不习惯接受别人的任何东西。在她的意识中，任何没有原因的示好，都带有一定的目的性。

林音音只好讪讪地收回手，手指因为尴尬和难为情无意识地收紧："那个……下周五学校校庆，我和李晴组了个表演，但她突然有事退出了，演出的衣服上个月就定做好了，现在重新做肯定来不及。"

林音音不擅长求人，所以特意只说了一半。按照以往，其他人都会主动要求来帮她，所以她偷偷瞄着杨岁，等着杨岁来问她有什么需要帮忙的。

可杨岁只在最开始抬头看了一眼她，然后就一直埋头做题，根本没有接她话的意思。

她涨红了一张脸，只好咬咬牙小声道："李晴身材和你相似……杨岁，你能不能代替李晴在下周五和我一起上台表演？我为这个节目准备了很久，如果现在让我放弃，我真的舍不得……"

"很抱歉，我要准备竞赛，时间也很紧，我没有多余的时间来帮你。"

杨岁拒绝得很干脆。林音音脸色都白了好几度。明明无论什么时候只要她出了点问题，所有人都会争着来帮她的忙，甚至都不需要自己开口说。

为什么到了杨岁这里，以往的一切都不灵了？

林音音从来没有被人拒绝过，她愣了好一会儿，才嗓音发颤地道："这次校庆表演真的对我很重要，而且……而且只要我们的表演在校庆上获奖，是可以给自己加分的。杨岁，你不是最看重这个吗？你成绩很好，但特长表演这一块还是空白的……"

话一出口，林音音自己都被吓到。她怎么会说出……说出杨岁最看重成绩这种话？

"奥数竞赛对我同样重要，我现在真的分不出时间来准备其他东西。"杨岁语气温和，"江华高中三个年级，每个年级十个班，一定会有除了我之外的女生是跟李晴身材相似的。"

杨岁抬眼与她对视，林音音努力想从杨岁眼中看出一丝恶意，哪怕一点点也好，那样她还能安慰自己，自己刚刚的话也不是很过分。

但杨岁眼神平静柔和，她看不出任何一点恶意……

"对不起……我再去找找别人……"林音音眼圈发红，不敢再与杨岁对视，低着头离开了教室。

周裴吃完午饭，在走廊上慢吞吞地朝教室走去，忽然看到林音音红着眼睛从教室跑了出来。

他朝教室看去，里面只有一个人，杨岁。

他似乎不着急去安慰林音音，只想先找杨岁算账。

“你是不是又欺负林音音了？”周裴动作利落，一屁股坐在杨岁旁边的桌子上，强行合上杨岁的习题本。

杨岁微微蹙眉，从抽屉里拿出另一本习题打开。

周裴等了一会儿，没有等到杨岁的回答，伸手又夺过第二本习题。

然后，在他的眼皮底下，杨岁又从抽屉里拿出第三本习题。

周裴脸都黑了，他几近咬牙切齿地再次重复道：“我在问你，你耳朵聋了？”

“听力正常，不想回答你的问题罢了。”杨岁这次用胳膊死死压住习题本，不再给周裴任何机会。

“刚刚我和林音音很和平地解决了一个问题，我没有欺负林音音。如果有其他问题，你可以去问林音音，我很忙。”杨岁本来不想回答这种莫名其妙的问题，但是又怕周裴一直问，耽误她的时间，只得停下做题的思路，耐着性子回答。

周裴一言不发，盯着杨岁看了半晌，狠狠地踢了一脚空椅子，离开了。

周五晚上的校庆，杨岁没有节目，坐在台下当观众。

她特意挑了一个角落的位置，戴上耳机，听美剧练口语。

台上热热闹闹，在林音音表演时，观众席上的灯光全部暗了下来，聚光灯聚焦在林音音身上，穿着定做得极合身的舞蹈服的林音音吸引了所有人的注意。

本来吵吵闹闹的观众席瞬间静了下来，大家都盯着台上闪闪发光的林音音。

黑暗中，杨岁扯下耳机，沉默地望着舞台，随后低头在手机备忘录中打下一行字。

“杨岁，你也能在自己的世界里闪闪发光。”

校庆晚会，林音音的表演不出所料地获得了最受欢迎奖。

霎时间，校内校外又多了很多林音音的疯狂追求者，他们堵在教室门口或校门口，以求能和林音音搭上话。

甚至有一些社会混混也偷偷尾随在林音音放学回家的路上。

周裴知道了这件事后，默默当起了护花使者。

全校都知道了，平时一直睡不醒的周裴，突然在校庆后与林音音几乎形影不离。

经常有人打趣问林音音是不是与周裴在一起了。

每当听到这类问题，林音音都会红着脸低下头，而周裴则不说话，不肯定也不否认。

校庆日之后，紧跟着就是奥数竞赛日。

因为这次奥数赛是全国性竞赛，因此考场设在首都 B 市。

江华高中离 B 市有三个多小时的车程，所以考试前一天学校租了大巴，将参赛的几名学生送到了 B 市的酒店，以免第二天耽误考试。

周裴家在 B 市有房子，所以并没有与大家同行。

竞赛队伍本来是老陈带队，但他家里出了急事，学校换了一位姓徐的老师。

带队的徐老师年纪比较轻，今年是第一年担任老师，做事有些毛躁和粗心。

徐老师没有与大巴司机沟通好接送时间，导致参赛的四名学生在校门口等了一个多小时才坐上车，到达酒店的时候已经很晚了。

所有人都在为明天的决赛紧张兴奋，叽叽喳喳地讨论着进了酒店，因此，没有对这次大巴晚到多说什么。

杨岁默默地走在队伍最后面，有些担心明天早上会不会又出现类似的状况。她想了想，快走几步来到徐老师身边：“老师，麻烦问下，明天早上大巴几点钟来酒店接我们？”

“约了早上七点。”徐老师拿出手机，将与司机的沟通记录打开给杨岁看，有些不满杨岁的问题，认为杨岁是在质疑他，“我再三和司机确认了，明天绝对不会晚到的！还有，这不是你一个学生应该考虑的事情，你还是多想想明天的竞赛吧。”

“老师，”杨岁停住了脚步，语气慎重，“明天早上有几百名学生赴考，交通也许会拥堵，所以能不能让司机再提早半个小时？”

徐老师不耐烦又极其敷衍地点了点头。

林音音观察到那边气氛有些不对劲，适时出现缓解气氛，笑着道：“杨岁，不用担心啦，徐老师一定会安排好的。”

杨岁沉默了片刻，才开口道：“麻烦老师了。”

杨岁本来还想坚持提前半个小时的，可想到林音音也要去比赛，有林音音在，应该不会出现赶不上考试的情况。

虽然这种想法有些冒险，但现在即使杨岁再说什么，徐老师也不会放在心上。

这天晚上，杨岁一直睡得不太安稳，直到第二天早上大巴准时到达酒店时，整个人才放松下来。

“你看，车子按时到了吧，我说了不会有什么事的！”徐老师上车时，还不忘回头讽刺杨岁一番。

杨岁握紧背包的带子，一言不发地上了车，坐到最后一排靠窗的位置。

“杨岁，吃面包吗？我带了点面包。”林音音看到后面的杨岁，小跑过去，坐到了杨岁的旁边，“你是不是有点紧张呀？考试而已嘛，不用紧张的，不会的，蒙就好了。考不好也没关系，反正我们已经保送A大了，竞赛最多就是锦上添花。”

杨岁紧靠着车窗，轻轻闭上了眼睛。

昨天晚上没睡好，她整个人都很疲惫，没有精力再去与林音音争辩什么。

对杨岁而言，考试或竞赛似乎是唯一可以用来证明她也能凭努力得到想要的东西的方式。

但很显然，林音音不会明白，所以，她也无须多费口舌。

“好吧。”林音音顿感自讨没趣，闭上了嘴，起身坐到了前面的座位，参与到其他几位同学的聊天中。

一路上车子很多，但还好没有形成堵车，大巴匀速前进。

伴随着发动机的声音，杨岁有了些困意。

正当杨岁打算小眯一会儿时，大巴发动机的声音停了下来，而后是一名同学惊慌的声音响起。

杨岁睁开了眼，透过车窗玻璃望出去，三条车道堵得水泄不通，催促的喇叭声此起彼伏。

徐老师看到大堵车，慌了，死死盯着司机刚刚拨出去询问情况的手机。

“前面发生车祸了，交警已经赶来了，应该再过一会儿路就会通了吧。”司机挂掉电话，无奈道。

徐老师听到司机的话，稍稍缓了一下紧张的情绪，但额头上还是起了一层冷汗。

这时，他突然想起昨天杨岁对他说的话。

是不是……如果当时按杨岁说的，提前半个小时出发，就不会遇上这场堵车？

徐老师不自觉地转头看了一眼杨岁，发现对方一直在看自己，眼神异常平静。

他赶紧收回眼神，可能是出于愧疚，不敢再去看杨岁。

咚咚！咚咚！

突然响起的一阵敲窗声，引起了车里人的注意。

窗外一男生戴着黑色头盔，骑着一辆拉风的摩托，眼神焦急。

当大家都在疑惑敲窗人是谁时，只听林音音惊喜地拉开车窗，喊道：“周裴！”

周裴摘下头盔，看了一眼正在收拾背包的杨岁，又看了一眼眼巴巴看着自己的林音音，迟疑了片刻，然后将手中的头盔通过车窗递给了林音音：“下来，我带你去考场。”

林音音拿着头盔，小跑下车，却在中途停住了脚步，看了一眼车上的其他人，眼神犹豫："周裴，杨岁他们怎么办呀？"

说话间，杨岁已经背上背包，也下了车。

周裴嘴角无法控制地弯起极小的弧度。

杨岁也下车了……

是不是要来请求自己将她带去考场？

"杨岁，我先送林音音过去，等会儿再来……"周裴傲慢地微微挑起眉毛，但话还没说完，猛然发现杨岁下车后并未朝他的方向走来，而是朝考场的方向跑去。

意识到杨岁的想法时，周裴快速下车，抓住杨岁的手臂："你疯了吗？你想跑去考场是吗？这里离考场六千米，等你跑到早就开考了！我说了，等我送完林音音就立刻过来接你！"

杨岁不动声色地挣脱他的手："开考后三十分钟之内都能入场，我现在跑，还是能进去考试的。如果你现在不阻拦我，我已经跑出几百米了。"

"两个小时的考试，别人争分夺秒都完成不了所有题目，你还想开考后入场，还想不想考第一名？！"周裴咬牙切齿地怒吼道。

"你送林音音去，再回来接我，再将我送去，整整三趟，不比我现在跑去时间少。这次有校集体排名，你们赶紧出发吧。"说完，杨岁看向车内其他两名参加竞赛的同学，"你们要和我一起跑过去吗？堵车有点严重，道路一时半会儿可能无法畅通……"

"我们还是在这里等道路通畅吧，师傅说了，交通事故很快就能处理好。"那两个人互相看了看对方，显然不想跑这么远的路，想继续等。

"好的。"杨岁点了点头，不再磨蹭。

她无法对他人的决定指手画脚，刚刚那句话已经尽到了她作为同学的义务。

幸好杨岁一直有晨跑的习惯，但六千米对于她而言还是累的，尤其是昨天她还没睡好。

杨岁拼命地往前跑去。

她无法奢望这个时候也有辆摩托停到她面前，这是属于像林音音那样一直有女主角光环的人的幸运，不是她的。

在通过十字路口时，杨岁确认绿灯后，继续奔跑，突然，一辆闯红灯骑得飞快的自行车横冲直撞过来。

杨岁躲避不及，狠狠摔在地上，膝盖磕地时，发出了一声清脆的响声。

在她还没来得及感受到疼痛时，自行车的车轮从她的右手上辗了过去。

霎时间，她只觉得钻心地疼，已经不知道是膝盖更痛还是右手更痛，又或者是哪哪儿都痛。

杨岁茫然地看着肿到发紫的右手，以及出血的膝盖。

除了疼痛外，铺天盖地而来的，还有难以承受的无力感。

她从没想过能和林音音那样幸运，但是……能不能对她稍微公平那么一点点？

今天是全国性的奥数竞赛，坐满人的教室里，安静得只能听见笔尖在纸上划写的声音。

除了一个位子还空着。

主监考皱眉看了一眼空位，又看了一眼手表，已经开考二十五分钟了。

这么重要的日子居然还有学生弃考，如此不重视，也不知道是哪所学校选出了这么个学生，简直是浪费名额！

主监考拿起铅笔，正要走下讲台，在空位子的卷子上填涂缺考标志时，门外传来一声极轻的声音。

“老师……”

他循声看向教室门外，当看清门口那个学生的样子时，整个人愣住。

白净瘦高的女生虚弱费力地在喘着气，脸色异常苍白，左手拎着背包，右手异常肿胀，无力怪异地垂在一侧，微微发颤，而膝盖处的伤口更加恐怖，糊着尘土，还一直在往外渗血。

杨岁握紧背包，嘴唇因疼痛不自觉地颤抖：“老师……我来参加考试。”

声音微弱，甚至连喘气声都能盖过。

主监考在震惊中缓过神来，他说不出心中是什么滋味，僵硬地看了看手表，冲杨岁点点头：“离禁止入场还有三分钟，进来吧。”

“谢谢老师。”杨岁从包里拿出文具盒以及准考证，一瘸一拐地走到空着的座位，坐下。

离考试结束还有一个小时三十三分钟，来得及，一定来得及！

她习惯性地想用右手拿起笔写上名字，可当右手握住笔的一刹那，剧烈的疼痛立刻侵袭而来，一层密密的冷汗浮上她的额头。

杨岁咬着牙，竭尽全力忽略刺痛，坚持继续写字。

但很快她就发现不行，先不说疼痛，右手一直在发颤，根本没有办法完整地写上一个字。

难道右手写不了字，就要放弃吗？

杨岁在心里问自己，难道真的要放弃吗？

可是她不甘心啊……

不甘心之前付出的努力全部付诸东流……

也不甘心都已经忍着剧痛赶到了考场，却发现什么都做不了。

即使大脑在飞快地运算每一道题目，可她无法写在纸上，依旧只能是零分。

“不行啊杨岁，你不能放弃，你可以的。”杨岁小声喃喃，摇了摇涨得发疼的脑袋，竭尽全力让自己清醒些。

主监考一直在默默观察她，同时在思考自己是否应该让那孩子放弃考试，先去医院。

正在犹豫时，他猛然发现杨岁左手拿过右手上的笔，一笔一画速度不快地开始认真答题。

他再次被这个孩子的坚韧与坚持震惊到。

杨岁尽力让左手写得清楚些，但写了几题之后，她明显感觉到左手写字的吃力，以及写字的速度根本跟不上脑子思考的速度。这样下去，即使她能在脑中把所有题目解出来，左手也来不及写。

考试结束之后，收试卷时，主监考特意留意了杨岁的试卷，字迹怪异，但工整清秀。试卷前几题步骤写得很详细，但从第七题开始，步骤跳跃，看得出是尽挑着得分点写，多余的字一个不写。

主监考笑了笑，不置可否。

可即使杨岁尽可能地提高速度，还是有一整道大题空着，只写了一个答案。

很明显她不是不会做，而是来不及写。

主监考心疼又可惜地叹了口气。如果那孩子右手正常，这张卷子应该是能得到一个很亮眼的名次的。

杨岁等到人都走得差不多了，才缓缓弯下腰收拾背包，一瘸一拐慢吞吞地走出校门。

她垂眸看了看自己的腿，不知道是不是已经麻痹了，没有之前那么疼了。可随即她又发现了一件坏事，膝盖似乎已经无法自主弯曲，伴随着的是不受控制的强烈的顿挫感。

杨岁想察看一下伤口。

她轻轻撩开裤腿，扯到小腿处就已经扯不上去了。没有及时处理的伤口，血水已经将牛仔裤粘在了伤口上，看着十分吓人。

杨岁沉默了片刻，拉下了裤腿，拿出手机想给带队的徐老师打个电话。

还没拨出号码，林音音的电话打了进来。

“喂，杨岁，你出考场了吗？大家在校门口附近的停车场等你，你快点来，司机师傅等得有点着急。”

“我有些事情要处理一下，你们先回去吧。明天我会自己回去的。”杨岁尽力稳住发颤的声语，道。

如果林音音稍微注意一下，就会发现杨岁语调的异常之处。

但她没有。

“哦，好的。杨岁，你下次有事记得早点说，大家一直都在等你呢。”林音音说完就挂了电话。

杨岁左手费力地托着手机，除了林音音的声音，她还能听见其他人催促司机快开车的声音。

她平静地挂断了电话，然后叫了一辆出租车，独自去往最近的医院。

在进行简单的包扎之后，杨岁坐在医院的走廊上发呆。

路上莫名其妙的车祸，骑着摩托出现的周裴，十字路口突然冒出的骑得飞快的自行车，恰好伤到膝盖以及右手……

前几个小时精神一直高度紧张，现在放松下来，她仔细一想，每一件事都发生得太过恰好，似乎命运又一次开了自己的玩笑。

道路上的车祸、适时出现的周裴，是为了阻止他人准时到达，同时让周裴和林音音准时赴考吗？

十字路口出现的自行车，是因为她没有老老实实待在车上而临时出现的阻碍吗？

膝盖磕地，就无法奔跑。即使侥幸到达，受伤的右手也会让她完不成竞赛。

林音音得意时，她就必须失意？

林音音光鲜亮丽，她就要狼狈不堪……

就好像这个世界上有一股力量，要将她强行变成……变成林音音顺畅人生的对照组。

那她这样拚了命地努力，是为了什么呢？

“不对！不对！杨岁，你不能想这些，不可以这么想！努力一定会有回报的……努力才有回报……”

杨岁心情低落地垂着头，双手止不住地发颤，种种窒息的想法一步步将她带向不见阳光的旋涡深处。

“小杨老师？”

一个温柔沉稳的声音像是救命稻草一般，将她从充满窒息感的恶性循环中拉了出来。

杨岁抬眸望去，电梯口站着的人身形修长，穿着板正的定做西装，藏在金丝框架眼镜后的眸子透出淡淡的疑惑和温暖。

“丁先生。”杨岁快速调整好情绪，将手中的药塞进背包里，礼貌回应。

丁瑞安知道今天B市有竞赛，因此，并不疑惑杨岁会在B市，但怎么会有人把自己弄得这么狼狈?

刚刚远远看到时，他甚至以为自己认错人了。

杨岁发现丁瑞安瞄向她膝盖的时候，她默不作声地悄悄扯下背包，挡住伤口。

她不习惯将自己脆弱的一面展示在他人面前。

注意到杨岁挡住伤口的动作后，丁瑞安无奈地笑了笑。

直视别人受伤的地方，确实是唐突了。

他看了看腕上的手表，问道：“小杨老师在B市有住房吗？”

“没有。”杨岁摇了摇头。

“不早了，我送小杨老师回家？”

丁瑞安语调温柔，默默观察着杨岁脸上的表情，留意到她有些犹豫时，又道：“从这里回C市有三个小时的车程。大晚上，我一个人开这么久，难免会昏昏欲睡。如果小杨老师正好也要回去，不如一起，一路上有个人做伴，也不至于发困。而且，关于最近小喻学习的状态，我还要问问小杨老师。”

杨岁并不想麻烦别人，但目前自己的状态不太好，身体和精神状态都不太好。

“谢谢丁先生。这个周末补课的费用就不用转给我了。”杨岁左手拿起背包，踉踉跄跄跟着丁瑞安离开了医院。

丁瑞安无奈地点点头，维护着杨岁的自尊心。

他本来想伸手扶住杨岁，但看到杨岁咬牙坚持的模样，又意识到像杨岁这样的人，会有超出常人的倔强心理。

他尊重她的倔强和固执。

丁瑞安想了想，将举在半空的手悄悄放下。

杨岁跟着丁瑞安坐上一辆黑色豪车。

一路上，车内十分安静，丁瑞安打算开口说些什么，叫了杨岁一声，却发现对方已经靠着车窗睡着了。

他笑了笑，调低了音乐的音量，同时把车内温度调到适宜睡觉的温度。

第二天，老陈给杨岁打去电话，了解清楚情况后，给杨岁批了两天假。

杨岁起初不肯，老陈就板起脸凶了她几句，杨岁才妥协。

周裴烦躁不安地看向前面第二排空荡荡的座位，发现自己睡不着觉了。

杨岁又请假了。

他起身走到蒋思右身边，用脚尖踢了踢椅子，问道："杨岁去干什么了？"

"我怎么知道？"蒋思右语气很冲，瞪了他一眼，"怎么，杨岁不在，你就找不到人刁难了？"

"我是在关心她！关心同班同学不可以？你哪只眼睛看见我刁难她了？"周裴听他这么说，一股火气上来了，吼道。

蒋思右讽刺地冲他笑了笑："那可真是难为你了，我替杨岁谢谢你们假模假样的关心。"

林音音见状，起身上前拉住周裴，怕周裴控制不住出手打人："蒋思右，你不要太过分了，我们是真的关心杨岁。她如果经常请假的话，会跟不上课的。"

"杨岁就算天天请假，也比你成绩好太多。"蒋思右毫不客气地戗她，"真不劳你们二位关心。"

周裴怒火中烧，拳头捏得咔吧作响。

蒋思右瞄了一眼周裴的拳头，道："你要是打我，我绝对会添油加醋地告诉老陈。"

“周裴，算了。”林音音赶忙握住周裴的拳头。

周裴眼中无法遏制的怒火在林音音的劝说下渐渐熄灭了一些。他意味不明地看了一眼杨岁空荡荡的座位，一言不发地转身回座位睡觉。

第二章

保送快乐

杨岁坐在床边，艰难地用左手给膝盖上药。

膝盖处的伤虽然看着可怕，但幸好都是些表面上的伤。可是右手手指到手腕处，伤到了骨头，打了石膏，大概需要一个多月才能拆掉。

不过还好，至少后面没有什么大型的比赛了。

可她还是想参加高考，毕竟高中努力了三年，想看看自己到底能拿到什么样的成绩。

所以这段时间，她得好好练习用左手写字。

老陈早上给杨岁打了电话，让她在家里再休息几天，高三都是复习课，对杨岁而言，确实没有多大的用处了。

杨岁看了看自己的膝盖，已经好了很多，至少不会再渗血了。虽然走路姿势还是有些奇怪，但只要不跑步就没什么大问题。

老陈说不过她，只好随她，但还是再三叮嘱，能不下座位就不要下座位，有什么问题要立刻告诉他。

周裴坐在教室后面，托腮发呆了整整一节早读课。

杨岁请假两天了。明明是一个把分数和成绩看得比命还重要的人，怎么会突然请假两天？

他烦躁地挠了挠头，心中一阵焦虑。

周裴泄气般趴在桌上，眼神漫无目的地望向窗外。

杨岁究竟是个什么样的人呢？

木讷、好强、固执，不懂变通，认定的事情就一定要做到底……

周裴从来没有遇到过这样的人，对杨岁倒也说不上多讨厌，只是觉得像杨岁这样活着一定很累。

而林音音呢？热情、灵动、善良、温柔……

他想，换作任何一个人，都会更喜欢林音音吧。

在周裴思绪乱飘时，突然，透过窗户玻璃，他看到了面色苍白的杨岁。

杨岁穿着洗得干干净净的白色校服，走路有些不稳，甚至偶尔还需要扶住栏杆才能稳住身体，右手还打了厚厚的石膏，挂在脖子上。

即便是这样，杨岁依旧将背挺得直直的，好像怎么都压不垮一样。

周裴不自觉地蹙眉，眼神一路随着杨岁进教室。

可杨岁从走廊到座位这一路上，从头到尾连个眼神都没有给他。

周裴深呼吸了一口气，想要压下心中的烦躁感，随手拿起一本书，胡乱翻着。

杨岁一坐下，蒋思右就把脑袋凑了过来，担心地问道：“你的腿和手怎么了？”

“竞赛的路上出了一点意外，很快就能好的。”杨岁冲他笑了笑，将课本从背包里拿出，整整齐齐地放在课桌上。

“同桌，我跟你说，你没来的这两天发生了好多事。昨天老陈和新来的教数学的小徐在校长办公室吵起来了，吵得可凶了，校长都劝不住！但是，老陈骂人的功力真的是一流，骂得小徐脸色发青，一句话都说不出来。”蒋思右压低音量，迫不及待地分享消息。

杨岁拿笔的手一顿：“是因为我的事吗？”

“不全是因为你。对了，你还不知道吧？除了你和周裴、林音音参加了竞赛，其他两个人连考场都没去。道路疏通之后，离考试结束就半个小时，他们还考个屁。你说那小徐也是，好歹也是个老师，怎么一点时间观念都没有？这次我们学校集体排名肯定靠后……”

蒋思右越说越气愤，音量渐渐抬高，连老陈站在他身后都不知道。

老陈控制住力道，拿书拍了一下他，瞪了他一眼，他就蔫了。

瞪完蒋思右后，老陈换上和悦的神色，对杨岁道：“杨岁，跟我来一下办公室。”

“好。”杨岁点了点头，跟着老陈去了办公室。

老陈注意到杨岁走路还是有些不稳之后，心疼得叹了口气。

“杨岁，竞赛已经过去了，不要给自己太大压力。”老陈给杨岁拖来一把椅子，让她坐下，“我觉得你在发生这种意外的情况下还能去参加竞赛，已经很厉害了。”

“谢谢老师。”

老陈知道杨岁不太想提这件事，只好打住话题，拿起一个很大的盒子递给她。

杨岁不明所以地接下。

盒子上只写了“杨岁”两个字，字迹苍劲有力。

她疑惑地打开盒子，里面放着一台最新款的笔记本电脑，还有一块手表。

这个牌子的手表，她曾经在丁瑞安手上见过，应该很贵。

杨岁皱起眉头，她想不到有谁会给她送礼物。

她着急地翻着，想找到送礼物之人留下的蛛丝马迹。终于，在很不起眼的地方，她发现了一张小小的纸。

纸上写着——保送快乐，祝得偿所愿。

落款处只有一个“纪”字。

杨岁不敢相信，一遍又一遍地看着这短短的一行字。片刻后，一向平静无波的眸中染上了压抑不住的急切和惊喜。

“老师，您见到了送盒子的人吗？”

老陈摇了摇头："这个盒子是竞赛后第二天有人送到门卫室的，门卫师傅那天没看到你，这才拿来给我。怎么了，有什么问题吗？"

"是纪叔叔！陈老师，是资助我上学的那位纪叔叔。他知道我被保送了，我一定没有让他失望，对不对？"杨岁的语气中含着喜悦，嘴角不由得翘起。

老陈一愣，也跟着杨岁笑了起来："杨岁，你不会让任何人失望的。"

杨岁想了想，还是先把盒子放在老陈的办公室里，等到放学的时候再带走。不然，带着这么个大盒子，她一定会引起班里其他同学的注意，那些人又不知道会说些什么话。

她不想纪叔叔的礼物被人议论。

其实，说起来也挺突然的。

杨岁没有纪叔叔的联系方式，这些年来也一直没有联系上他。

除了每月固定时间的一笔银行转账外，他们之间再没有更多的交流。

可她总觉得这份礼物来得太过正好，就好像有一只手，将她拉出了困惑迷茫之中。

"得偿所愿……"杨岁左手伸入口袋，细细摩挲着那张纸。

她所希望的，并为之付出努力的，一定都能得偿所愿！

杨岁深吸了一口气，扯出一个笑容，一扫前几日的沉闷。

"这两天有遇到什么不会的题目吗？我现在有空，你可以来问我。"杨岁回到座位后坐下，语气轻松地对蒋思右道。

蒋思右正咬着笔头，绞尽脑汁地算一道题，听到杨岁的话立马投来感激的目光，忙不迭地送上试卷。

"同桌，你心情变好了？"蒋思右歪着脑袋问道。

杨岁对所有人都是不冷不热的，不过分热情，也不至于冷漠。从前都是他问什么，杨岁教他什么，但今天，杨岁居然主动来问他需不需要帮助！

杨岁拿过笔，在立体图形上画了两条辅助线，仔仔细细地把做题思路讲解了一遍，才停下来回答蒋思右刚刚那个问题：“前几天有些压抑，今天想通了一些事情。”

“你今天早上刚来的时候，不知道自己脸色有多吓人，我都怕你钻死胡同……”蒋思右叹了口气，拿过试卷，“不过嘛，我就相信你一定能很快调节好自己的情绪的！不愧是我蒋思右的同桌！”

蒋思右把杨岁当成小学生似的，夸张地冲她竖起大拇指。

杨岁被他逗笑了，弯弯的笑眼像月牙儿一样。

她觉得其实情况没有自己想的那么糟，至少她身边还有愿意为她出头的同桌，有会开导她情绪的陈老师，还有资助她这么多年的纪叔叔。

就算是世界偏爱一些人，就算是要将她塑造成那类人的对照组，那又如何？

她是杨岁啊，是成长速度极快、适应能力极强的白杨树啊……

“杨岁。”林音音抿着嘴，慢吞吞地走到杨岁座位前，犹豫了片刻才说道，“你身上的伤，是不是跑去考场时发生了意外？”

“嗯。”杨岁点了点头，左手拿起笔，极不自然地写下几个字。

林音音咬紧下唇，眼角微微发红，连声音都在发颤：“对不起，如果当时我让周裴先送你去，就不会有这么多事。对不起……杨岁。”

蒋思右都在一边看蒙了，这林音音怎么动不动就哭啊？

“林音音，这跟你一点关系都没有。但我觉得很奇怪……”杨岁放下笔，因膝盖忽地传来的剧痛，微微蹙眉，“你为什么总是莫名其妙地突然来向我道歉？”

“我……我只是觉得有点对不起你，想要补偿你……”林音音感到一阵心慌，不明白杨岁为什么突然问出这个问题，手指不自觉地绞在一起。

她慌张地看向四周，当看到周裴也在看着她们时，心里才安定下来一点。

周裴会帮她说话的吧？一定会的吧？

周裴注意到了林音音求助的目光，整个人有一瞬间僵住，有什么在他脑子里一闪而过。不知不觉中，他走到了林音音旁边，握住了她发颤的手。

“你没必要自责。是杨岁她自己非要下车跑过去的，跟你没关系，不要把什么错都往自己身上揽。”他不受控制地、机械地说出这段话。

这些话好像藏在他的潜意识中，好像他必须这么说。

周裴有一瞬间的失神和疑虑，但当他的眼神触及林音音湿润的眼眶后，这一点点的疑虑全部消散不见。

林音音柔弱善良，他不能让其他人欺负她……对！不能让任何人欺负她。

其他同学也纷纷参与到安慰林音音的阵营中，并时不时对杨岁抛出不善的眼神。

“这件事我本来不想多说，因为我觉得自己也并不是完全没有错。”杨岁用左手撑住桌子，强撑着站起来，尽力忽略膝盖处传来的不适，“但你们今天非要提起，我就跟你们好好说道说道。”

“考试前一天，我分明提醒过徐老师，最好让大巴提前半个小时来。是你，林音音，”杨岁把目光转向林音音，继续道，“是你中途插话，让我相信徐老师的安排。好话都让你说尽，我再说下去，倒成了不尊重老师。”

“还有，请问周裴同学，在路上遇到车祸，交通拥堵时，我就只能像其他两位同学一样，眼睁睁看着时间一点一点地流逝吗？”杨岁话语一顿，眼神轻轻瞥过他们两人。

“我做不到这样。我不想什么都没有做，就放弃这场竞赛。

“我很认真地对待每一场考试，对待每一次竞赛，只要有万分之一的可能，我都愿意去尝试。同时，我杨岁从不惹事，但也从不怕事。”

杨岁的语气很轻，就像是在讨论今天吃什么一样，但在场的人心中，不知为何都是一震。

林音音听完，眼中蓄满泪水，一双泛红的眼睛不敢置信地盯着杨岁。

她急于想要解释什么，可针对杨岁说的，她竟想不出一句话来解释。

为什么……为什么杨岁能对她说出这些难听的话?

从来没有人像杨岁这样，处处刁难她。

她并没有做错什么啊……

林音音头痛欲裂，一路小跑出了教室。

周裴愣了半晌才反应过来，急匆匆地去追林音音。

“同桌，你是讨厌林音音和周裴吗？”蒋思右愣了好久，压低声音悄悄问道。

“不讨厌。”杨岁答。

她讨厌的一直都不是周裴和林音音，而是这个世界那些不合理的事情。

林音音自上次事件之后，好多天没有来学校。

老陈说，林音音请了病假，高考前都会在家里自习。

班里一如往常，同学们依旧是将所有的错都怪在杨岁身上。

杨岁如果没有咄咄逼人、没有欺人太甚的话，林音音就不会生病。

渐渐地，越来越多的人远离杨岁。

不知道是谁将一些话传了出去，其他班级的人也知道了杨岁。

只不过，与林音音在全校闻名不一样。

林音音是令人惊艳的，是校庆表演上最引人注目的；而杨岁，则是阴晴不定，自命清高。

赞美的话都是属于林音音的，不堪的话都是属于杨岁的。

杨岁照常上学、放学，周六周日去补课，适时地封闭自己的耳朵和眼睛，不去听，也不去看那些难听、难看的事。

周六下午，杨岁依旧拎着特意为丁纪喻准备的习题，敲响了独栋别墅的门。

丁瑞安听到敲门声，合上了电脑，开了门。

“我还以为今天小杨老师会请假呢。”丁瑞安温柔地笑着，侧身为杨岁留出了进门的空间。

跟前两次见面不同，今天丁瑞安没有穿板正的黑色西装，而是穿着宽松舒适的淡色居家服。

如果说之前丁瑞安的温柔是带着一丝凌厉，那今天的丁瑞安就像和煦的春风一样，轻柔温和。

杨岁进门后，看了一眼楼上的书房，大门紧闭，她道：“伤口已经慢慢好转了，不会请假的。”

丁瑞安笑了笑，从冰箱里拿出一盒清洗好的草莓，递给杨岁：“小喻今天一天没有下来吃饭，麻烦小杨老师帮我把这盒水果拿上去给她吧。”

“嗯，正餐什么的不需要我一起带上去吗？”杨岁把装着习题的袋子挂到手腕上，再接过那盒草莓。

丁瑞安不留痕迹地看了一眼杨岁空荡荡的手腕，略有迟疑与困惑，但转瞬之间又恢复到了平常的神情，双眸微抬，他微笑道：“她这人生气归生气，可一向不会委屈自己。虽然没有下楼吃饭，但书房里一定藏了很多吃的。”

杨岁点了点头，左手挂着书，还托着满满一盒草莓，有些使不上力，额上冒出了虚汗。

“这草莓我也挺喜欢吃的。”丁瑞安注意到了她发颤的左手，装作想吃草莓的样子，顺手接过盘子，笑道，“小杨老师，快上楼吧。”

杨岁当然知道丁瑞安的举动是想让她轻松点，她不太擅长接受他人的善意，但显然，丁瑞安很了解如何让别人没有负担。

她上楼站在书房门口后，丁瑞安才把盘子递给她，并贴心地敲了敲书房的门才下楼。

本来杨岁还在思考右手打着石膏、左手塞满东西该怎么敲门。

幸亏这次丁纪喻很快就开了门。

“哟！有草莓！今天倒是挺有眼力见儿的，我都快被饿死了。”

丁纪喻举着一本小说，接过果盘，坐回到椅子上。

杨岁瞄了一眼书房，果然和丁瑞安说的一样，几袋零食堆在地上，垃圾桶里还有几盒吃完的自热火锅。

丁纪喻在书房里生活得很快乐，就差点滋润喉咙的水果。

“哎，你说，”丁纪喻将修长的双腿跷到桌子上，不知道看到了小说里的什么内容，气愤地把书一摔，嘴里塞着草莓，含混不清地冲着杨岁道，“为什么所有小说里的女二号都这么喜欢和女主角去抢东西？”

杨岁闻言，拿习题的手一僵。她认真思考了一会儿，道：“或许你可以站在女二号的角度再去看一遍这部小说。我想只要不败坏道德、违法，每个人都有去争取自己想要的东西的权利吧。”

杨岁突然觉得，自己现在的生活与小说世界挺像的。林音音就像是万众瞩目的女主角，世界上一切美好的事物都会偏向她，她长得美，家境好，父母宠爱，同学们也都围着她转，而杨岁则是用来衬托女主角而被创造出来的配角。

可是，即便是身为配角，杨岁也绝不甘心生活在女主角光环之下。

她想要的，只是活出属于自己的人生。

“你说得还挺有道理的，可偏偏女配角都那么蠢，抢还抢不过主角！”丁纪喻皱起眉头，手在盘子里摸了半天，一颗草莓都没摸到，这才发现刚刚说话间已经吃完了。她犹豫了一会儿，对杨岁道：“你帮我再下去拿点！多拿点！算了，整箱都帮我搬上来吧！”

“你可以自己下去。”杨岁拉开椅子，坐到了一边。

“你没看见我和丁瑞安吵架了？我现在下去要吃的，那我的面子放哪儿？”丁纪喻不悦地看了杨岁一眼，这才发现对方右手挂着石膏，坐着的时候腿还绷得直直的，说不定膝盖也受了伤。

丁纪喻认命地叹了一口气，而后又神情古怪地盯着杨岁：“你是不是被人揍了？你有打回去吗？”她看着杨岁发蒙的表情，恨铁不成钢地皱眉，“你不揍回去吗？你是不是傻啊？你好歹也是我的家教！跟我说，谁打的你，我去给你出气！作为回报，你今天就不要给我上课了！”

“没人揍我，我是被闯红灯的自行车撞伤的。”杨岁看着丁纪喻尴尬又失落的表情，淡淡一笑，补充道，“让你失望了，今天还是好好听我上课吧。”

“你说你也是，平时做什么都那么谨慎，怎么会被自行车撞了？”丁纪喻嘟囔了半天，在书柜一侧的夹缝里掏了半天，掏出一管药膏，递给杨岁，问道，“你看你膝盖都伸不直了，肯定还没有结痂，伤口旁边的肉是不是在发痒？”

杨岁接过药膏看了看，点了点头。膝盖伤口旁边的肉确实很痒，有时她忍不住会去挠，结果好不容易结痂的伤口就会再次出血。

丁纪喻一脸“我就知道”的表情，嫌弃地叮嘱道：“你痒的时候就把这个膏药挤一点涂在旁边。药膏凉凉的，就不会那么痒了，而且这玩意儿能让你膝盖不留疤。”

杨岁盯着药膏半晌，膏体底端有挤压的痕迹，很明显使用过。但包装很新，看得出来之前使用的时候主人很小心，舍不得。她嘴角微微翘起，露出一个很浅的梨涡，将药膏小心地放进口袋，道：“谢谢。”

“你少用点啊，用不完的话记得还给我！这种老配方药膏只有最后一支了！保质期还有两年呢！”丁纪喻没多想什么，看到杨岁受伤，脑子没转就直接把药膏给了出去，但现在又有点心疼。

杨岁看着丁纪喻心疼得直皱眉的样子，忍不住眼尾都含着浅浅的笑意。

第一次见面时，丁纪喻故意把自己扮成不良少女，贴上文身贴，想要给她一个下马威。

但一个人是不是真的坏，不是看外表的。

丁纪喻的眼神很纯净，即使努力扮作凶狠的模样，也会让人下意识地觉得她只是在闹脾气。

“你也受伤了吗？”杨岁问道。药膏有使用痕迹，是不是意味着丁纪喻也受过伤？

丁纪喻听闻，不屑地笑了笑：“我可是世纪高中的老大！受点小伤对我而言简直是再正常不过的事！我嘛，还是公认的不良少女，平时最喜欢欺负像你这种柔柔弱弱的好学生了。所以啊杨岁，你别再因为我做错题就打我脑壳了！你这是把我这个不良少女的面子放在地上踩！我的忍耐也是有限度的！”

她越说到后面越气愤，从来没有人敢敲她脑壳，丁瑞安都没有过！

哪知，杨岁在丁纪喻饱含期待的目光下，很认真地摇了摇头：“我不柔弱，你也不是不良少女。而且我不是敲你脑壳，只是轻轻地拍了一下，更何况，你每次在我轻轻拍了一下后，准确率都会提高。”

杨岁想了想，很郑重地再次补充道：“丁纪喻，你很可爱，比很多人都可爱。”

可爱？丁纪喻整个人僵住，从来没有人拿这个词形容过她。

从小到大，她听得较多的词只有“无药可救”“混混”等。

她也刻意把自己营造成那副模样。既然所有人都这么认为，那她就成为他们口中所说的那种人。

可实际上呢？每次打架都是别人先惹的她，她几乎没有主动挑过事。打架时，她还总想着打对方哪里会让对方伤得比较轻，以致常常是她自己弄一身的伤。

像是突然被人看透了内心，一下子无所适从，丁纪喻气急败坏地把涨红的脸扭到一边，不再理杨岁。

杨岁这个人真奇怪，说什么她可爱嘛，她一点都不可爱！

丁纪喻还在闹别扭的时候，就听到杨岁极其毁气氛的话。

“刚刚聊天用去了二十三分钟，补课结束时间也会延后二十三分钟。好了，丁纪喻同学，让我们开始快乐地学习吧。”

丁纪喻的脸瞬间变黑。

她第一次这么想揍一个人。

三个小时的补课时间过得极慢，丁纪喻快把头发揪光的时候瞥了一眼时间，如释重负，终于到了结束的时间！

她噌一下起身，想赶紧把杨岁送走："小杨老师慢走！小杨老师再见！"

"丁纪喻同学，明天见。"杨岁忍俊不禁，忍不住想逗逗丁纪喻。

"我真的要疯了！我受不了了！我不想读书啊！救命！"丁纪喻冲到楼下，抱住丁瑞安的胳膊。

丁瑞安看着丁纪喻害怕的样子，笑了笑，对杨岁道："小杨老师居然能把她逼下来，真厉害。"

"丁先生，我先回去了。"

"小杨老师是不是和老陈住得很近？"丁瑞安从架子上拿下大衣，问道。

杨岁疑惑地点了点头："我家跟陈老师家隔一条街。"

"我正好要去老陈家一趟，顺路带小杨老师一起回去吧。"

丁瑞安的话说得很自然，杨岁挑不出一点可疑之处。

但她还是不习惯轻易接受他人的好意。

迟疑了片刻，杨岁还是点了点头。

杨岁安安静静地坐在副驾驶位置，左手抓着安全带，脸偏向一旁，看窗外匆匆而过的树木。

可能是因为连续多日高强度的学习以及连轴转，又或许是车内温度适宜，她有些犯困了。

杨岁的呼吸声慢慢平稳下来，眼睛还强撑着半睁着。

"困的话先眯一下吧，大概还有十分钟就到你家了，到了我会叫你。"丁瑞安握着方向盘，侧脸看了一眼杨岁想睡又不敢睡的样子，忍俊不禁。

杨岁闭上了眼睛。当丁瑞安以为她是要眯一会儿的时候，杨岁又睁开了有些红的眼睛。

她真是倔强又固执。

丁瑞安无可奈何地笑了笑："小杨老师既然已经不困了，那我们来聊聊小喻最近的状态吧。我之前说过，小喻脾气不好，我还以为小杨老师也会跟前几个家教老师一样，过不了几天就不来了呢，没想到你们相处得还挺好。”

“丁纪喻很可爱，会故意装凶狠来吓人，但其实她一点儿也不坏。虽然听我讲题听得脑袋疼，但她也没有发脾气。她还很会关心人，给了我一管药膏。”杨岁说着，从口袋里掏出药膏给丁瑞安看。她夸了一通丁纪喻后，低头很认真地想了想，又如实补充道：“不过……丁纪喻的成绩是真的很差。”

丁瑞安接过药膏看了看，在看到管体上的标识时，脸色有一瞬间的不自然，不过很快被他掩饰下去，他笑着说道：“看来小喻真的很喜欢你。这个牌子的药膏小喻从很小的时候就开始用，一直用到现在。可惜工厂前段时间倒闭了，这应该是最后一支了，她居然舍得给小杨老师。平时连我磕碰了，她都舍不得拿出来。”

“她说了，要我省着点用，伤好了就要把药膏还她的。”

“哈哈哈……哈哈，这孩子……”丁瑞安听完杨岁的话后，忍不住笑了出来，笑得连肩膀都在抖。

他这妹妹，思路总是奇怪得很。

杨岁也跟着丁瑞安笑了，过了片刻后，她看见了不远处老陈家的小区。

“丁先生，过了这个路口就是陈老师的家了，等会儿在陈老师家小区门口把我放下来就行。”杨岁道。

丁瑞安蹙眉看着前方昏暗的小道，上次来的时候至少路灯都是亮的，但现在连路灯都熄了好几盏，仅有的四五盏也忽闪忽闪的。

他知道，老小区都是这样，没有物业，物件坏了很久也不见得有人来修，居住的人又杂，素质高低不[illegible]。

丁瑞安本想将杨岁送到家的，这种小道女孩子走太过危险。他抬眸看了一眼杨岁，最后却决定什么都不说，只停下了车子。

杨岁打开车门，抓紧背包，道了一声“谢谢”才关上车门。

丁瑞安坐在车内，对她笑着点了点头。

他看着杨岁挺得笔直的脊背，一步一步不急不慢地走向小道深处。

在社会上摸爬滚打了这么多年，丁瑞安最会的就是揣测人心。他可以很快用一两句话形容他所认识的人。

可杨岁，她到底是个什么样的人呢？

倔强、聪明、努力，不服输，认定的目标就不会变……但好像又不只是如此。

老陈真是幸运，能遇上这样的学生。

他也不介意在力所能及的范围之内，帮帮杨岁。

比如上次，他其实第二天在 B 市还有一个会议要参加。

他想，那天都那么晚了，回来的班车早就没了，杨岁说不定要在哪个廉价宾馆睡一晚，第二天又一瘸一拐地匆匆忙忙地赶班车。

那她这条腿估计又要痛上好几天。

所以，他撒了个小谎，说是顺路带她回 C 市。

再比如这次，他根本没有什么事要找老陈，只是突然觉得杨岁这副好强的样子像极了二十岁的他，而且恰好他当下也没有要紧的事要做，不如就送一送。

丁瑞安微微翘起嘴角，望着小道的尽头，修长的手指点了点方向盘，启动车子，掉头离去。

第 三 章

好运从来都不属于她

这天，杨岁一到学校就被老陈叫去了办公室。

杨岁的膝盖已经好了大半，站在老陈的桌子前，看见老陈欲言又止的样子，她就大概知道了是什么事情。

离上次奥数竞赛过去大半个月了，也差不多是该出成绩了。

如果没有发生意外，杨岁这个时候一定是自信地把脖颈昂得高高的，老陈也一定会在教室里高兴又大声地宣布成绩。

而这次，老陈却单独把她叫到了办公室，这只能说明成绩很不好，至少一定不会让她自己满意。

老陈拿起保温杯，猛灌了一大口茶水，犹豫着该怎么说时，杨岁先开口了。

“陈老师，是竞赛出成绩了吗？”

杨岁的声音很轻，一如往常一般平静。

“嗯。”老陈放下保温杯，从抽屉里拿出一张竞赛排名成绩表，看了又看，想了又想，好一会儿后才递给了杨岁，“这次竞赛的成绩不是你的真实水平，没有必要太在意。”

杨岁即使做好了心理准备，但当伸手去接那张薄薄的成绩单时，指尖还是不可避免地轻轻颤了一下。

成绩单上简单地列了参赛五个人的分数以及全国排名。

满分一百五十分的竞赛卷，杨岁考了一百二十八分，全国七百多人参考，她排名七十八名。

周裴的分数和名次都在她之上，林音音稍差一些。校集体排名更是惨不忍睹。

老陈看着杨岁沉默的样子，有些不知所措。

一百二十八分这个分数，其实对大多数人而言算是还不错的成绩。但他明白，这对杨岁而言，却是一个无法原谅的分数。

杨岁这个孩子，对成绩和分数有着近乎异常的执着。每一次竞赛与考试，她都是从不放松，拼尽全力地去准备。

半晌过后，杨岁的目光从纸上离开，注意到老陈对她充满关心的眼神，她努力笑了笑："陈老师，我状态很好，您不需要担心我。"她将成绩单还给了老陈，语气有些疲惫与遗憾，"虽然这个分数不是我想要的，但我努力过了……只是，难免要给高中生涯留下遗憾了。"

数学一直是杨岁最喜欢的科目，她初三时就知道每一届的高三都有这样的奥数竞赛。全国性的奥数竞赛含金量很高，抵得过以往的其他竞赛，所以她在很早之前就开始着手为竞赛做准备了，希望能给自己的高中生涯交上一份完美的答卷。

只是有些可惜，她本来是可以不留遗憾的……

杨岁心底泛上一阵酸涩，堵在喉咙，像是压抑在深处很久的情绪，急需宣泄出来。她忽然抬头，求救一般看着老陈，眼中疲惫不堪。犹豫了片刻，她终于问出了那个困扰她很久的问题。

"老师，努力真的一定就有回报吗？好运是不是比努力更重要？"

老陈也不知道该如何回答这个问题，作为一名老师，他在这个时候其实应该坚定地回答"努力比一切都重要，努力就一定会有回报”。

可是，他不知道该怎么跟杨岁说。

杨岁身上有太多不公平的事情发生，似乎努力是她必须要做的事情，而有无回报却不是她能控制的。

老陈想了很久，久到上课铃声响起，他也没有想到一个满意的答案。

杨岁这段时间时常会陷入迷茫，她所做的这些能不能改变些什么，还是又会造成突如其来的不合理的意外。

她只不过是想过好自己的人生而已……

可好运从来都不属于她啊。

…………

一声清脆的上课铃声响起，杨岁眼中的茫然之色逐渐消散。她语气释然，又变回了那个坚韧又坚强的杨岁：“老师，我不怕苦也不怕累，即便是付出后没有回报，我也应该同样不怕才对。”她笑了笑，握紧的左手慢慢松开，“结果从来不是我能控制的，但是只要有机会我就会去努力，我能做的也只有更加努力。老师，我去上课了。”

杨岁退到办公室门口，一如从前地对着老陈鞠了一躬。

老陈低头喝着茶，脑中一遍遍回想着杨岁说的话，赞同地点了点头。

既然能做的只有努力，就必须更加努力。

杨岁啊，总是能自己缓解自己的坏情绪，总是能说出些让他都意想不到的话。

这样认真优秀的人，倘若得不到应得的东西，那实在是有些说不过去了……

即便是老陈没有当众宣读成绩，但竞赛的分数本就是公开的，不出意料，学校里大多数人都知道了他们五人的成绩。

林音音善于交际，人缘特别好，再加上前段时间的校庆日表演，使得校内大部分人都对她有好感。而且这次林音音突然长时间请假，谁都知道肯定与杨岁有关。

这次好不容易逮着杨岁出糗，她考了这么一个分数，还天天嚷嚷着学习学习，结果还不是比周装成绩差?

班里的人都抱着给林音音出口气的心态，私下悄悄说些难听的话，有时还故意提高音量，让杨岁听到。

其中最过分的依旧是吴雯。吴雯作为林音音的好友加拥护者，自然不会放过任何一个可以捧林音音损杨岁的机会。不过，她只敢在嘴上逞能，还不至于做些特别出格的事情。

蒋思右担忧地看了看杨岁。杨岁脸色平静，虽握着笔，可已经好一会儿没有下笔解题。可见她并非表面上那样无所谓。

杨岁再成熟，可到底也才满十八周岁。这些闲言碎语，即便是让一个经历过很多事情的成年人听到，也很难保持冷静。

蒋思右就是看不惯这种事情，什么乱七八糟的事，都不分青红皂白地全部怪到杨岁头上，他的这些同学简直是莫名其妙。

他深吸了一口气，站起身，打算为杨岁出气。

与此同时，杨岁也一声不响地起身，对蒋思右摇了摇头，示意自己没事。

杨岁本想着离高中毕业剩不了多少天了，所以能忍的就忍着，熬过这段时间就好。可是，就算她极力忽略那些声音，但那些尖酸刻薄的话还是使她无法安心学习，杨岁明白了，要是任由这样的情况发展下去，那些人只会以为她是在示弱，就会变本加厉。

吴雯依旧和周围的人添油加醋地说着，杨岁是怎么让林音音难堪的，又是怎样把林音音气得请假的。她一边说一边留意杨岁那边，看见杨岁站起来出了教室，她不由得嗤笑一声，只当是杨岁受不了落荒而逃。

“看见了吧，某些人心虚了。”杨岁不在了，吴雯声音更大了，恨不得整个班的人都听到，都站到她这边。

“就你长嘴了是吧？”蒋思右听着这些尖酸刻薄的话，一个脑袋两个大，猛地转头盯着吴雯，“天天说杨岁有意思吗？说人家参加竞赛名次落后，吴雯，你好意思吗？你连参加竞赛的资格都没有，还撺掇别人一起说，你可不可笑啊？！”

吴雯脸色一阵青一阵白，表情难看，但她还是梗着脖子嘴硬道：“对啊，我成绩不好，我参加不了竞赛，所以我有自知之明啊，我从来不端着架子啊。”说到一半，她感觉有了些底气，回瞪过去，“可杨岁呢？仗着成绩好，拒绝参加班里的各种活动。上次校庆晚会表演的时候，音音邀请她一起参加，可她借口要准备奥数竞赛。我还以为她能在竞赛中得个第一名呢，结果成绩排在周裴之后。人家林音音不也要参加奥数竞赛，人家怎么就能分出时间来准备校庆表演，偏偏杨岁就不行？”

吴雯说完，等着蒋思右发火，结果发现蒋思右居然一句话也不说，就那么直愣愣地看着她。

这下，吴雯心里更有底气了。看来蒋思右也被她说得说不上话了！那她更要加把劲。

她清了清嗓子，继续道：“况且这次竞赛，本身就是杨岁自己的问题。自作主张又没有把握好机会，导致整个学校的排名惨不忍睹。老陈还给她面子，没有公布分数。她倒好，知道分数后没有任何的反思和羞愧，整个人毫无反应。我要是杨岁，我早就连来都不好意思来了……”

“吴雯，我就教了你这些东西吗？你来上学，是为了来挖苦同学的？”

吴雯话还没有说完，突然听到一个严肃的声音从身后传来，而刚刚在一旁看好戏的同学，不知道什么时候已经默默坐回位子上了。

她整个人像是被浸到了冷水之中，嘴角因为害怕和不知所措而抖动着。

吴雯脑袋空白，愣住好久，才慢吞吞地转身，把头埋得低低的。

老陈在教室后门站了好一会儿了，他本来想听听吴雯究竟还能说出什么来，可越到后面话越难听，他都听不下去了。

而杨岁就站在老陈旁边。

害怕之余，吴雯突然意识到，明明是休息时间，老陈怎么会突然来教室？一定是杨岁去告的状！

她抬头，视线越过老陈，狠狠剜了杨岁一眼。杨岁神色不改，只侧过脑袋，淡淡地看了回去，眼里的情绪让人琢磨不透。

杨岁处理问题的方式很简单，如果自己不想出面或者是自己解决不了，那就只能麻烦老师出面了。

老陈是一位很好的老师，而且当了几十年的班主任，处理这些事情再熟悉不过。

他以前也处理过很多学生之间的矛盾，但像今天这样的，他还是很少遇到。

若不是亲耳听到那些令人难堪的话从吴雯嘴里一个字一个字地冒出，他还真不敢相信这种事情会发生在他的班级里。

“吴雯，”老陈盯着吴雯半晌，失望地深深叹了口气，“杨岁能在那种情况下得到那个分数，身为她的老师，我很满意。而你现在还是个高中生，怎么能对自己的同学说出这么尖酸刻薄的话？”

吴雯把头埋得低低的，不敢去看老陈，可光是老陈说话间失望的语气，也足够她难过好一阵。

老陈也不再说话，就一直站在后门口，等着吴雯开口。

“陈老师，对不起，我……我不是故意的。”吴雯咬着牙，声音跟蚊子声一般轻，与刚刚盛气凌人的样子形成极为讽刺的对比。

“不是故意的？”蒋思右还以为吴雯能说出什么有水平的狡辩的话，结果就来了这么一句既敷衍又假的话，于是他气不打一处来，“我真想让你再看看你刚刚骂杨岁时的样子，那副自信得快要飘到天上去的样子，你还真好意思说自己不是故意的？你这话说得你自己信吗？”

“蒋思右，先订正好你的试卷。”老陈皱眉对着蒋思右说道，可语气中没有一丝不满与责怪的意思。

蒋思右狠狠瞪了一眼吴雯，极不情愿地转过头，发泄似的用力摊开试卷，却还竖起耳朵听着后面的动静。

他还等着老陈主持公道呢。

老陈又静静地等着吴雯开口，想听听吴雯怎么解释刚刚蒋思右的质疑。

可吴雯嗫嚅半天，再也说不出什么。

显然，她已经想不出什么话来替自己辩解。

“今天下午，让你家长过来学校一趟。我需要和你的父母讨论一下，为什么你接受的教育如此失败。”老陈明白这件事情就是吴雯挑的头，他给了吴雯解释的机会，可是吴雯没有解释，他对吴雯很失望。

吴雯听到要请家长，猛地抬头，神情恍惚：“陈老师，我真的知道错了。能不能不请家长？我爸妈做生意很忙的，没空来学校。老师，我求求你，不要请家长……”

老陈一向刀子嘴豆腐心，如果是其他的事情，学生这样求他，他都会重新思考自己的处理方式是否妥当。但这次，他很坚决地摇了摇头：“今天下午我等不到你父母的话，晚上放学我会亲自到你家家访。”

吴雯知道她现在再怎么服软，老陈都不可能心软了。她眼神一变，求救似的看向杨岁，希望这件事的另一位当事人能帮她说说话。

老陈一向喜欢杨岁，只要杨岁肯开口帮她说话，老陈一定会改变主意的。

吴雯的父母是那种本本分分的老实人，他们一辈子最骄傲的事情就是生了吴雯。

在父母眼中，吴雯成绩好，与同学相处得友好，还会得一些写作方面的奖项。老师请他们去学校，一般都是好事。他们从来不知道，自己的女儿能对同学说出那些尖酸刻薄的话。

受到父母殷切期盼的吴雯，最怕的就是父母对她失望。

所以，就算是丢掉面子，就算是要装模作样地去求杨岁，她也要阻止这次见家长。

"杨岁，你帮帮我，我以后再也不会为难你了……我们也许能成为好朋友。"吴雯艰难地对着杨岁扯开一个微笑。

哪知，杨岁只是温柔地摇了摇头，语气柔和却强硬："我相信并尊重陈老师的决定。"

就这一句话，让吴雯的希望彻底破灭，这次的会面注定躲不过去了。

以前，她对杨岁充满敌意，只是单纯地为好友出气，最多只是嘴巴上逞能。但这次过后，她心中对杨岁厌恶甚至仇恨的种子彻底生根发芽。

明明只要杨岁肯说上一句话，就能让老陈改变主意，就能让自己的父母继续为自己感到骄傲。可杨岁连这么简单的一个忙都不肯帮她，迟早有一天，她会扯下杨岁脸上伪善的面具。

都是杨岁的错！一有事就告诉老师，如果杨岁不去打小报告，根本不会有这档子事！

全是杨岁的错，都是杨岁的错！

老陈沉默了一会儿，再次叮嘱吴雯："今天下午，我会在办公室等你父母。"

"嗯。"吴雯低着头，沉闷地应了一声。

杨岁瞥到吴雯紧握的拳头，片刻后，若有所思地收回目光。

那天下午，吴雯的父母准时来到老陈的办公室，在老陈办公室里交流了好一会儿，最后，吴雯的父亲沉默着走出来，而吴雯的母亲则在偷偷抹眼泪。

杨岁本想着，此事过后吴雯会有所收敛，她至少能安稳平静地度过高中剩余的一个月。

但她注意到了吴雯看她的眼神，其中的厌恶与恨意不加掩饰。

杨岁意识到，事情不会就此结束。

可吴雯如果接下来不来招惹她，她也绝不会做些什么。

这天，杨岁跟往常一样，在上午最后一节课下课后，先在教室里看了十分钟的错题才出发去食堂。

她不太喜欢闹腾的环境，有时候杨岁会觉得，太吵闹的环境中，她的脑袋会无法思考。

所以，杨岁基本都会晚些去食堂。在安静的环境里，上午的知识会在脑中飞快地过一下。

她走到食堂的时候，大部分同学都已经吃得差不多了。她抬眼瞄了一下周围，想等会儿打完饭找一个安静的角落坐下。

吴雯和她的朋友们坐在一桌，喝完最后一口饮料时，正好瞄到杨岁进了食堂。看到杨岁高高挺直、似乎永远也压不垮的脊背，她就心生怒气。然后，她站起身，握紧手中的空饮料玻璃瓶，狠狠地朝杨岁砸去。

杨岁刚打好饭，接过餐盘，这时，耳边忽然传来急促的风声，接着，肩膀不知道被什么东西打了一下，力道不算很大，但拿着餐盘的手还是晃了一下，餐盘里的饭菜无可避免地倾斜散落，褐色汤汁溅到了杨岁白色的球鞋上。

这突然之间发生的事情，引起了食堂中大多数人的注意。

打饭阿姨看着面前女孩狼狈的样子，忍不住问道："有没有事？你哪个班的？我去让你们班主任过来。"

杨岁正要开口时，吴雯走上前插嘴道："阿姨，哪里用得着你去告诉老师，我们杨岁，最会的就是向老师告状呢，是吧？"她话说到一半，转头去看杨岁，却发现杨岁又一言不发地往外走去。吴雯气急反笑，讥讽地道："看到了吧，我们的好学生杨岁又去找老陈告状了呢……都高中生了，还玩小学生告状那一套，杨岁，你有意思吗？你去告吧，反正我爸妈已经对我失望透顶了，不就是请家长吗？我无所谓！"

吴雯越说越激动，胸口剧烈起伏，话语间毫不掩饰她对杨岁的厌恶。

与吴雯同桌吃饭的女生有些听不下去了，扯住吴雯的衣袖，示意她不要再说了。

“徐一欢，你扯我袖子干吗？不是说一起为音音出气的吗？你这就怕了？你这样胆小怕事，不配和音音做朋友！”吴雯用力挣脱徐一欢的手，态度极差。

徐一欢没想到吴雯竟然会来怪自己。她愣了一会儿，脸色冷了下来：“别老是拿音音当借口，你自己对杨岁不满，却总是借音音的名号去刁难杨岁，音音知道吗？”

吴雯被徐一欢戳中心里的想法，脸色一沉，正要对徐一欢发作，却看见杨岁拎着拖把和簸箕，慢吞吞地独自一人走了回来。

杨岁右手石膏虽然已经拆掉，但还不能使太大的力，举起浸了水的拖把还有些吃力。

她一言不发地把地拖干净，将饭菜扫入簸箕中，又将拖把与簸箕放回原处，全程没有说一句话。

“怎么，去老陈办公室告状，发现老陈不在吗？”吴雯发现老陈没有跟着杨岁一起过来，下意识地认为是杨岁没有找到老陈，心中一阵得意，“你们好学生除了动不动跟老师告状之外，还会干什么？”

“吴雯，你目前的所作所为已经够得上校园霸凌了。动不动用羞辱性的语句侮辱我，现在又拿空瓶子扔我，打翻我的午饭，而且还撺掇别人一起欺负我，加入霸凌我的队伍。”杨岁语气平静，与吴雯对视，目光清冷又透露着凌厉，“我现在告诉你，我除了告诉老师外，我还会报警来维护自己的合法权益。”

“报警？你什么意思？”吴雯吞咽着唾沫，心中大乱。她不过是替好朋友出气，怎么会是校园霸凌？杨岁一定是在吓唬她，怎么可能就因为这么点小事就报警？

她极力稳住心态，强撑着说道：“我才不信你会报警，我不会被你吓唬到的！你……你只要跟林音音道歉认错，我就不会再为难你。”

“徐一欢说得很对，你没必要总拿着别人当幌子，做了却不敢认，现在还想要把责任推到其他人头上吗？”杨岁看向吴雯的眼神，温和沉静，吴雯却浑身发冷。

“吴雯，我以为上次陈老师出面之后你会有所改善。可你依旧对我充满恶意，鼓动他人一起来针对我，这些行为已经对我的身心健康造成了伤害。”杨岁捡起地上的空瓶，走向垃圾桶，扔了进去。

吴雯看着杨岁淡定从容的样子，心中渐渐感到焦躁不安与惶恐。她的目光一路随着杨岁，只见杨岁转身对她笑了笑，自然又真挚地开口：“吴雯，我刚刚去拿拖把的时候，真在食堂外面的电话亭里打电话报警了。”

杨岁吐字清晰，每一个字都让吴雯感到万分恐惧。

杨岁居然真的报警了？吴雯不敢相信地死咬下唇，脑袋里一片空白，她只知道自己的人生被毁了，被杨岁毁得一干二净。

徐一欢其实也不认可吴雯之前的做法，但没想到杨岁竟然真的敢报警，她又觉得杨岁做得有点过分了，毕竟大家都是同学。

“杨岁，你原谅吴雯，去撤销报警吧。都是同学，真的没必要闹成这样。”徐一欢想了想，还是决定开口，“吴雯已经知道错了，她不敢再对你这样了。”

说完，她推了吴雯一把，想让吴雯服软，跟杨岁说几句好话。

吴雯脸色惨白，沉默了半天她才开口：“杨岁，求求你不要报警……报警的话，我的人生就彻底被毁了。”

“吴雯，你有没有想过，如果你的霸凌对象不是我，而是一个胆小脆弱不知道反抗的女生，那会怎么样？如果是其他人，她的人生也许会被你彻底毁掉，也可能会成为她一辈子的阴影，也可能她承受不住而选择结束生命……”杨岁看了吴雯半晌，收回了淡漠的目光。

她一点儿也不觉得吴雯可怜。

毁掉吴雯人生的不是她，是吴雯自己。

报警这件事在学校里闹出不小的动静。

校园霸凌，不管最后结果如何，都会给学校带来一定的影响。

校长知道后，先是陪着民警了解情况，等民警走后，黑着脸把老陈和杨岁叫去了办公室。

“遇到这种事情你可以先告诉学校，学校一定会处理好的。”校长本身当然是对一切校园霸凌零容忍，但他还是认为杨岁报警这件事太过于莽撞，这种事情明明可以先告诉学校的。

“校长，我认为杨岁报警这个行为没有任何问题……”老陈在知道杨岁报警这件事后，一开始也是蒙的，但他认为杨岁不是一个做事情不思考后果的人，相反，杨岁做事理智冷静。

校长本来是问杨岁的，哪知道老陈护犊子，赶在杨岁前面开了口，他还没去找老陈算账呢！

“我还没说你呢！陈江，你好歹是一个教龄几十年的老教师，难道没有发现班级里有这种霸凌情况出现吗？”

“校长，陈老师已经做到一个老师能做的事了。”沉默了许久后，杨岁开口道，“在前几天的时候，陈老师已经见过吴雯的家长了，我们都给了吴雯一次机会，是她自己没有把握。我没有做错，陈老师也没有做错。”

校长抿嘴看了杨岁半晌，叹了口气，道：“我并不是说你做错了，但这件事情或许会有更好的处理方式。老陈没有办法时，你可以来告诉我的……”

“可我认为，报警就是最公平、最好的处理方式。”杨岁不再沉默，直言说出自己内心的想法，“如果我把这件事告诉校长，校长会怎么做？除了联系父母，告诉他们吴雯所做的事之外，校长还会怎么做？”

“如果受到霸凌的不是我，那后果会怎么样，校长有想过吗？如果那个人没有像我这样知道保护自己，如果她只能默默承受所遭遇的一切……又或者在偷偷告诉学校之后，反而被吴雯变本加厉地欺凌，那她会怎么样？”杨岁微微蹙眉，一口气把心中的话对着校长全部说出来。

校长在听完杨岁的一番话后，心情复杂。

确实不是人人都能像杨岁一样，能够理智妥善地处理这种事情。如果校园霸凌针对的是另一个性格软弱的孩子，或许他现在面对的，就不仅仅是一个校园霸凌的问题了。

“行了，我明白你的意思了。校园霸凌一直都是很严重的事情。杨岁，你足够勇敢，希望其他人也能像你这么勇敢。”校长摸了摸鼻子，拍了一下老陈的背，笑道，“老陈，牛啊，这孩子是怎么被你这个古董教育出来的？”

老陈不客气地打掉校长拍他的手，毫不谦虚地道：“我哪里像古董了？我现在都上网搜怎么教育学生了，新潮得很！但杨岁这么优秀，可不是因为我啊，人家本身就很优秀！”

“瞧把你嘚瑟的！”校长笑着摆摆手，“行了，你们回去吧。吴雯这件事我会关注的，同时，我也会彻查一下学校里是否还有类似的事情存在。”

杨岁点了点头，态度诚恳地向校长道谢。

随着老陈出去的时候，杨岁垂头想了一会儿，等到离开校长办公室很远了，她叫住了老陈：“陈老师，很抱歉，给你添麻烦了。”

“你做得很对。当自己受到伤害时一定要保护好自己。”老陈不在意地笑笑，“况且，校长不也被你说服了吗？”

正午的阳光照在走廊上，也照在杨岁身上。她垂眸笑了笑。有老陈这样的班主任，她其实挺幸运的。

第四章

谁愿意跟一个无趣寡淡的人做朋友呢

乱七八糟的一天终于快要结束了，晚自习过后，杨岁多留了一会儿背英语单词，然后才慢悠悠地收拾好书包出了校门。

校门口空空荡荡的，已经没什么人了。只有一个穿着皮衣的瘦高身影，无事可干地在树下踢着石子，时不时往校内望去。

“这杨岁，人家放学早就走光了，就她慢悠悠的！放学都不积极！真是的！”丁纪喻困得直打哈欠，一屁股坐在石墩上，撑着下巴苦苦等着杨岁出来。

终于，一个熟悉的身影不紧不慢地走出校门。

“这么晚了，你总不会是来找我问题目的吧？”杨岁看到丁纪喻的时候，一愣，实在想不到这个点了，丁纪喻为什么来找她。

丁纪喻起身拍拍屁股，底气不足地开口：“我这不是担心你膝盖没好全嘛，怕你走路摔跤啥的，特意来送你回家。”

“我膝盖早好了，你又不是不知道。” 杨岁不留情面地拆穿她的谎言，无奈问道，“是不是又和丁先生吵架了？”

被杨岁拆穿后，丁纪喻也不再编下去了，可怜兮兮地摇着她的手臂，撇着嘴道：“这次真是丁瑞安不讲理，不是我的问题。反正，在他不道歉之前，我是绝不会回家的！”

在她两眼充满期待地看着杨岁时，杨岁点点头，装作不懂她的意思，问道：“那你今天找好宾馆了吗？”

“住宾馆不安全啊。”丁纪喻哭丧着脸，补充道，“而且你是我的家教老师，可不能看着我没地方去。”

丁纪喻故作可怜地说完，眼巴巴地看着杨岁，结果杨岁连个眼神都没给她，自顾自地往前走去。

她失落地叹了口气，突然听到前方传来杨岁清亮的声音。

“傻愣着干吗？跟上啊。”

丁纪喻一喜，赶紧跟上。

“我提前跟你说好，”杨岁停下脚步，等着丁纪喻跟上，“我家是在老小区，周围环境比较差，等会儿有一段路路灯坏了很久了，所以你要跟紧我。”

“知道了知道了！你怎么跟丁瑞安一样啰唆啊？”丁纪喻忍不住抱怨，但毕竟现在是有求于人，她又不敢抱怨得太大声。

杨岁听到丁纪喻的小声嘟囔，忍不住笑了：“还有啊，我家比较小，但还是挺干净的。”

“晓得了，小杨老师，你就放心吧！我就今晚安安稳稳地睡一晚，明天就走。”丁纪喻敷衍道。

走到最后一条小巷的时候，杨岁总觉得有点不对劲，但一下子想不出是哪里不对劲，直到丁纪喻开口。

“这一路都不黑啊，尤其是这段路，亮得我眼睛都快花了！”丁纪喻眯眼，怀疑地看向杨岁，“你是不是吓唬我，当我是小孩子啊？还骗我路黑！”

杨岁这才意识到，今天小巷里的路灯全部换新的了，灯光甚至比其他大路上的还亮。

她疑惑地抬头望向新的路灯，明明坏了很久，周围的邻居也投诉了无数遍，可一直没有人来修……怎么今天全都换新的了？

但这些想不出结果的问题，杨岁从来不会花费过多的时间思考。

换新路灯，至少以后回家的时候她再也不用害怕了。

丁纪喻打量着杨岁的家，果然和她说的一样，除了卫生间、客厅和厨房外，只有一大一小两个卧室，但确实收拾得挺干净的。

“哎，杨岁，你睡哪儿？”丁纪喻问道。

杨岁热了一杯牛奶，递给她，指了指一边的小房间。

“那我睡这个大一点的房间吗？”丁纪喻又问道，随即立刻意识到什么，摇了摇头，“大房间肯定是你爸妈的吧？我和你一起睡小房间好了！对了，你爸妈呢？咋还不回来？是还在上班吗？”

“我爸爸不在了，我妈妈也在我三年级的时候离开了。”杨岁语气平静，没有丝毫的异常，“家里现在就我一个人住。你要是想住大房间的话，需要自己铺一下被子。”

丁纪喻拿着杯子的手一顿，突然懊悔自己刚刚为什么要问那个问题。她绞尽脑汁地想一些安慰人的话，扭头一看，却发现杨岁神色如常，根本不需要自己安慰。

“我跟你一起睡好了。”她喝了口热牛奶，小声道。

杨岁点点头，拿出一套干净的睡衣，递给丁纪喻：“新睡衣，我还没穿过。虽然你个子比我高，但睡衣是宽松款的，应该不会差太多。”丁纪喻接过睡衣后，杨岁指了指卫生间：“你先去洗吧，左边热水，右边冷水。”

丁纪喻难得听话一回，乖乖地拿着睡衣去卫生间：“我洗澡很快的，你收拾一下，马上就轮到你了！”她刚把卫生间的门合上，想了想，不放心，又把厕所门打开，不放心地叮嘱道，“对了，我在你家住这件事，不要告诉丁瑞安！”

杨岁无奈地点点头，等她关上门后，从口袋里拿出手机，点开丁瑞安的头像，编辑信息，发送。

丁先生，纪喻今天睡在我家，您不必担心。

过了不过几秒，那边的人回了信息。

麻烦小杨老师了，明天早上我会来接小喻的。

平时家里只有杨岁一个人，床上也只有一床被子。于是，杨岁趁着丁纪喻洗澡的时间，又铺了床新被子。

“杨岁，这个睡衣还是好短啊。”丁纪喻嘟囔着，无奈地看着袖子和裤脚都短了一截的睡衣。

“这是我最大的睡衣了。”杨岁回头看了一眼，“确实是短了一点，但还是能穿的，将就一下吧。”

丁纪喻拽了拽袖口，发现拽不下来后，也就不管了。

她快步走到床前，整个人呈“大”字大大咧咧地躺下去，左右滚了一圈，得出了结论，跟杨岁抱怨道：“你这个床真硬！”

“嫌硬，我可以帮你叫车回家。”杨岁从衣柜里拿出一个蓬松的枕头，扔向丁纪喻，不偏不倚正中她的脑袋。

“我可没嫌你的床硬，这不过是发出一声感慨嘛。”丁纪喻把砸到她脑袋的枕头拿下来，难得乖巧地放在床头，枕了上去，眯着眼舒服地对杨岁说，“这都几点了，你快去洗澡吧，别明天早上起不来！我可不会叫你！”

杨岁斜了她一眼，拿起睡衣，进了卫生间。

温热的热水洒下，杨岁闭着眼睛放松自己。这是一天中杨岁难得感到惬意的时候，不用考虑任何事，可以安安静静地放空一会儿。

把头发吹干，穿上睡衣后，她刚把房间门打开一条缝，就看见丁纪喻鬼鬼祟祟地背对着她，手上拿着什么东西，正捂着嘴憋笑，憋得连肩膀都在微微抖动。

杨岁突然有点不好的预感。

她悄悄走到丁纪喻后面，把头靠近，就看见丁纪喻手里拿的是自己小时候的相册。

那时候的杨岁跟现在的杨岁完全不一样。

小学三年级前的杨岁，乐观开朗，爱穿五颜六色的小裙子，所有的喜怒哀乐都表现在脸上，遇见谁都会露出两颗小虎牙傻笑。

可现在的杨岁呢？她对谁都冷冷淡淡的，似乎对一切事情都提不起兴趣，变成了一个只会学习的机器，所有的情绪都很好地被掩藏在心里。

而且，明明她以前也有很多好朋友的，可后来都渐渐远离了她。

杨岁想，大概是自己的原因吧。

毕竟，谁愿意跟一个无趣寡淡的人做朋友呢？

丁纪喻一边快速翻阅相册，一边笑得开心，猛然发觉周边气压不太对劲。

她咽了口口水，掩耳盗铃地把相册快速放回床头柜上，猛地躲进被窝，只露出一颗脑袋，装作什么都没有发生，故作冷静地开口："时间不早了，我们快睡觉吧！"

丁纪喻这副模样逗笑了杨岁。第一次见面时那么飞扬跋扈的丁纪喻，现在居然有点怕她。

杨岁笑了笑，她本来也没有生气："想看就看吧。虽然我平时补课的时候对你挺凶的，但我小时候还是很可爱的。"

丁纪喻听杨岁这么说，立刻从被窝里钻出来，光明正大地又把相册拿出来，慢慢翻阅。

"你小时候怎么会有这么多丑裙子？"丁纪喻指着好几张照片，颇为可惜地摇摇头，"这些裙子还丑得五花八门！啧……杨岁，你小时候审美不行啊！"

"小时候哪有什么审美？妈妈让穿什么衣服就穿什么呗。"杨岁不客气地打掉她指着照片的手指，将相册从她手里抽出，继续解释道，"我妈妈喜欢给我穿裙子，她说女孩子就应该打扮得漂漂亮亮的。看见我头上那些花花绿绿的蝴蝶结了吗？我那时候也觉得可丑了，可我妈妈觉得好看，那我就戴着呗。"

丁纪喻知道自己又提起不应该提起的话题了，她小心翼翼地偷瞄杨岁，看到杨岁神色正常，温柔的眸中还带着浅浅的笑意，她紧缩的心才稍稍放松了一些。

"其实……也没有那么丑啦。"丁纪喻想了半天，才开口道，"阿姨的审美真不错。这小裙子穿在你身上，整个人可精神了！真的！"

似乎是怕杨岁不信，她还特意加重了“真的”这两个字的声音。

“你什么时候嘴巴这么甜了？”杨岁眼睫微垂地低声道，“丁纪喻，我妈妈很爱我的，所以，你不必特意考虑我的情绪。她只不过……只不过是还在外面打拼，她说过的，她会回来找我的。”

杨岁的声音越来越轻，说到最后，声音低得几乎让人听不见，更像是在自言自语。

丁纪喻急躁地挠了挠头，她就算再迟钝，也发现了杨岁的情绪不对劲。可她从来没有安慰过人，根本不知道这个时候应该说些什么可以让杨岁开心一点。

“杨岁，这是你妈妈吗？和你长得还挺像的。”慌乱中，丁纪喻瞥到一张照片。背景应该是在公园里，一个眼尾有一颗痣的女人拉着小杨岁小小的手，站在雕像面前拍照。

杨岁随着丁纪喻的手指看去，笑着点了点头，问道：“我妈妈好看吧？”

“特好看！”丁纪喻夸张地疯狂点头。

“行了，时间不早了，睡吧。”

杨岁缓缓抬起头，虽然房间里的灯光昏暗，但丁纪喻还是隐隐约约看到了杨岁的眼睛有一点点红。

丁纪喻极轻地叹了口气，以前总觉得杨岁冷血无情，其实不然。恰恰相反，因为杨岁经历得太多，只能逼着自己习惯性地把所有情绪掩藏。

她想，如果她是杨岁的话，一定会把人生过得很糟糕，也一定会恨，在她那么小的时候，母亲就离开她。不管离开的理由是什么，可还是缺席了杨岁长达近十年的人生。

而且，这段时间还是杨岁最需要关爱的时候。

那么小的杨岁是怎么自己一个人长大的，又是怎么活得这么优秀的？

“想什么呢？还不睡？”杨岁看着她发呆的样子，忍不住轻轻拍了拍她的肩，同时准备合上相册。

丁纪喻听到杨岁的话才回过神来，看向杨岁。在杨岁合上相册的一刹那，她匆匆瞥到很下方的一张照片，是穿着小学校服的杨岁，还没来得及看清楚，相册就被彻底合上了。

那张照片，丁纪喻总觉得自己在哪里见过。

“没想什么。”丁纪喻想了一会儿，实在想不到也就懒得想了，“睡觉！睡觉了！晚安，杨岁！”

“晚安。”

关灯后没多久，丁纪喻的呼吸渐渐平稳，她很快就睡着了。

而在黑暗中，杨岁有些失神，许久之后才闭上双眼入睡。

叮叮叮——第二天早上，闹钟准时响起。

丁纪喻听到响声，不满地嘟囔了几句，闭着眼拿起枕头，捂住了头。

昨天睡得太晚，杨岁也还没有完全清醒。闹钟响起后，她脑子里一片混沌，片刻之后，才意识到已经是早上了，忙伸手按掉不断在响的闹钟。

房间里彻底安静后，丁纪喻才松了口气，把脑袋从枕头里探出来。哪知道，安静了才几秒，杨岁幽幽的声音又传了过来。

“丁纪喻，起床了。”

丁纪喻当作没听见，翻了个身，又把整个人缩到被子里。

杨岁看她要赖不起床的模样，只能无奈地笑笑。反正时间还早，等自己做好早饭再把她叫起来也不晚。

听到杨岁出房间的脚步声后，丁纪喻闭着眼满意地翘起了嘴角，终于可以多睡了一会儿了，她开心地想着。

可她明明感觉自己才眯了一会儿，怎么又听见了杨岁的脚步声？她还听见杨岁凑到她耳边说：“丁纪喻，赶紧起床洗漱吃饭！”

丁纪喻没反应，继续装死。

杨岁笑了笑，不再多说什么，探身把她盖着的被子和枕头全都收了起来。

床上的人咬着牙，又躺着坚持了一会儿，最后实在忍受不了，丧气地起了身，眼神幽幽地看着杨岁。

丁纪喻飞快地洗漱完，期待地坐到餐桌边，在看到桌上的早饭后，失望地叹了口气。

她还期待着杨岁会做什么好吃的呢，结果桌上就只有热牛奶、水煮蛋和几片吐司。以前在家里的时候，丁瑞安哪次不是准备好丰盛的早餐？

偏偏她还不敢跟杨岁发脾气，只能憋着，吃着干巴巴的面包片。她边吃边吐槽："你这早餐也太省事了吧？这些东西一点味都没有！"

杨岁拿过丁纪喻手中的面包片，抹了一点花生酱上去，又递了回去："现在有味了吧？"

"哎！你明明知道我不是这个意思！"丁纪喻接过面包片，狠狠咬了一口，"我的意思是，不能来点肉包子、油条啥的吗？或者来碗馄饨也行啊。"

杨岁快速剥了个鸡蛋，堵住了丁纪喻的嘴。

她平时早饭都是如此，为了节省时间和省事。面包和牛奶都是最便捷的食物，不需要特地去花什么心思。

对杨岁而言，吃饭只是为了填饱肚子。她经常会在周末的时候，一做起试卷来就忘了时间，只有在感到肚子饿的时候才会想起吃饭，常常是随便吃点吐司面包，就把一餐混过去了。

丁纪喻还想讲话，但嘴里塞了鸡蛋，她呜呜了半天也讲不出一句清楚的话，只能快速嚼完鸡蛋，再跟杨岁好好讨论一下，吃好早饭的重要性。

可当她好不容易咽下最后一口时，杨岁又塞了一颗鸡蛋到她嘴里。

丁纪喻真是要气死了。她充满怨气地狠狠地一下一下咀嚼，终于把第二颗鸡蛋也完全吞下。她得意地看了一眼杨岁，这下看杨岁还能用什么堵她的嘴。

然而——

叮咚——清脆的门铃声响起，她的话又被止住了。

无奈，丁纪喻气愤地起身开门，可当她看清门外的人后，彻底蒙了！

杨岁这个臭骗子！明明昨天答应她不告诉丁瑞安的！

丁纪喻正在生气，就瞧见杨岁麻利地收拾好她的东西，走到门口，将东西递给了丁瑞安。

“小杨老师，麻烦你了。”丁瑞安微笑着侧过身子，从杨岁手上接过丁纪喻的东西。

丁纪喻蒙了，气得指了杨岁半天，说不出一个字。

明明她们昨天还相处得挺好的，怎么今天杨岁就翻脸不认人？杨岁就这么着急把她赶出去？

杨岁看了一眼丁纪喻呆呆的样子，努力压住翘起的嘴角，心情不错地对她说道：“周六见。”

“哎！杨岁！你就这么冷血无情吗？”丁纪喻反应过来后，幽怨地盯着杨岁，“昨天还跟我睡一张床，早上就迫不及待地要把我赶走？”

“昨天分明是你自己说的，说早上一起来就走。”杨岁又从餐桌上把丁纪喻喝剩下的牛奶塞进丁纪喻怀中，“我还请你吃了一顿早饭呢，知足吧，丁纪喻同学。”

丁瑞安静静地站在门外，看着两个小朋友斗嘴，金丝框架内的镜片也遮不住他眼中的笑意。

好像只有这个时候，杨岁才真的像一个无忧无虑的高中生。不过，她本来就不应该在这样的年纪背上这么重的包袱。

“全套游戏皮肤。”丁瑞安看着丁纪喻死活不肯走的样子，无奈地叹了口气，妥协道。

丁纪喻听到这几个字后，眼睛瞬间亮了，殷勤地从丁瑞安手中取过自己的东西，并且笑嘻嘻地跟杨岁挥手：“既然丁瑞安认错了，那我就不打扰小杨老师了！拜拜！小杨老师！”

杨岁还没反应过来，就看见丁纪喻飞快地跟她说再见，又飞快地一溜烟下楼，一下子就消失在了楼道里。

丁纪喻口中的道歉，原来就是全套游戏皮肤，她真是哭笑不得。

“小喻有给你添麻烦吗？”丁瑞安笑着问道。

杨岁摇了摇头：“没有，她挺乖的，早上还吃了两个水煮蛋。”

“白水煮蛋？”丁瑞安有些吃惊，连眼睛都不自觉地微微张大，“她平时最讨厌吃鸡蛋了，居然在小杨老师这里吃了两个鸡蛋？那她今天确实挺乖的。”

“也不算是她自愿吃的。”杨岁尴尬地挠了挠头，“是我硬塞进她嘴巴里的，不过她也没有拒绝，我还以为她不讨厌。”

“要是我给她塞鸡蛋，她早就跳起来跟我生气了。”丁瑞安能想象到，如果自己逼着丁纪喻吃鸡蛋，结果一定是她跟他闹脾气。他低头看了一眼手表，发现已经快到上学的点了，有些抱歉地道：“我先送小喻去学校了，不耽误小杨老师的时间了。”

丁瑞安略带歉意地一笑，体贴地把门带上，下楼。

在丁瑞安关上门的那一刻，杨岁松了一口气。她挺怕丁瑞安提出顺路带她一起去学校的，她总是下意识地害怕别人的好意。

幸亏丁瑞安没有提，否则，她又要想些理由来拒绝。

丁纪喻已经坐在副驾驶位子上了，无聊地等了好一会儿，才看见丁瑞安慢吞吞地从居民楼里出来。

“你怎么不叫上杨岁一起？反正我和她顺路啊！”丁纪喻后知后觉地才想起这回事。不过她本来就神经大条，没想起来很正常。可丁瑞安一直都是细心体贴的，不可能没想到这件事。

丁瑞安系上安全带，修长的手指搭在方向盘上，他专心地开车，没有说话。

丁纪喻撇了撇嘴，也懒得继续和他说话，拿起手机开始看学校论坛。片刻后，她眉头紧皱，身体坐正。

帖子的标题是——惊！江华高中门口为何惊现警车？

她本着看热闹的心态点了进去，一路滑动着手指，越看到后面，表情越凝重，尤其是翻到最后一张照片时，她整个表情都僵住了。

“杨岁……被校园霸凌了？”她嘴角微抿，不敢相信帖子中被校园霸凌的主人公居然是杨岁。杨岁明明是那么骄傲又从不惹事的人，怎么会被人针对？

事情居然就发生在昨天，可昨天杨岁看着一切都很正常啊，她一点都没感觉到不对劲的地方啊。

“丁瑞安，你不是认识杨岁的老师吗？你知不知道她被霸凌的事？”丁纪喻放下手机，转头看向一言不发的丁瑞安。

丁瑞安眼睛依旧注视着前方，片刻后，他点了点头，眼中看不出什么神情。

“哼！你知道这件事，你都不跟我讲一下！”丁纪喻看到丁瑞安点头后，眉头皱得更紧了，“早知道我昨天应该多安慰一下她……我真是个蠢蛋，早上还跟她犟嘴！”

“她看起来像是需要你安慰的样子吗？”丁瑞安笑了笑，右手轻敲了一下丁纪喻的脑门，“杨岁那样的人，已强大到不需要任何安慰，她可以处理好所有事情的。”

丁纪喻不爽地拍开他的手：“那倒是，就是应该报警，让警察来处理霸凌者！不过霸凌的那个人，据说就是被叫去谈话和被学校处分而已，这惩罚也太轻了吧！”

“霸凌者对杨岁做的事情还够不到其他级别……不过，这其实也算是杨岁帮了她吧。要是任由那个人继续下去，霸凌的手段只会越来越过分，到那个时候再报警，可就不是这么简单的结果了。”丁瑞安笑得温柔。他想，如果杨岁心再狠点就完全能想到，如何在保护自己不受到伤害的前提下，让事情再提升一个阶段，那对霸凌者来说才是真正的惩罚。可是，杨岁还是心软了，但愿点到为止也能让霸凌者醒悟吧。

“你发什么呆呢？”丁纪喻不满地看着想事情想得出神的丁瑞安，又说道，“不行，等周六杨岁来给我补课的时候，我保证一定好好对她，一定要忍住不和她犟嘴！”

“你的保证什么时候实现过？”丁瑞安弯起嘴角，无奈地摇摇头，侧脸瞥了一眼丁纪喻的寸头，“什么时候能答应我不把你的头发剃得那么干净？要上大学了，头发蓄起来吧，别总故意把自己打扮成不良混混的样子。”

“行了行了！知道了！看在你给我买了全套皮肤的分儿上，我会把头发养起来的。”丁纪喻不耐烦地敷衍道，突然想起了什么，眼珠滴溜溜地转了一圈，“我这次要是真能考上大学，你总得给我点奖励吧！我最近真的非常刻苦地在学习，人都瘦了一大圈！你要是不给我买点什么，那就真的过不去了啊，丁总！”

“我听你这口气，是很有信心能考上大学了？”

“那是当然！”丁纪喻十分骄傲地仰起脑袋，“你是不知道杨岁为了帮我提高成绩有多疯狂！她给我整理了三大本错题和知识点，还全是手写的，我是真服了她了！还有，明明补课的时候只有周六周日下午各三个小时，可她总在其他时间时不时地给我发微信，紧紧钉着我的学习进度！我被她逼得现在做梦都经常梦见自己在疯狂做题！最关键的是，这多出来给我补课的时间，她也没收费啊！我都不知道杨岁来给我补课是来赚钱的，还是来做公益的！”

丁瑞安听着她的抱怨，愉快地轻敲着方向盘：“那你要是考不上大学的话，真的对不起小杨老师对你的一片苦心。”

他若有所思地笑了笑，补充道：“不过，就算你考上了大学，最大的功臣也不是你本人吧，应该是小杨老师。”

丁纪喻偷偷对丁瑞安翻了白眼，嘟囔道：“那你就给我和杨岁都来点奖励呗！反正您公司做得那么大，忙得都没时间管家里，那物质上总得满足我吧？”

丁瑞安听到后半句话后眼神暗了几分，但很快又蓄起笑意，问道：“你想要什么？”

“我倒也不缺什么……”丁纪喻歪着头想了半天，“给我买辆超级拉风的跑车吧！到时候上大学肯定要去其他城市，我有辆车，来回也方便。”

“买车子是合理要求，但拉不拉风，要看你高考的分数。”丁瑞安略微思考后回答道。

“你就放心吧，这次我有信心！”丁纪喻极为自信，转头看向窗外，在看到一家便利店时急忙喊，“这里停一下，我要去买点气泡水。我嘴里现在一股恶心的鸡蛋味，难受死我了，我得买点气泡水漱漱口！”

丁瑞安轻踩刹车，车子正好停在便利店门口。他笑着问道：“你以前不是死活不肯吃鸡蛋吗？”

“杨岁都把鸡塞到我嘴里了！我还能吐出来？”丁纪喻解开安全带，没好气地反问。

“如果是我塞你嘴巴里，我不信你会吃下去。”

“那人家毕竟是我的家教老师嘛，不是你说的？要尊师敬道！”

“哦。”丁瑞安做出恍然大悟的样子，“不过，杨岁倒真是很适合做朋友。至少比你之前那些所谓的朋友好太多。你如果和杨岁做朋友，我倒是很放心。”

“你说什么呢？我怎么会和只会学习的呆瓜做朋友？”丁纪喻被戳中心思，瞪大了眼睛，“你可千万别妄自揣测我的心思！”

第五章

告别高中

吴雯做的事情没有造成严重的后果，因此只是在派出所连着父母一起被教育了，再加上学校的一个处分。

但吴雯毕竟只是一个高中生，这点惩罚也够她害怕的了。

高中的最后一段日子，杨岁过得很平静也很开心。林音音休学在家，周裴除了睡觉还是睡觉，针对杨岁的领头羊吴雯也被这件事吓到了，也就没有人再来找杨岁的麻烦。

高考前，领到准考证的时候，杨岁说不清自己是什么心情，有些开心也有些失落。她即将步入一个新的人生阶段，可高中的日子也还是令人有些舍不得。

高考发挥正常，杨岁取得了不错的成绩，比保送的A大数学系招生分数还高出很多分。

蒋思右考上了离C市不远的一所大学，一本。丁纪喻超常发挥，去了一所普通本科。她所在的那所大学西门与A大隔着一条街，正对着A大的东门。而吴雯发挥失常，只考上了偏远地区的普通本科。

林音音去了保送的A大外语系，而周裴则是考上了A大的计算机系。

正式毕业的时候，老陈跟喝醉了酒似的，满脸通红，站在讲台上一遍又一遍地看着这个自己带了两年的班。

这两年里，班里几乎所有人都被老陈骂了个遍，但到了毕业，大家真舍不得。

“祝高三（1）班的所有孩子前程似锦！”老陈开心地笑着，眼睛却有点湿润，“总之，可千万别忘了你们的老陈啊，有空常来看看我啊！”

“老师，我舍不得您啊！”蒋思右情绪最激动，几乎要哭出来，他冲上讲台，抱住老陈。

老陈回抱住他，笑道：“平时数你最会惹事，被我骂的次数最多，现在还舍不得我了？”

“老师骂我，不是为了我好吗？”蒋思右忍住眼泪，“老陈，您真的是我遇到的最好的老师。平时老是凶我们，其实是刀子嘴豆腐心！您可别以为我没看见，刚刚您还在办公室里抹眼泪呢！是不是也舍不得我？”

这话刚说完，全班哄堂大笑，但笑着笑着，好多人的眼睛都红了。

“行了，你可打住吧！你再说下去，我老底都要被你扒光了。”老陈尴尬地摸了摸鼻子，笑骂道。说完，他余光看到底下坐得端端正正的杨岁，冲她竖起了大拇指。

老陈很少用这种幼稚的方式来和学生开玩笑。

杨岁忽然觉得鼻子一酸。她不太会表达自己的感情，更加做不到像蒋思右一样冲上去抱住老陈。

但她真的非常舍不得老陈。

如果没有老陈，她高中这三年只会更加艰难。突然，杨岁很恨自己，为什么不能大大方方地去表达自己的感情？

待所有人都走光之后，杨岁从抽屉里拿出一个包装得很精致的小盒子。

她低头想了想，走到老陈办公室。

老陈正在偷偷拿纸巾抹眼泪，猝不及防看到了门口的杨岁，一愣，赶紧胡乱用袖子把眼泪擦干净。

可不能让学生知道他是一个爱哭的老头儿。

“陈老师，我给您挑了件礼物。”杨岁走上前，将盒子递了过去，“不贵重的。”

老陈眼睛红红地看了看礼物盒，犹豫着要不要收。作为老师，他当然知道不应该收学生的礼物，但这是杨岁的心意……

杨岁怕老陈不收，自己动手把盒子包装拆掉，取出一个黑色的保温杯递了过去：“只是一个保温杯，不到一百块钱。”

老陈看了一眼自己正用的保温杯，用了三年，保温效果已经不太好了，瓶身也有些掉漆。他想着能喝水就好，也就懒得去换一个。

可现下，杨岁给他送了一个保温杯。

保温杯不贵，可贵的是杨岁的用心和细致。老陈不再推托，收下了保温杯。

毕业典礼结束后，蒋思右背着小书包，晃晃悠悠地回到家里，把书包随手扔在地上，心情低落地躺在床上发呆。

以前总觉得高中生活太苦了，每天都要晚自习到很晚，早上又要一大早起床，除了学习还是学习。可现在突然放松下来，他又有些无所适从，居然开始怀念起充实的高中生活。

蒋思右在床上躺了一个下午，直到晚上才想起来，该把脏兮兮的书包洗一洗了。他嫌弃地拎起书包的一角，拉开拉链，随意地把里面的试卷倒在地上。

突然，一本封面熟悉的漫画掉到了脚边。

他蹲下身，捡起，待看清漫画封面时，眼睛瞬间睁大。

这不是他之前在课上偷看，结果被英语老师没收的那本绝版漫画吗？当初漫画刚刚出售，蒋思右排了好久的队才买到。他本来以为这本漫画肯定是拿不回来了，可现在怎么会突然出现在他的书包里呢？

蒋思右想了半天，也想不出原因。

他拿着漫画，难得端正地坐在书桌前，兴致勃勃地看了起来。这本漫画当初被收上去的时候，他也只来得及看了个开头。

他捧起书，小心翼翼地打开第一页，一张书签一样的纸从书页中滑落。

上面的字迹方正娟秀——

同桌，多谢照顾，祝凡事顺利。杨岁。

“杨岁！”蒋思右看着那张纸，愣了半晌，过了一会儿才兴奋地喊出两个字。

居然是杨岁，果真是中国好同桌！他早就知道，杨岁是一个把一切都压在心底的人，但只要是别人对她好，她就会加倍地还回去。

有这样一个同桌真好啊！

蒋思右突然又更加舍不得高中生活了，等上了大学，再和老陈与杨岁见面的机会估计就少了。

“右右，帮妈妈去买瓶酱油。”蒋思右的妈妈敲了敲房门。

蒋思右听到后把漫画轻轻合上，将书放在书架最显眼的位置，才冲门外道：“知道了！我马上就去。”

他飞快地换了身舒适的衣服，穿着拖鞋，走出楼道。

此时是晚上六点多，天已经黑得差不多了，小道上的路灯开始亮起。

蒋思右悠闲地哼着歌，在小卖铺买了一瓶酱油后，优哉游哉地出来。

在经过一个小巷口子的时候，他突然听见黢黑的巷子里传来激烈的叫骂声，甚至还有几声沉闷的痛呼。

蒋思右停住脚步，转身看向巷子深处，犹豫着要不要过去看一看。

如果是小混混约架，他过去岂不是找死？可万一是哪个倒霉蛋被小混混欺凌，他要是不过去的话，良心实在过不去啊。

“好烦啊，这简直就是在考验人性！”蒋思右在巷口犹豫不决。

“你们敢跟我要钱花？疯了吧！”

响亮急促又带着沉重喘息声的女声响起。

“啊！居然敢欺负女孩子！”蒋思右不再犹豫，潇洒地把酱油瓶往口袋里一揣，提步快速向巷子深处奔去。

他蒋思右这辈子最见不得的，就是有人欺负女孩子！

他铆足了劲，雄赳赳气昂昂地冲进去，等看清楚巷子里的情况后，人蒙了。

谁能告诉他，里面以一敌三的凶狠寸头是谁？还有，那个娇弱的需要保护的女孩子在哪儿？以及为什么那个寸头看向他的目光如此恐怖？

蒋思右脚步猛刹，急急转身，想装作若无其事地默默离开。

“站住！”寸头神色凶恶，声音洪亮地喊住了他，“你和他们是一伙儿的？”

蒋思右这人平时对付吴雯倒还行，但真遇到打架，他还是有些害怕，连着语调都有些颤抖：“大……大哥，我怎么会和他们是一伙的？我就是去买个酱油，路过巷子听到女生呼救，就进来看看。这……这不是误会了嘛，这里也没女孩子，而且大哥神勇无敌，我留在这里也是给大哥添麻烦，我这就撤了啊。”说完，他还特意将揣在兜里的酱油瓶子拿出来，在寸头面前晃了晃，以此证明自己没说谎。

“原来是想英雄救美？不过，就你这小身板，还是算了吧。”寸头听到他的话，挑起一侧嘴角，讥讽地笑了笑，“还有，你想救的女生不就在你面前吗？”

“你是女生？”蒋思右震惊到极致，不可思议地咽了口唾沫。但冷静下来之后，仔细想想这寸头的声音，确实就是刚刚从巷子里传来的女声。

寸头踹了一脚躺在地上的混混，自信地挺起胸脯：“那是！我可是世纪高中的老大，丁纪喻！不对，我已经毕业了，是一名光荣的本科生！”

丁纪喻话说到一半，突然想起自己已经成功考上了大学，于是十分骄傲自豪地改口。

“呵呵，真棒。”蒋思右也不知道这个时候应该说些什么，但看对方那副自满的样子，下意识地弯起嘴角，极其敷衍地夸道。

丁纪喻听到夸奖后，自信地仰起了脑袋，拍了拍他的肩膀，语重心长地劝导：“下次再遇到这种事，可别冲进来掺和了，否则我一边教训这几个混混，一边还得分出心思照顾你。”

蒋思右敢怒不敢言，只能勉强笑笑。但他觉得比起躺在地上的混混，面前的女寸头更像是混混！

“好了，不说了，大学生要回家了！”丁纪喻十分享受自己大学生的身份，懒得再跟面前的人说什么，长腿一迈，走了。

暑假两个多月的时间，过得很快，这期间也没有发生什么特别的事情。

开学前一天，一辆极其显眼的粉色吉普车停在了杨岁家的楼道口。

杨岁拎着行李箱，看到这饱和度极高的颜色，眼皮一跳。

主驾驶的车窗缓缓下降，露出一个戴着墨镜的脑袋。

丁纪喻左手支在车窗上，极其浮夸地摘下眼镜，霸道地冲杨岁招了招手，示意她上车。

“我……要不然我还是自己坐大巴吧？”杨岁头疼地看着这辆粉色吉普，真有点不太想坐。

“为什么？”丁纪喻实在不理解，还有女生会不喜欢粉色吗？她郁闷地挠了挠头，可当看到杨岁略带嫌弃的目光后，终于明白了，生气地怒问，“女生不都是喜欢粉色的吗？我还特意为了你去改的色！你现在居然嫌弃我的粉色小吉普！”

“为了我特意去改成粉色？”杨岁蹙眉问道，“为什么为了我改粉色？”

“这是丁瑞安给我们俩的奖励！”丁纪喻懒得再废话，把杨岁的行李扛起放到后备厢，“我这不是好不容易才考上大学嘛，虽然大部分还是靠我自己的努力，但还是有一点点你的功劳的！况且你还是我最好的朋友，所以我要了辆车，到时候放假来回啥的，我们就不用去坐大巴了！”

“最好的朋友？”杨岁轻轻重复了一遍，嘴角微不可察地弯起了小小的弧度。

她想，常常会替她出头的蒋思右也一定算是她的朋友。但这么直白地说出“朋友”二字的，只有丁纪喻，而且还是“最好的朋友”。

杨岁经常会庆幸那个时候老陈给她介绍了这么一份家教工作，认识丁纪喻这个好朋友。

丁纪喻把行李箱塞进后备厢后，给杨岁打开了后座的门，尴尬地摸了摸鼻子：“我行李太多了，副驾驶也塞满了。你坐后座吧，后座还宽敞点。”

杨岁点了点头，不在意坐的位置。

她坐进去之后才发现，后座的另一边坐着丁瑞安。

丁瑞安看到杨岁坐进后座后，收起刚刚在看的平板电脑，放到一边。

“小杨老师。”他侧过头，温柔地笑了笑。

杨岁一愣，没有想到丁瑞安也会跟着一起去。但她很快反应过来，对着丁瑞安笑了笑，打了招呼。

“杨岁，我跟你讲，丁瑞安真的绝了！我又不是无证驾驶，他非要跟着我一起去，说怕我出事，真当我是三岁小孩！”丁纪喻愉快地跟着音乐哼歌，抱怨道，“对了，我上个月打架遇到一个小菜鸟，那小身板还想英雄救美……最关键的是，他还认不出我是个女的，真是气死！”

“你打架了？”

“你又打架了？”

丁瑞安与杨岁几乎是同一时间出口问道。

“啧……你们俩这默契……都一样爱管人！”丁纪喻瞄了一眼内后视镜，弯起嘴角，打趣道，“要不然在一起得了！算了，不行！丁瑞安太老了，都快大你十岁，配不上我们小杨老师！”她还故作嫌弃地啧啧两声，十分认真地摇了摇头。

说完，她特意等着后面两位的反应，结果车子里一片安静。

丁纪喻皱眉又瞥了一眼内后视镜，看到杨岁靠在车窗上，像是快要睡着了，而丁瑞安则低着头，一言不发地翻阅着文件。

显然两位都没将她的话放在心上。

丁纪喻耸耸肩，继续道：“我说丁总，您老都快三十岁了，还不谈个恋爱吗？”

丁瑞安用修长的手指翻过一页，片刻后，抬眸淡淡地看了她一眼：“丁纪喻，认真开车，不要总是往后看。”

“不谈就不谈呗，生什么气呀！”丁纪喻嘟囔着，伸手调大了车内音乐的音量。

丁瑞安这人和谁说话都带着笑，即使是生气也绝对不会表现出来。但她好歹从小就跟他一起生活，怎么会不知道丁瑞安一旦用这种不咸不淡的语气说话，那就代表着他生气了？

可这有什么好生气的？丁纪喻只觉得莫名其妙，她又不是第一次催他谈恋爱！

丁纪喻郁闷地开车，再也不想说话。可没过多久，后面传来丁瑞安的声音。

“音乐调小声点，小杨老师在睡觉。”

“知道了！”

接下来的一路，谁都没有说话，丁纪喻老老实实地开车，车里偶尔会响起极轻的翻阅纸张的声音。

到了 A 市后，丁纪喻极力要求先去杨岁的寝室，帮杨岁整理一下床铺啥的。

杨岁无奈地笑着摇了摇头。丁纪喻明明自己连被子都懒得叠，怎么可能是去帮忙整理床铺的？她大概是想为自己撑场子，顺便看看同寝室的人是否友好。

丁纪喻不依不饶，非要跟去。丁瑞安叹了口气，劝丁纪喻："我先陪你去看看你自己的宿舍，把你的床铺整理好了，我们再去找小杨老师。"

"那你要快点把我的床铺整理好！"丁纪喻想了想，勉强认同，"我要快点去会一会杨岁的新室友！"

丁瑞安听了她的话，温柔地摸了摸她的头发，温和地吐出四个字："自己整理。"

"杨岁，你慢点整理，我整理好之后马上过来找你，晚上一起吃饭啊。"丁纪喻没好气地拍掉丁瑞安的手，着急地跟杨岁说道。

自从上次知道杨岁被校园霸凌之后，丁纪喻生怕这样的事会继续发生在杨岁身上，哪怕丁瑞安告诉她，杨岁能保护好自己，她还是怕。

杨岁是她的朋友，她有责任保护这么好的杨岁不受到任何伤害！

丁纪喻没有把内心的想法说出来，可杨岁怎么会不明白？她朝丁瑞安和丁纪喻摆了摆手，扬声笑道："一会儿见！"

在看见丁纪喻被丁瑞安半推着走向对面的学校后，杨岁才拎起自己的行李箱，缓缓走向寝室。

行李箱里只装了一些简单的夏天衣物，至于其他大件，她前几天已经寄到了学校。

如果不是丁纪喻，她原本准备坐大巴的。

"真好啊，有朋友了……"杨岁深吸一口气，抬头望向前方。

九月不算热烈的阳光穿过密密的树木，零零碎碎的光投在她脸上。

她忽然觉得，也许，她也有机会拥有光亮。

嘴角弯起小小的弧度，杨岁心情愉悦地推开宿舍的门，却在看到林音音时，笑容凝固。

"杨岁？"林音音瞪大眼睛，语气惊讶。显然她也没有想到，会在宿舍遇到杨岁，会与杨岁做室友。

数学系女生很少，经常会和其他系的学生混住。

这届数学系也是如此，413 寝室被安排进了两个数学系的女生，两个外语系的女生。

可任谁也想不到，偌大的 A 大，几十个大系，几百上千个寝室，偏偏杨岁与林音音住在了同一个寝室。

所以，即便是到了大学，林音音的光环依旧要影响到杨岁。

杨岁垂下眸子，淡淡地同她打了招呼。

数学系的除了杨岁，另一个瘦瘦小小、沉默寡言的，叫严胜男。

严胜男穿着胸前图案已经洗花的短袖、发白的牛仔裤，以及一双看不出原本颜色的球鞋。长长的刘海把她的眼睛几乎遮住，背有些微微地弓着，她局促得不敢与任何人说话。

外语系的除了林音音外，还有一位全身上下都是奢侈品的女生，叫程宜云。

“大家好，我叫程宜云，家就在本地。”程宜云一进寝室就热情地把准备好的甜点分给大家，“收拾好寝室后，我请大家吃晚饭。”

“谢谢！”林音音接下甜品，张大双眼看了一眼袋子里的糕点，开心道，“是栗子蛋糕！宜云，你怎么知道我最喜欢吃栗子蛋糕？”

“是吗？因为我比较喜欢栗子蛋糕，所以就多买了一些给大家一起尝尝。”程宜云放下身上的小包，无所事事地坐在椅子上玩手机。

林音音想到了什么，面露歉意，犹豫了一下，对程宜云道：“这次聚餐我可能去不了了，我约了朋友一起吃饭。下次，我请大家吃一顿！”

“朋友？”程宜云放下手机，来了兴趣，追问道，“是男朋友吗？”

林音音听到这三个字，脸瞬间红了，腼腆羞涩地摇了摇头：“还只是朋友。”

“明白！去吧！反正大学四年，大家有的是机会聚餐。”虽然说是朋友，但看她这副样子，程宜云了然地点点头，大方地说道。

“我晚上也跟朋友约好了。”杨岁想起了和丁纪喻约好的晚饭，也有些抱歉地说道。

程宜云夸张地叹了口气："好吧，那只能下次再约大家了。"

严胜男一直沉默着整理着床铺，在听到程宜云说下次再约的时候，暗暗松了口气。

她不擅长和人打交道，内心也有些自卑。她刚刚还在担心，会不会是去什么高级酒店吃，可自己万一没注意，一定会丢人的。

更何况，她家里人本来就不支持她读大学，因为她还有一个正在读高中的弟弟。

她求了好久，并保证绝不会用家里的一分钱，她父母才勉强同意她上大学，所以，在收拾好寝室之后，她要抓紧时间看看附近有没有招兼职的。

严胜男悄悄瞄了一眼其他三人，眼中是抑制不住的羡慕。

很快，杨岁收到了丁纪喻发的短信，说他们已经在寝室楼下等她。

正好杨岁把床铺收拾得差不多了，于是跟寝室其他三人说了一下，准备下楼。

"我和你一起下去吧。"林音音拿上小包，对杨岁友好地笑了笑，"刚好周裴也在楼下等我。"

杨岁神色淡然，点了点头。

下楼时，林音音走在后面，时不时抬头看看杨岁，犹豫几次后，小声开口道："杨岁，我也没想到会和你分到同一间寝室。你要是觉得跟我待在一起不自在的话，我可以申请换寝室的。"

听到这话，杨岁脚步微不可察地一顿，随即又恢复到之前的走路速度。

"我知道你不喜欢我。"林音音没有等到她的回话，心里着急，快走几步到杨岁跟前，语气慌张却焦急地想问个明白，"我知道你不喜欢我，可我想不明白你为什么不喜欢我。"

林音音站在杨岁跟前，逼得杨岁不得不回答这个问题。

其实这个问题，在高三的时候蒋思右就问过她，是不是讨厌林音音。她那时的回答是"不讨厌"，现在的回答也是"不讨厌"。

林音音从小就生活在被所有人偏爱的环境中，她理所当然地认为，一切的人和事都应该为她让步。可杨岁就像一颗挡在她通畅人生道路上的石子，软化不了，搬不走，也无法忽视。

她也同样不讨厌杨岁，只是觉得每一次看见杨岁，心中就会有一种奇怪的感觉，就像是……危机感。

如果可以的话，她想离杨岁远远的，就如同高三最后一个月，为了逃避，她宁可请长假。

“不讨厌。”杨岁摇头，淡淡地道。

“不讨厌和不喜欢是两个意思。”林音音情绪有些激动，似乎陷入了一种执拗中，连音量都有些拔高，“杨岁，你不喜欢我，对不对？”

杨岁看了林音音半晌，缓缓开口：“林音音，你不能要求所有人都喜欢你啊。”

“我不是这个意思，我不是非要所有人都喜欢我。”杨岁清亮的眸子灼伤了林音音刚刚突如其来的勇气，她低下头，有气无力地继续道，“我只是想知道你不喜欢我哪里，如果可以，我会把我不好的那一面改掉。”

“可是，你这样不会很累吗？”杨岁在林音音疑惑的目光中，再次开口，“想要得到所有人的喜欢，不会很累吗？”

“累吗？”林音音缓缓闭上眼睛，一遍遍问自己，累吗？

她不知道累不累，但是她享受所有人以她为中心的感觉。

“音音。”在两人说话间，早已来到楼下的周裴看见跟在林音音身后的杨岁，微微皱眉，“你怎么也在这儿？”

“我是A大的学生，在学校的宿舍楼里出现，有什么问题吗？”杨岁反问道。

“杨岁！”丁纪喻伸长脑袋，看到杨岁后，开心地喊道。

“小杨老师。”丁瑞安侧过脑袋，温柔笑着，当目光触及周裴时，眼中闪过一丝不悦。

杨岁听到后，绕过周裴，快步走到他们旁边。

周裴没想到杨岁又无视他，他转身看向杨岁身边的两人，眼神最后定在丁瑞安身上。

丁瑞安今天没有穿西装，而是穿了一身简单舒适的纯色运动服，整个人更添几分阳光温柔。

即使全身上下的服饰都没有明显的品牌标识，周裴也还是能一眼看出，对面那人穿的每一件都不便宜。

“你认识？”周裴面露不悦，神情古怪地看了一眼杨岁，想不清楚杨岁怎么认识这种人，那人还那么亲切地喊她“小杨老师”。

“抱歉，我没有义务回答你这个问题。”杨岁感受到周裴探究的目光，语气也有些不悦。

“好歹做了两年同学，我关心你一下而已，你用得着用这种语气和我说话？”周裴眼中有了怒意，似乎很不爽刚刚杨岁对他说话的态度。

杨岁看了一眼在后面欲言又止的林音音，又看了一眼周裴，脸色渐渐冷淡下来：“你究竟是关心我还是别有他意，我还不至于分辨不出来。我们之间最多只有同学关系，你并没有任何立场来质疑我的朋友。”

“喂！你听不懂杨岁的话吗？”丁纪喻本来不打算插嘴，但是看到这个男的莫名其妙地敌视丁瑞安，她就一肚子气，忍不住道，“你要是听不懂杨岁的话，我可以再复述一遍。杨岁有些话不想讲得太过分，但我不一样，再难听的话我都说得出口。”

“小喻，要有礼貌。”丁瑞安一双噙着笑的眼睛早就看透了周裴心中那点不堪的心思。他虽然让丁纪喻注意礼貌，但语气中不难听出纵容的意味。

丁纪喻冷笑一声：“对待有礼貌的人，我自然也有礼貌。但对待他，还需要什么礼貌？”

“你一个女生，说话有必要这么阴阳怪气吗？”周裴压低音量，脸色阴沉。

“怎么，还带性别歧视？允许你阴阳怪气，就不允许我阴阳怪气？”丁纪喻一向不怕打架、吵架，说话间，故意露出左臂上的大片文身，想以此震慑周裴。

周裴从不打女生，但看到丁纪喻这副嘚瑟的样子，有些控制不住地想要教训她一顿。正当他要出手时，衣角被人扯住。

“我肚子饿了，先去吃饭吧，好吗？”林音音低垂眼眸，小声说道。

周裴察觉到她情绪有些不对劲，狠狠瞪了丁纪喻好几眼，拉着林音音走了。

丁纪喻十分得意地看着周裴他们离开的背影，一转头，就看到杨岁正低头看着她的文身。

“什么时候贴的？”杨岁问道。

丁纪喻挠了挠头：“昨天晚上贴的。我贴了好久，这次绝对没有起皮！你瞧瞧！”说完，她还特骄傲地把手臂伸向杨岁。

杨岁抬手拍掉了伸过来的手臂，蹙眉问道：“大学报到第一天，你就贴了一个花臂？”

“哎！这不是想着，万一你的室友人不好，我这花臂还可以起到震慑作用嘛！”丁纪喻为自己的机智沾沾自喜，“大学这四年，我丁纪喻一定会保护好你的！”

“可是，我不需要任何人保护。”杨岁笑了笑，温柔地道，“我很强大的，可以保护好自己的。你在大学四年中，如果有什么解决不了的问题，倒是可以来找我帮忙。”

“算了吧，”丁纪喻一把揽住杨岁的肩膀，笑嘻嘻又十分认真地道，“反正要是有人欺负你了，你一定要告诉我。我们两个的学校离得这么近，我走两步就可以过来揍他们！”

丁瑞安站在一旁，安静地看着她们两个打闹。在听到丁纪喻又动不动说要揍人时，他忍不住伸手敲了敲她脑袋，笑骂道：“别什么事都想着用揍人来解决。遇到麻烦的时候，多用用脑子。”

“丁瑞安，你就是拐着弯在说我笨！”丁纪喻怒道。

丁瑞安笑了笑，连带着好看的眼睛都弯了：“我没有这个意思，不过，你要是愿意这么理解，也不是不可以。”

丁纪喻气得脸都红了，拉上杨岁噌噌噌走出校门，坐上车。

饭店是丁纪喻提前预订的，离学校不远，是一家火锅店。离开学还有好一段日子的时候，她已经在网上搜了一堆附近的美食。

一进店，丁纪喻就马不停蹄地点了一堆菜。当服务员问及锅底时，她毫不犹豫地脱口而出要辣锅。

“鸳鸯锅吧。”丁瑞安劝道。

“这家店最出名的就是牛油辣锅！”丁纪喻坚持想点辣锅，况且他们三个人又不是不能吃辣，干吗要点鸳鸯锅。

丁瑞安在菜单上勾选了鸳鸯锅，递给了服务员，解释道：“我今天喉咙不太舒服，想吃点清淡的。”

“你喉咙不舒服？”丁纪喻觉得莫名其妙，明明他说话声音挺正常的，哪里像喉咙不太舒服？她想了想，还是妥协了：“行吧，鸳鸯锅就鸳鸯锅吧，反正鸳鸯锅里面也有牛油辣锅。”

等菜品上齐后，丁纪喻自顾自吃了一会儿，突然发现今天吃辣锅的只有她自己！

“你怎么也不吃辣锅？”她嘴里吃着虾滑，含混不清地问杨岁，“你不是能吃辣吗？咋不吃辣锅？这个辣锅真的很香的！”

“上火了，喉咙有点痛，吃不了辣。”杨岁慢悠悠地夹过一根菠菜，说道。她从前几天开始喉咙就有些上火，只能吃一些清淡的，还每隔一会儿就要含一块润喉糖才能舒服点。原本当丁纪喻提出要吃火锅时，她想拒绝的，可听到是丁纪喻好不容易才预约上时，便打算迁就一回。为此，她还特意在车上含了好几片润喉糖。

丁纪喻忙不迭地往嘴里塞了一大块牛肉，奇怪道：“咋你们两个喉咙都不舒服？生个病还能这么凑巧？”

“这片牛肉也熟了。”丁瑞安从锅里夹起一块牛肉，放在丁纪喻碗中，微笑着扯开话题。

“对了，杨岁，我都忘了问你，你们寝室其他三个人怎么样？有没有看着不好商量的？”丁纪喻不客气地把碗里的肉塞进口中，侧过脑袋问杨岁。

丁瑞安听到丁纪喻问的问题后，也放下筷子，温柔地笑着看向杨岁。

“寝室是混住，其中有一个是我的高中同学，还有两位分别是数学系和外语系的。”杨岁如实回答。

“高中同学？人怎么样？”丁纪喻像个老妈子似的，继续问道，“还有另外两个室友，好相处吗？”

“都还好。”其实杨岁不知道该怎么回答这个问题，同时，她也不愿意在人后去评价他人，只能抛出一个模棱两可的答案。

好在丁纪喻脑子简单，没有想太多。而丁瑞安听到这个回答后，垂眸笑了笑，也没有说什么。

“对了，下个星期天，丁瑞安还要来 A 市开会。”丁纪喻突然想到这件事，向杨岁发出邀请，“到时候我们去吃特色菜吧，据说还挺有名、挺贵的！就是离学校有点远，让丁瑞安请客！”

“那天我有点事，应该去不了。”杨岁算了算日子，摇摇头，拒绝。

“为啥啊？啥事啊？比吃饭还重要？”丁纪喻问。

“很多事都比吃饭重要。”丁瑞安出口打断丁纪喻的追问，“也就是你，能把吃饭放在第一位。就算小杨老师不去吃，也少不了你这一顿的。”

第六章

这世上会有一束光是为她而来吗

这个周日对杨岁而言，是一个非常重要的日子，也是每年中她最期待的日子。

九月二十二日，是她妈妈的生日。

虽然她们已经有差不多十年没有再见到过对方，但每年的这一天，杨岁都会去买一个生日蛋糕，自己一个人躲在房间里，许愿吹蜡烛，就好像妈妈还陪在她身边，就好像自己还能抓住一个美好的念想。

有时候杨岁会想，都过了这么多年了，如果她们俩真的在街上遇到了，妈妈还能认出她来吗？

但她能肯定，她一定能认出妈妈，即使是再过一个十年。

杨岁在A市找了一家评价还不错的蛋糕店，如同以往每一年的这一天一样，提前一天预订，当天再去取。

“你好，我来取蛋糕。”杨岁打开微信，把预约信息给老板看。

老板正在赶做一款蛋糕，听到声音，抬头看了一眼，赶忙热情地道："稍等，我去冰箱里拿出来。"

"好的，谢谢。"杨岁笑道，眼睛被玻璃柜台内一款做了一半的蛋糕吸引了。

这是一款极其精致的两层小蛋糕，蛋糕侧面绕了一圈又一圈繁复华丽的花边，花边上点缀着一颗颗白色的小珠子，上方用淡黄色的奶油写着几个字。

不知道为什么，杨岁向玻璃柜靠近了些。等看清那几个字后，她的瞳孔猛然放大。

上面写着——计颖，生日快乐。

"计颖、计颖……"杨岁一遍遍地低声念着这个名字，脑子里几乎一片空白。

会这么凑巧吗？一模一样的名字，同一天的生日，会是妈妈吗？难道只是同名同姓？不可能，这个姓很稀少。一定是妈妈！

一定是妈妈！

老板拿着包装好的蛋糕出来，看见女孩子眼睛通红，死死盯着玻璃柜台内的半成品蛋糕，感觉有些奇怪，于是问道："这个蛋糕是哪里没做好吗？"

"没有，蛋糕很好看。"杨岁掩下自己的失态，一只手取过自己的蛋糕，另一只手指向玻璃柜台的二层小蛋糕，问道，"你好，我想问下，订这个蛋糕的客人大概什么时候来取？"

"大概一个多小时后吧，怎么了？"

"没什么，这上面的名字跟我认识的一个朋友一样，应该不是同一个人。"杨岁依然盯着那个蛋糕，没有说出实话。

"计颖啊？"老板看了一眼蛋糕，很肯定地摇了摇头，"应该不是你认识的那个人。她都四十多岁了吧，七八年前就在A市定居了，每年都在我这里订蛋糕的。"

"嗯……我也觉得，应该不是同一个人。"杨岁笑得很勉强。通过老板说的这些信息，她基本可以断定，这个计颖，就是她的妈妈。

可是为什么她的妈妈明明就在这么近的A市，却一次都没有回去看过她？

她明明都考了不止一百次一百分了，妈妈为什么不回来看看她？

杨岁永远记得，妈妈离开的那一天。

那时，由于长期忍受家暴，计颖的身体和精神状态都不好。她不止一次想要逃跑，想要离开造成一切悲剧的家，但所有的证件以及钱都被杨岁的爸爸藏在身上，她根本找不到机会逃跑。

何况，那时候的杨岁那么可爱，又那么依赖她。

如果她自私地走了，那所有的拳头和谩骂都会变成杨岁自己一个人承担。

当计颖准备接受命运时，小杨岁突然捧着她的身份证以及一堆皱皱的红包给她。

“妈妈，你是不是想要离开家？”杨岁睁着忽闪忽闪的大眼睛，天真地傻笑着问她。

“妈妈，我不想你被打了，你要不离开爸爸吧？”杨岁说着，从口袋里掏出一块快要溶化的糖，着急地撕开糖纸，塞进她的嘴里，“妈妈，你别哭了！你不用担心我的，只要你以后有空的时候来看看我就好。”

计颖忍着泪，点点头：“等小杨岁考到第一百次一百分的时候，妈妈就回来，好不好？”

“好！”小学三年级的杨岁得到承诺后，开心地点头。

只要考到第一百次一百分，妈妈就会回来。

于是，就是从那个时候开始，杨岁对于成绩分数有着异常的执着。但其实上了初中之后，杨岁才明白，一百次一百分，不过是妈妈随口说的承诺，可能永远也不会实现。

可……万一是真的呢？

抱着这一点点小小的侥幸，她严苛地对待每一次考试，力求得到满分。

“你怎么了？没事吧？”老板看到面前的女孩一言不发地发了好一会儿呆，忍不住问道。

“我没事。”杨岁回神，摇了摇头，向老板多要了几个冰袋，放入蛋糕盒子中，再拎起蛋糕出了店门。

她僵硬迟缓地迈着步伐，在离蛋糕店不远的一个拐角处停住。

“是有什么苦衷吧？”杨岁空洞地看着手中的蛋糕，感觉灵魂仿佛被抽离了身体，却还在拼命地找些理由来安慰自己，“这么多年不回来看我，一定是有什么原因的吧？妈，我好想你，我真的好想你……”

说到后面，杨岁早已说不出一句完整的话，双手不受控制地抖得厉害，她只能把蛋糕先放在地上，以免毁了蛋糕。

杨岁沿着墙壁缓缓蹲下，一遍遍地给自己做心理建设。等到一个小时后，见到妈妈，她应该做什么？

是上去质问她，为什么这么多年一次都没有回去看过她？

还是装作偶遇的样子，开心地迎上去？

…………

叮叮——

正当杨岁思绪混乱时，蛋糕店门口响起的风铃声将她思绪拉回。

又等了片刻，一位穿着长裙的女人拎着精致的两层小蛋糕，温柔地笑着走出蛋糕店。

似乎是感受到了不远处灼热的目光，那女人回头看了一眼拐角处，却什么都没看到，她微微蹙眉。

转头的刹那，她眼角的那颗痣在阳光下显得无比刺眼。

杨岁躲在两间店门的过道里，不敢再探头。

是妈妈！是妈妈！

她脑子里瞬间被这三个字装满。

可这一刻，她只敢把自己藏起来，连去相认的勇气都没有。

多年后再次见到，她设想过无数次再见面的场景，是愤怒，还是开心，又或者是激动万分……可单单没有想到，自己居然连出现在妈妈面前的勇气都没有。

她的妈妈，如今脸上满是笑意，穿着精致大方，曾被家暴的影子早已在她身上消失得一干二净。

她一定过得很幸福吧?

所以，自己有必要去打扰她如今的幸福生活吗?

眼看着她渐渐走远，杨岁咬咬牙，拿起蛋糕，悄悄跟在后面。

计颖在取完蛋糕后出了店门，不知道为何，突然感受到有一束目光，炽热又充满希冀地盯着她。可当她转头望出去时，身后什么都没有。

是错觉吗?

可那样的感觉又太过于熟悉。在很多年前，岁岁也总是用这样的眼神看着她，仿佛她是岁岁生命中最后的光。

但应该不会是岁岁，岁岁怎么会来A市呢?而且就算真的是岁岁，又怎么可能忍住不来见她?以前就算是得到老师一个小小的奖励，岁岁都等不到回家，在路上就会急着拿出来和她分享。以岁岁的性子，如果她们相遇，一定不会忍着不见面。

所以……应该是错觉。

她并非不想岁岁，只是觉得再见到岁岁就会想起那些不堪的过往，那些她极力想要摆脱的过往。

计颖垂眸愣了好一会儿，轻轻叹了口气，迈步向家走去。

杨岁拎着蛋糕，偷偷跟在计颖身后。

走了不过七八分钟，杨岁的脚步停在一幢独栋别墅前，眼见着计颖走进了大门，绕过大大的院子，进了屋子，眼见着一个四五十岁的男人笑着从计颖手上取过蛋糕，眼见着计颖蹲下身，亲了一个小男孩的额头……

杨岁的腿像是被注了铅，再也迈不动半步。

太阳渐渐落下，路灯陆续亮起，杨岁站在背光处，看不清神色，一双眼睛透过铁门，透过玻璃落地窗，静静地看着屋内的人。

蛋糕被插上了蜡烛，屋里的人笑着起哄，唱生日歌、许愿、吹蜡烛，快乐幸福的气氛几近感染了杨岁。

“如今妈妈真的很幸福吧，有了新的家庭、温柔斯文的丈夫、可爱乖巧的孩子……”杨岁自言自语，声音几乎轻到听不见。

过了片刻，她垂下眸子，看向手中有些多余的蛋糕，微微颤抖的手指早已出卖了她此刻假装的冷静。

她走到别墅大门口，缓缓弯下腰，轻轻地把蛋糕放在地上，勉强弯起嘴角，喉咙哽咽发涩地道：“妈妈，生日快乐。”

“以后的生日，就……由你现在的家人替你庆祝啦。”杨岁咬住嘴唇，生生把快溢出眼眶的眼泪忍了下去，语气故作轻松，“那我……就不再替你过生日了……”

杨岁的心脏处传来密密的刺痛。

她说不清楚现在是什么样的心情。一直以来被寄托着希望的人，永远都不会回来看她了……

她多希望，刚刚妈妈蹲下身亲的人是她；她多希望，围绕在圆桌旁，唱生日歌的人里面，有她……

可这世上会有一束光，是为她而来的吗？

杨岁抬头望向发光的路灯。

“我把这些菜都拍照发给杨岁，馋死她！让她不和我们一起来！”丁纪喻拿起手机，对着刚上来的菜疯狂拍照，传给杨岁。

丁瑞安无奈地笑了笑。

丁纪喻发完照片，抱着手臂，等着杨岁回微信。可是等了好一会儿，手机都毫无反应。

这个时间杨岁一般都会秒回的啊。她有些奇怪，拨了电话。一直到铃声结束，杨岁都没有接电话。丁纪喻一连拨打了好几个电话，都是如此。

她突然有些担心，心被揪起：“杨岁一直不接电话，难道……她今天很忙吗？算了，等吃完饭，我再给她打个试试。”

丁瑞安关注到丁纪喻那边的情况后，微微皱眉，想了想，没有说什么。

一顿明明很美味的饭，丁纪喻吃得没滋没味的，满脑子都在担心杨岁，可又觉得杨岁那么冷静理智的人，应该不会出什么事。

她一直盯着手机，直到在回程路上，手机也没有亮起。杨岁依旧没有回她微信和电话。

丁瑞安侧脸瞥了一眼丁纪喻手中黑屏的手机，问道：“还是联系不到吗？”

“嗯。”丁纪喻苦着脸，又拨了好几个电话，无一例外都无人接听。突然，她想起之前要了杨岁一个室友的电话号码，立刻拨了过去：“喂，你好，请问是杨岁的室友吗？”

“你好，是的。”严胜男摘下洗碗手套，在围裙上擦了擦手，接起了电话，怯怯地说道。

“请问一下，杨岁在寝室吗？我是她朋友，她一直不接我电话，我有点担心。”

“抱歉，我在外面打工，不在寝室。”严胜男打开手机免提，返回到通讯录界面，找到程宜云的号码，“我给你其他室友的号码，你记一下。”

丁纪喻随手拿过一张餐巾纸，记下了报过来的号码：“谢谢。”

“没事。”严胜男沉默了一会儿，犹豫着道，“其实，你们不用太担心，杨岁很理智的。”

“我知道的，但是她从来没有出现过不接电话的情况，所以我还是很担心。”丁纪喻语气有点急，“不好意思，我先联系一下其他室友。”

“好。”严胜男看着已经黑屏的手机，陷入了沉默。

她羡慕程宜云的好家世，羡慕林音音的好人缘。原本以为，杨岁和她一样，她们是同一个世界的人，一样的一无所有。可，原来不是啊……

杨岁至少有如此关心她的朋友，原来，一无所有的，一直都只有她自己。

严胜男垂下眸子，掩盖住眼中的失落，重新戴上手套，开始洗碗。

“怎么说？”丁瑞安看向丁纪喻，问道。

丁纪喻急忙在手机上输入刚刚在餐巾纸上记下的号码，正要拨过去，突然想起严胜男的话，手指一顿："我是不是有点小题大做了？杨岁这么独立，应该不会出什么事情吧？"

"小喻，这不是小题大做。"丁瑞安眼神认真地继续道，"把电话拨过去。"

"好。"丁纪喻不再考虑其他，拨通了电话，"喂，你好，我是杨岁的朋友，请问你现在能联系到杨岁吗？"

"杨岁？她下午就出去了，还没回寝室呢。"程宜云道，"她下午出门的时候还特高兴，说是去取生日蛋糕。"

"生日蛋糕？"丁瑞安听到调成免提的手机里传出来的话，眉头微微一皱。

"对！生日蛋糕，店铺还是我推荐给她的。"

丁瑞安道："麻烦你把店铺地址给我一下。"

"哦，好。"程宜云很快翻出蛋糕店的地址，告诉了对方。

丁瑞安记下后，道了谢，看了一眼丁纪喻。丁纪喻反应过来后，也马上跟对方道谢，挂了电话。

"都快晚上十点了，寝室都要关门了，杨岁为什么还联系不上？她到底出什么事了？"丁纪喻心情有些烦躁，突然想到刚刚杨岁室友提起的生日蛋糕，有些奇怪地问道，"今天是杨岁的生日？"

"不是。"丁瑞安摇了摇头，在导航里输入蛋糕店的地址，还好不算太远。他嘱咐司机，在保证安全的前提下尽量开快点。

蛋糕店老板正蹲下身锁门，一转身，就看到两个高大的人站在店门口，其中一个剃着极短的板寸，一副混混的样子，另一个倒是看着温柔。

"你好，我朋友下午在这里取过蛋糕，请问您有印象吗？"丁瑞安问道。

丁纪喻赶忙翻出手机里和杨岁的合照，举给老板看。

下午的客人比较少，老板对杨岁的印象还比较深，看面前两人着急的样子，他大概也猜到应该发生了什么事，于是便把下午和杨岁的对话老老实实地说了出来，同时也提到了计颖。

丁瑞安听到这个名字后，微微蹙眉

“您有计颖女士家的地址吗？”丁纪喻问道。

老板自然有老顾客家的地址，但绝不敢随意给别人。他谨慎地摇了摇头。

丁纪喻看到老板这副样子，就知道老板明显是知道，但不愿意告诉他们，瞬间急躁起来，又想用以前的法子，去威胁老板说出地址，正准备伸手，却被丁瑞安压下。

丁瑞安能理解老板不肯给地址的原因，也就不再勉强对方。他侧身挡住丁纪喻，让老板离开。

“丁瑞安！你干吗让他走？他走了，我们去哪里找杨岁？”丁纪喻生气之余，又想起了之前的一件往事，怒瞪丁瑞安，两只眼睛几乎要喷火，“你总是自以为理智冷静！每次都是！是不是一定要再付出什么代价，你才能对其他人上心？”

“现在不是吵架的时候。”丁瑞安沉默了半晌之后说道，“小喻，我有其他办法可以找到计颖的地址。”

丁纪喻深吸一口气，压下心中几乎要爆发的怒火：“行，那你找！我不耽误你！我自己去找杨岁！不麻烦您！”

说完，她头也不回地疾步走去，却因为太过匆忙，在下台阶的时候不慎踩空，右脚崴了一下，疼得她龇牙咧嘴，差点倒地。

从小到大，她从来没有因为受伤而哭过，但这次，她毫不挣扎地直接坐在了地上，眼眶微红。

不是因为脚踝上的疼痛，而是她觉得特别委屈，觉得自己没用，刚刚还在丁瑞安面前发火，结果一转眼就扭到了脚。

丁瑞安走到她面前，蹲下身，将她的长裤稍稍拉起，查看了一下伤势：“有点严重，开始肿起来了，我让司机先送你去医院。”

“一点儿都不严重……我要去找杨岁！”丁纪喻赌气道。

“小喻，”丁瑞安知道丁纪喻是想起了什么事情，又是在为什么发脾气，他叹了口气，柔声道，“这次不会再有任何遗憾，我会找到小杨老师的。”

丁纪喻忍住眼泪，抬头，哽咽问道：“真的吗？”

“我保证。”丁瑞安伸手安抚地摸了摸她的头，头发还是很短，摸着有些刺手。

“我最后……最后再相信你一次。”她道。

丁瑞安笑着点点头，打电话让司机把车开过来，扶着丁纪喻上车。

对于十年前的那件事，他有太多的愧疚，以至到现在，只要是丁纪喻要的，只要不是特别过分的，他都愿意给她。成绩不好、打架惹事他都不在意，只要她善良、平安、开心就好。

这么多年来，他一直自诩冷静理智，一直认为即使再棘手的事情，他都能处理得很好。但，其实不是。

即便他再厉害，他也只是一个普通人。

就算是十年前，他也不过是刚刚成年，可做错了就是做错了，再多的理由也不能开脱。

丁瑞安忍下心脏处传来的细密的刺痛，深吸一口气，僵硬地笑了笑。

“李工，帮我查一个人的住址。”丁瑞安挂掉电话，坐在长椅上发了会儿呆。没过一会儿，一个详细的地址便发了过来。

离这里不远，是A市地价最贵的几个别墅区之一。

他起身，不再耽误，朝那里走去。

而在别墅外，杨岁双手抱住膝盖，蹲坐在那里。

理智告诉她，应该离开了，脚却迈不动一步。她似乎还抱着一丝可怜的期望，期望着里面正在快乐庆生的人，能推开门发现她的存在。

九月中下旬的天气还有些闷热，可她觉得四面八方灌来的都是冷风。

杨岁无力地把头埋在膝盖上，闭上了眼睛，可眼前总是浮现一幕幕小时候的场景。

妈妈在用缝纫机给她做好看的小裙子。

妈妈带她去动物园，看狮子、看老虎，给她买甜丝丝的冰激凌。

她生日时，妈妈开心地给她唱生日歌，告诉她，杨岁是世界上最可爱的宝贝……

“世界上最可爱的宝贝？”她自言自语地念出这几个字。

现在对妈妈而言，世界上最可爱的宝贝不再是她了，而是房子里那个小男孩了。

这个世界上，再也没有人会把她当成宝贝了……

杨岁脑子发蒙，她静静地发着呆，看着里面落地窗内其乐融融的一家人，眼睛发红。

突然，她眼前一片黑，一只骨节分明且修长的手严严实实地遮住了她的眼睛。与此同时，她闭上了眼睛。

杨岁长长的睫毛扫在丁瑞安的手心，他蓦然发觉手心一片湿润，猛地意识到，杨岁哭了。

“小杨老师，别看。”

一声熟悉的声音唤回了杨岁的思绪。这是第二次了，在她感到绝望时，这个声音总能恰好出现，将她拉出旋涡。

杨岁缓缓睁开眼，抬头看去，脸颊擦过丁瑞安的手心。只见丁瑞安站在路灯下，昏黄的灯光照在他身上，他站在那里，如同一个巨大的光源，温暖且耀眼。

丁瑞安见杨岁没说话，也不再多言，坐到了杨岁的旁边，陪她一起发呆。

好一会儿后，杨岁才反应过来，缓慢地眨了眨眼，说道：“丁先生。”

她这算是打了招呼。

“冷吗？”丁瑞安观察到杨岁有些发抖，问道。

杨岁迟疑了一会儿：“不冷。”

“好。时间也不早了，我送你回学校？”丁瑞安问道。

“我想在这里待一会儿。”杨岁摇了摇头，拒绝了，“这里是别墅区，治安很好，很安全。丁先生，您不用担心我。”

“如果小杨老师愿意的话，今晚，我愿意当小杨老师的倾诉对象。”丁瑞安看了一眼杨岁，想了想，依旧坐在她身边，轻轻开口，“你才十八岁，跟小喻一样的年纪，还是小朋友，所以，你不需要把所有事情藏在心里。我记性不好，嘴巴很牢，所以小杨老师大可放心。”

杨岁愣了一会儿，侧过脑袋，看向坐在她身旁的丁瑞安。

从来没有人对她说，她还是个小朋友。似乎这世界上发生的所有的事情，都在逼她加快脚步，快速成长——连一点点空隙都没有留给她，连喘息的机会都没有留给她。

她总是习惯性地把一切都压在心底，总是习惯性地靠自己去消化一切不好的情绪。可习惯的养成，不是一步步的吗？不是因为，她清楚地知道，她无人可依，只能依靠自己？

对杨岁而言，哭和发泄都不是解决问题的方式。

会哭的孩子有糖吃的前提是，有人在意你，愿意给你糖吃。

可她没有……以前或许有，但现在，是真的没有了……

“丁先生，我本来以为，这次我也可以处理好……但我发现，我其实根本没有那么冷静。”杨岁深吸了一口气，忍下已经在眼眶里打转的眼泪，鼻子微红，她继续说道，“我真的已经很努力让自己变强大了，可……有些话继续憋在心里，我真的会发疯……”

丁瑞安从西装口袋里拿出一方干净的手帕，递了过去，安安静静地听杨岁说话。

“我实在是不明白……明明我的人生中已经不剩下什么了，”杨岁接过手帕，紧紧捏在手中，喉咙发涩哽咽，“为什么……为什么所有对我而言极其珍贵的东西，都会被轻而易举地拿走？”

“我一直以为，不管怎么样，妈妈永远会是这个世界上最爱我的人，无论发生何事，她也是这个世界上永远都不会放弃我的人。可今天看来……不是啊。”杨岁眼睛直愣愣地看着院子里，可那里已经一片漆黑，什么也看不见了。她终于情绪崩溃，眼泪瞬间决堤，从脸颊滑落：“我妈妈……我妈妈，她不要我了……她有了新的家庭，又有了一个乖巧的孩子……"

她脑子里一遍一遍地回忆着，刚刚他们一家人其乐融融的画面，心里一阵阵地痛。

杨岁双手抱住脑袋，将头埋进膝盖，似乎寄希望于这个动作能保护自己。

"真正爱你的人，哪会这么容易不要你？"丁瑞安垂眸看了杨岁片刻，起身将西装外套脱下，披在她身上，"杨岁，我很少觉得一个人优秀。但你的身上，有太多别人不具备的特质，我总觉得，一件事情，只要是你想要去做，你就一定能做到。可有时候命运就是这样，总是会眷顾一些不如你刻苦努力的人……我想，这大概是因为你已经优秀到根本不需要命运的眷顾了。"

他说完，将盖在杨岁身上的西装拢了拢，更好地挡住四面来的风。

有的人真的很神奇，这些话，明明是杨岁自己劝说自己无数遍的话，但从丁瑞安口中说出来，不知道为何，让人想去再相信一次。

即使命运不再眷顾她，即使这个世界给她制造再多的困苦，她都不应该放弃自己。

而从前，她实在是太执着于成绩，错失了很多其他的机会。但现在，一百次一百分的承诺已经被打碎，她也十分清晰地认识到，妈妈不会再回来了。

所以，她想试试看，除了读书外的其他事情。

她的学生生涯，留给别人的印象不能始终是架读书机器呀。

"小杨老师，你要一直坚定地朝前走。我和小喻始终会支持小杨老师的。"丁瑞安转过头，眼睛亮亮地看着杨岁，嘴角扬起一抹温柔的笑。

"谢谢。"杨岁擦干净脸上的眼泪，也弯起了嘴角，"我今天真的很幸运，有丁先生来当我的树洞。丁先生说得很对，我的人生根本不需要命运的眷顾……我的人生是由我自己走的。"

杨岁突然想起了什么，将手机从口袋里拿出来，才发现有很多未接电话和信息。

此前偷偷跟在妈妈后面，她就把手机调成了静音，没想到丁纪喻会发这么多信息。她赶紧打开手机，先给丁纪喻报平安，并告知丁纪喻现在丁瑞安陪着她，她很安全。

然后，杨岁把手机壳取下，拿出细心放在手机后面的一张纸，笑着举到丁瑞安面前："我小学的时候很幸运地遇到了一位资助人，他资助了我所有的学费以及生活费。我常常想，如果没有他的话，我可能读完初中就要辍学打工了。"

杨岁笑了笑，瞧着丁瑞安脸上细微的表情："我挺想当面谢谢他的。可惜，他似乎并不想让我知道他是谁，只留下了一个'纪'字。"

丁瑞安看清了纸上的字，上面写着"保送快乐，祝得偿所愿"。他低头笑了笑，什么都没说。

杨岁仔细收回那张纸，十分珍重地重新放入手机壳内。

她又转头看了一眼丁瑞安。丁瑞安漆黑的瞳孔在黑夜里闪烁着光。

谢谢你啊，纪叔叔。

杨岁在心里悄悄地对丁瑞安说道。

虽然不知道丁瑞安为什么不愿意承认他就是当年资助她的人，但既然他不愿意说，她就不问。

只是她真的很感谢在那段黑暗的日子里帮助过她的纪叔叔。

"你怎么知道的？"沉默了片刻后，丁瑞安笑着问道。

"我在小喻的试卷上看到过你的字迹。"杨岁脱下西装外套还给丁瑞安，站起身，语气轻松了许多，"还有那块手表。我在网上搜了，是需要会员实名制的。所以我去了专柜，说要维修手表。店员查了之后，问我是不是认识你。不过，你当时为什么留下这个'纪'字？我还一直以为资助我的人姓纪呢。"

"纪是我母亲的姓。"丁瑞安说道。

杨岁没有追问，再次看向别墅，深吸了一口气，好似释怀了。

她把放在地上的蛋糕拎起，凑近看了看，还好要了些冰袋，蛋糕没有变形。

她朝丁瑞安招了招手："走吧，纪叔叔，我请你吃蛋糕。"

"这不是为你妈妈买的生日蛋糕吗？"丁瑞安忍俊不禁，他也是真的佩服杨岁处理情绪的能力。

"我妈妈今天已经吃了蛋糕了，所以，我手中的这个蛋糕对她而言已经没有意义了。"杨岁道，"现在我肚子有点饿了，这个蛋糕对我而言意义更大。"

"只吃蛋糕吗？"丁瑞安笑问。

"嗯……我们学校前面有一个烧烤摊，做得挺好吃的。"

"不请稍微正式点的吗？"丁瑞安打趣道。

"我欠你的钱还没攒够呢，等我还完所有钱了，我就请你吃正式点的！"

第七章

遇见陈思计

“杨岁，你昨天……没出什么事吧？”严胜男走进教室，坐到杨岁身边，打开了书本，有些担忧地问道。

杨岁放下笔，友善地笑道：“没什么事。”

“那就好，你朋友很担心你，幸亏没什么事。”说完，严胜男没继续问，吃着早饭继续看书。

“过段时间就是运动会了，各位同学踊跃报名啊！”趁老师没来的时候，班长站到讲台上大声说道，“决定参加的同学，记得来我这里报项目啊！还有，想拿奖学金的同学更要注意一下，辅导员说了，得到特别好的名次的话，可能会加学分的！”

严胜男在听到可以加学分的时候抬起了头，但似乎想到了什么，又垂下了脑袋，问杨岁：“你要参加运动会吗？”

“嗯。”杨岁点点头。她长期晨跑，在高中时，学习压力不是特别大的时候，她也会参加运动会。但晨跑只是她的兴趣爱好，大学里有很多体育特长生，她并没有把握能得到名次。

不过，对杨岁而言，参加运动会只是为了舒缓压力。

“你打算报什么项目？”严胜男有些忧心地问道。

“长跑吧。”

严胜男咬了咬嘴唇：“你长跑很厉害吗？”

“还好，可以试试。你呢？打算参加吗？”杨岁放下手中的英语四级单词书，问道。

严胜男摇了摇头，心情有些低落：“我想参加，但是我没有擅长的项目……”

她说到一半，老师进教室了，她只好停下，集中精神听课。

在高中的时候，严胜男一直认为只要学习成绩好就可以，可是等到进了大学才知道，原来，体育好也是能加分的。

她与杨岁是数学系里高考分数最高的两个人，今年的奖学金也基本会在杨岁与她之间敲定。她以为自己能争取到奖学金，但现在，如果杨岁能在运动会得到名次，那她得到奖学金的概率就会降低。

一年的奖学金有八千多元，对其他人而言可能不是大数目，但对她而言，则是差不多可以支撑她一年的生活费。

严胜男灰心丧气地垂下脑袋，最后，她还是咬咬牙，随意报了一个铅球项目。

全校的运动会，周裴也报了男子长跑，林音音与程宜云并没有报项目，而是参加了啦啦队。

长跑项目十分考验耐力，也特别容易出现安全问题。因此，每一次运动会的长跑学校都会安排几名陪跑，加油打气的同时，也可以及时应对各种问题。

校运动会开场，先是由校长简单讲几句话，接着就是啦啦队的开场舞。

杨岁在台下，今天她扎了一个高马尾辫，听到音乐后，抬头看过去。

只见啦啦队的队员们穿着白色紧身上衣和百褶裙，手里拿着鲜艳的花球，跟着音乐的节奏舞动，漂亮的容貌和曼妙的身材成为校运动会中一道亮丽的风景，掀起一阵又一阵热烈的欢呼。

最后结束动作，林音音转眸一笑，几乎吸引了所有人的目光，

林音音喘着气，眼神快速找到周裴所在的位置，朝他俏皮地眨了眨眼。一瞬间，大部分人都随着她的视线朝下看去。

周裴僵住片刻，随后朝台上回了一个微笑。

这简简单单的互动，使得他们两人几乎成为开幕式的主角。

直到开场舞结束，林音音与周裴还在被许多人讨论。

“杨岁，你和林音音是高中同学吗？”杨岁身边另一位长跑运动员戳了戳她的胳膊，好奇地问道。

林音音和周裴在入校时就被人拍到同行的照片，发到了学校论坛上。颜值极高的两人一时引起不小的轰动，成为大学里的风云人物。所以，其他系的人知道林音音并不奇怪。

杨岁听到问话后，点了点头。

那人立刻起了兴趣，追问道：“他们俩是不是情侣啊？看着真的好般配啊！”

“我不清楚。”杨岁忽略了对面好奇的目光，继续道，“感兴趣的话，你可以直接问他们。”

“真没劲！”那人被泼了冷水，便扭头去和另一边的同学说话。

杨岁喝了口水，没说什么。

长跑是运动会最后一个项目，前两天杨岁没事情，除了躲在宿舍里看书就是陪丁纪喻出去觅食。

等到运动会第三天，丁纪喻也知道了杨岁有一个长跑项目，刚好那天下午她也没课，就说要来 A 大给杨岁加油打气。

A 大面积很大，学校建了两个大操场，或许是为了节省时间，男女五千米分别在左右两个操场同时进行。

周裴穿着专业长跑套装，活动了手脚，蹲在起跑线上。

一堆女生围在操场内圈的草坪上，大喊：“周裴！加油！”

高高低低的加油声中，不难听出混在其中的林音音清脆纯净的

声音。

周裴集中注意力听裁判的发令枪声，以准备第一个冲出去。在需要高度集中的时候，鬼使神差地，他扭头看了一眼隔着一道铁网的另一个操场。

另一个操场上的杨岁深吸了一口气，随着发令枪响，冲了出去。

前面几圈，杨岁不敢跑得太快，渐渐地许多人超过了她，她处在了中游的位置。

丁纪喻看到这场景有些急躁，但杨岁的一个眼神让她安下心来。她赶紧拧开一瓶水，跟着慢跑，把水递给已经满头是汗的杨岁。

杨岁接过水，快速喝了几口，交还给丁纪喻，发干的嗓子在得到滋润后才好受了些。

丁纪喻把瓶盖拧上，似乎想到了什么，掏出手机，拍下杨岁奔跑的照片，配了文字，发到了朋友圈。

正当她要放下手机时，朋友圈很快出现了一个红“1”。

谁啊？这么快点赞！

丁纪喻又点进朋友圈，当看到丁瑞安的头像明晃晃地挂在点赞行列时，蒙了。

跑到半程时，已经有人开始吃不消，被同学扶着陆续退场。在只剩最后一千米时，剩下的人脚步都越来越沉，步伐越来越小，速度越来越慢。就在这时，杨岁铆足了劲，加快脚步，渐渐超过一个又一个的人。

只是杨岁在后半段再用劲地跑，到底也不是专业运动员，只能跑到第二的位置。她距离跑得最快的那位还有一百多米，而距离终点也只剩下两百多米。

如果能得到第二名，也挺好的。

正在杨岁这么想的时候，第一名跑着跑着似乎突然小腿抽筋了，猛地捂住小腿痛苦地倒在了跑道上。

陪跑的同学立刻意识到了不对劲，一群人瞬间围在那名运动员旁边。

突如其来的情况使得杨岁一愣，但在看到那人已经被大家扶住之后，杨岁不再停顿，而是朝着终点跑去。

第一名冲出红线后，周围没有响起欢呼声，只有杨岁自己的喘气声粗重地响着。

丁纪喻赶紧上前扶住已经腿软的杨岁。

“什么情况啊？”人群中有人反应过来，忍不住爆粗口，“那个第一名是谁啊？没看见有人摔在地上了？扶也不扶，就直接当没看见，忙着去拿第一名？这就是A大学生的素质？”

“我真是服了！真没见过这样的人！”

“那个人好像是杨岁吧！据说还是保送来数学系的，真不知道是什么样的学校培养出这种学生！”

…………

杨岁弯下腰，双手撑在腿上，额前的碎发汗津津地贴在脸上，她还没有从巨大的疲惫中缓过来。

她用手臂胡乱抹掉了脸上的汗水，努力抬起头。巨大的太阳挂在天上，投下刺眼的光，使她有一瞬间的恍惚，她只听见一直有人在她耳边义愤填膺地说着什么，声音高昂又刺耳。

“杨岁！杨岁！”丁纪喻不顾其他人说的那些难听话，用手拍了拍杨岁。片刻后，杨岁意识才清醒了点，眼神也逐渐恢复清明。

杨岁灌了几口水，看向那些人，眼中看不到丝毫情绪波动。

其实在那人摔倒的瞬间，她是想去扶的。但很快他周围就围起了一堆人，校医也从不远处急匆匆地跑来。那时她围过去又有什么意义呢？

难不成，非要在人墙之外充当观众，才能说明她关心同学吗？

杨岁喘着气，胸口还在剧烈地起伏。

“喂，捡漏拿到的第一名是不是很爽？”有人充满恶意地大声问道。

丁纪喻听到这话，再也忍不了，捏起拳头就要去给那人一拳。

杨岁握住了她的手，示意她冷静。校运动会上打架，一定会被处分，即使丁纪喻是外校的。

“杨岁！”丁纪喻被拦下后，不解地盯着杨岁喊道。

“我没事。”杨岁摇了摇头，道，“不值得。”

不值得为了这么件事挨上处分。

“在我还没有赶上她的时候，你们所有人早就发现了她不对劲，校医都赶来了。我这个时候加入其中，有何意义？”杨岁声音很轻，同时伴随着依旧沉重的喘息声，她似乎不在乎别人是不是听得清，只想赶紧解释完，“如果没有人注意到她，我会去扶的。有意义的事我会做，没有意义的事，为什么要做？”

“可不管怎么样，你的第一名都是捡漏来的！”人群中又冒出一个声音。

“捡漏？”杨岁笑了笑，直直地看向出声的人，“那不然呢？我都快跑完五千米了，是不是我一定要放弃这场比赛，才不算是捡漏？”

被围在人群中摔倒的运动员慢慢从疼痛中缓过来，龇牙咧嘴地看向杨岁，有些虚弱地道：“我没事……这是比赛，比赛一旦开始，本来就不应该为这种小事放弃比赛。”

“谢谢。”杨岁有一瞬间的诧异，似乎没有想到那人会这么说。

在经历了太多不公平和排挤后，她甚至都快忘了正常的人际沟通是怎样的。

那人不在意地笑了笑：“没事。”说完，她搭着另一人的肩，单脚跳着慢慢离开操场。

丁纪喻看着那人离开的背影，撇撇嘴，嘟囔道：“看来还是有正常人的嘛。”

“你说什么？”杨岁没有听清，问道。

丁纪喻摆摆手，扶起杨岁要往休息区走。哪知，她们刚转身，就看见周裴皱着眉从另一个操场过来，身后还跟着同样急匆匆的林音音。

“杨岁！”周裴也刚刚结束五千米长跑，气喘吁吁的，在看到杨岁想绕道而行时，又快走了几步，直接挡在杨岁面前，心中又急躁了几分，生气道，“你是不是惹了什么事？”

杨岁面露不悦：“你没必要一过来就质问我。就算我真惹了什么事，和你周裴有什么关系？”

周裴听到她的话后，心中的怒气被浇灭得一干二净。

对啊，杨岁出事，他为什么要这么急匆匆地赶过来？

他真是疯了！

周裴胸口剧烈地起伏着，就算是在被丁纪喻撞开肩膀后，他也没任何反应。

林音音不放心地问他：“你怎么了？不舒服吗？要不要我扶你去旁边坐一下？”

周裴似乎还沉浸在刚刚反常的举动中，有些恍惚地摇了摇头，一个人朝着操场外走去。

“周裴——”林音音喊了他一声，可前面独自走着的人毫无反应。林音音想了想，又回头看了一眼杨岁的背影，咬咬牙，跟上了周裴。

丁纪喻撞开周裴后，拉着杨岁坐到台阶上，生气地问道：“那男的到底是谁啊？怎么每次见面都一副要吃人的样子？”

杨岁摇了摇头，不太想聊这个话题。

“行吧，行吧，你不想说就算了。”丁纪喻难得贴心一会儿，搂住杨岁的肩膀继续道，“休息够了吧？我零食都吃得差不多了，陪我去趟超市吧！”

“上个星期刚买的两大袋都吃光了？”杨岁喝了口水，转头问道。

“这点零食，对你丁哥来说简直就是小意思！”丁纪喻感到自豪，“杨岁，岁岁，陪我去吧！”

面对丁纪喻突如其来的撒娇，杨岁哭笑不得，只能答应。

她回寝室换了一套舒适的衣服后，坐上丁纪喻粉色的吉普车，来到了超市。

丁纪喻一到超市就被人山人海的场景震惊到了，后知后觉地发现，居然碰到了超市的打折日。她犹豫了一会儿，到底是挤着人去继续采购，还是下次再来。但是能把杨岁叫出来太难了，所以今天就算是挤死，她也要把零食买够！

“你一辆推车！我一辆推车！”丁纪喻飞快地抢来两辆推车，拉了一辆给杨岁，表情郑重地叮嘱道，“你去进口零食区，我去那边，推车装满后，结账处集合！”

“我哪知道你要吃什么啊？”杨岁无可奈何。要是丁纪喻能把这劲头用在学习上就好了。

“哎呀！”丁纪喻盯着人群，着急地道，“你随便拿，啥我都能吃！”

她话一说完，就推着自己那辆推车冲进了人海里。

杨岁看着丁纪喻跑得飞快的背影，无奈地笑了笑，推起推车，走向进口零食区。

虽然她嘴上说不知道丁纪喻喜欢吃什么，但好歹两人也认识了这么久，她也大概知道一些丁纪喻的喜好。

丁纪喻喜欢吃甜的和辣的，杨岁踮起脚从架子上拿下一盒巧克力，放进推车里。突然，她的衣袖被人轻轻拽了一下。

杨岁疑惑地低头看去，整个人瞬间僵住。

一个胖嘟嘟的小男孩瞪着水汪汪的大眼睛好奇地看着她。而这个小男孩，就是前段时间，她跟着妈妈到别墅前看见的，那个妈妈弯下腰亲他额头的小男孩。

是……是妈妈除她之外的另一个孩子。

“姐姐，你手里的巧克力好吃吗？”小男孩看见杨岁半天不说话，便眼睛直勾勾地盯着巧克力，吞了一下口水，问道。

杨岁听到这话，忙掩下失态，嗓子却不可避免地发紧。她蹲下身，视线与小男孩齐平，扯出一个笑容，尽可能温柔地问他：“你……你妈妈呢？”

“我……我妈妈？我妈妈呢？”小男孩向四周看了看，没有看到妈妈的身影，也慌了，一撇嘴，眼圈立马红红的，小手又无意识地拽紧了杨岁的衣角，“我……我想吃巧克力，就自己……过来了，我也不知道妈妈去哪里了……呜呜……姐姐，我不知道妈妈去哪儿了。”

杨岁从包里拿出纸巾，细心地擦掉小男孩脸上的眼泪，又温柔地摸了摸他的头发，安慰道：“没关系的，姐……姐姐带你去找……去服务台。”

面对哭得满脸通红的小男孩，杨岁有些手足无措，但还是尽力去安慰。

尽管这个孩子可能永远都不会知道，他的妈妈也是她的妈妈，而她真的是他的姐姐。

说实话，杨岁对这个小男孩的感情很复杂。这么多年来，直到前段时间她才知道他的存在。而他幸福美好的生活，似乎又将杨岁衬托得更加可怜。可他们之间到底是有着不可磨灭的血缘关系……

小男孩听到杨岁的话，停止了哭泣，眼角还挂着泪珠，他抬起头好奇地又看了一眼她手中的巧克力。

这一抬眸，杨岁才彻底看清了小男孩的样子。他和妈妈长得很像，甚至眼角都有着几乎一模一样的痣。

“姐姐……”小男孩对杨岁似乎有一种莫名的好感，小胖腿挪啊挪，就挪到杨岁的怀中。他把头靠在杨岁身上，可怜兮兮又带着些撒娇的意味道：“谢谢姐姐。”

杨岁茫然地看着怀中软乎乎的一团，不知所措。

而小男孩似乎很懂撒娇，在她怀中蹭了蹭脑袋，嘴里一口一个“姐姐”地喊着，可爱得很。

杨岁僵住的身体慢慢缓了过来，眼神也渐渐聚焦，她轻轻搂住了怀中的小男孩。

“姐姐。”小男孩探出脑袋，看着货架上的巧克力，又咽了咽口水，小心翼翼地问道，“我可以吃一点巧克力吗？我妈妈不给我吃巧克力，说牙齿会坏掉，我就吃一点点，可以吗？”

杨岁听着他的话，仿佛又回到了自己小时候。

那个时候，妈妈也是这样，控制她吃甜食，只有在她表现好或者取得好成绩的时候，妈妈才会给她一颗糖。可她小时候哪有那么好的条件？巧克力这类甜食基本只在过年时她才能吃到，她通常只能吃到一颗水果硬糖。而小杨岁拿到糖果后，常常舍不得吃，揣在口袋里。有时候天气热了，糖果就会化掉，粘在口袋里扯也扯不下来……

“姐姐！姐姐！”小男孩注意到她的出神，眼巴巴地喊道。

“可以吃，但只能吃一点点。”杨岁思绪这才被拉回，她用白净的手微微颤抖着揉了揉他的头发，终于还是忍不住问道，“你……叫什么名字？”

“我叫陈思计，我爸爸妈妈叫我小宝。”他听到能吃巧克力后，开心地笑起来，“姐姐，你也可以叫我小宝，我喜欢姐姐。”

“陈思计……”杨岁苦涩地笑了笑，“爸爸姓陈，妈妈姓计，对吗？”

“嗯。”陈思计乖巧地点了点头，“姐姐，我现在可以吃巧克力吗？”

陈思计……

妈妈现在的丈夫很爱她……

杨岁笑了笑，心中五味杂陈：“还不行，要付了钱才能吃。”

她牵起陈思计软软的小手，先去结账处付了钱，再蹲下身，细心地把巧克力的外包纸拆掉，递给了他。

陈思计圆圆的眼睛里冒出了光，他笑呵呵地接下巧克力，用牙齿小小地咬了一口，含在嘴里。

他吃了一口后，抬头又看了一眼杨岁，抿嘴笑了一会儿，笑着把巧克力举到她面前：“姐姐吃！”

巧克力的缺口处还淌着亮晶晶的口水，杨岁看着看着，眼圈突然红了。她低下头，摆了摆手：“姐姐不吃，小宝自己吃就好。”

“姐姐知道了我的名字，可我还不知道姐姐叫什么呢。”陈思计舔了一口巧克力后，天真地问道。

“我叫……”杨岁说到一半，忽然顿住。

“嗯？”陈思计疑惑地看向她。

“你叫我……小杨姐姐就好。”杨岁本来已经决定不去打扰计颖的生活，可这时候，她的心里仍存了一丝希冀。

虽然没有告诉陈思计名字，但是这个姓氏，会不会让妈妈想起她？

陈思计右手牵起杨岁的手，嘴里还含着巧克力，含混不清地道：“小杨姐姐，带我去找妈妈吧。”

“好。”

杨岁带着他来到服务台，和服务台的工作人员说明了情况。工作人员了解到情况后，去了后面的广播室。

陈思计自己乖巧地坐到了小板凳上，两条小短腿一晃一晃的。

他嘴角沾满了黏糊糊的巧克力，杨岁看了看，从包里拿出湿巾，细心温柔地将他脸上的巧克力擦干净。

“小杨姐姐，”陈思计趁她擦脸的时候，钩住了杨岁的胳膊，撒娇道，“晚上到我家吃饭吧！我妈妈会烧好多菜！姐姐陪我一起吃嘛！我好喜欢姐姐！”

杨岁缓缓抽出了胳膊：“我今天还有事。你在这里乖乖坐好，你妈妈很快就会来找你的。”

“好吧。”陈思计噘着嘴，不情不愿地答应。

杨岁又跟工作人员嘱咐了几句后，悄悄地离开了服务台。

计颖听到广播后，急匆匆地跑到服务台，直到看到陈思计傻乎乎地坐在小板凳上在啃巧克力时，一颗悬起的心才落下。

“妈妈！”陈思计开心地笑着，从小板凳上跳下来，小跑着扑到计颖怀中。

“小宝，谁给你买的巧克力？”计颖心疼地抱住陈思计，在看到他手上的巧克力后，又诧异又生气地道，“妈妈不是和你说过？陌生人给的东西不能随便乱吃。”

“不是陌生人！”陈思计探出脑袋，解释道，“是小杨姐姐！我喜欢小杨姐姐！”

“小……小杨姐姐？”

“嗯！”陈思计用力点点头。

这个姓氏让计颖想到了杨岁。她突然有些心虚，好似自己隐藏得很好的秘密忽然被人知道了。

可是岁岁不可能来A市的，也不可能发现她在A市。

她知道自己对不起岁岁，可她好不容易盼来平静幸福的生活，再也受不得任何意外了。

所以，她也只能对不起岁岁。

“妈妈，你眼睛怎么红了？”陈思计伸出胖乎乎的小手，摸了摸计颖的眼睛。

计颖深吸一口气，忍住心中涌上的愧疚情绪，说道：“没事，我们回家吧。”

“嗯！好！”陈思计舔了舔嘴角的巧克力，拉住计颖的手，开心地出了超市。

杨岁躲在货架后，沉默地看了半晌，收回目光，垂头，自嘲地笑了笑。

心中最后存留的一丝希望被浇灭得一干二净。

不过……也好，这种心被悬起的感觉一点都不好受，早点认清，早点放过自己。

杨岁重新拿了一辆推车，重新回到进口食品区，开始静下心为丁纪喻挑选零食。

丁纪喻装满一车零食后，心满意足地来找杨岁。在看到杨岁空荡荡的推车后，恨铁不成钢地道：“你这半天就拿了这么点东西？你敢不敢把学习上的效率拿到这里来？”

“马上就挑好了。”杨岁答道。

“唉，你可真是让人放心不下！”丁纪喻嘟囔着，终于等到杨岁好不容易把推车装满，才开开心心地去买单。

在回程的车上，杨岁很安静，几乎一句话都没有说。丁纪喻悄悄用余光瞥了她好几眼，才意识到她有些不对劲。

可是她之前心情明明还不错啊，怎么从超市出来后突然变得这么低沉了？自己和杨岁只有在选购零食的时候分开过一段时间，难道是杨岁在这段时间里遇到什么事了？

“杨岁，”丁纪喻忍不住关心道，“你是不是刚刚遇到什么事了？感觉你好像不太开心呢。”

杨岁抬头，努力笑了笑，道：“没发生什么事，可能是有点累了吧。”

“好吧……”丁纪喻才不相信杨岁只是有点累，一定是发生了什么事。但杨岁不肯说，她就算再怎么问也是没用。

她想了想，转动方向盘，掉了头，神秘地说：“我带你去个地方吧，去了之后，你心情肯定能好起来！”

“去哪儿？”杨岁问道。

“哎呀！到了你就知道了！下午听我安排！”丁纪喻一路上心情愉快地哼着歌。

粉红色的小吉普在游乐园门口停了下来。

杨岁简直哭笑不得：“我又不是小朋友，你带我来游乐园干吗？”

“谁说你不是小朋友？”丁纪喻停好车后，反驳道，“今天我们都是小朋友！我小时候心情不好时，丁瑞安就会带我来游乐园，真的很有效的。反正咱们痛痛快快地玩一下午，就一定能忘记那些糟心事！”

“好，今天我听丁纪喻同学的安排。”杨岁眉眼弯弯，笑着道。

“行嘞！”丁纪喻应道，拉起杨岁的手冲进游乐园。

第一站是刺激的大摆锤。

丁纪喻挑眉得意地看向杨岁，道：“虽然这个项目确实有些可怕，但是你等会儿可别哭啊！我可不会安慰人！”

杨岁笑笑，道：“我没那么胆小，这点高度还吓不到我。”

终于等到上一拨人结束，丁纪喻与杨岁坐上了大摆锤。

杨岁扣好安全带后，突然听到丁纪喻极小的声音——

“杨岁，你快帮我看看我的安全带是不是系扎实了。我前几天还看到新闻，说有人安全带没系好，从上面掉下来了。”

杨岁忍住笑，伸手检查了丁纪喻的安全带：“你……是不是害怕啊？”

“你瞎说什么？”丁纪喻瞪大眼睛，辩解道，“我这是有安全意识，怎么……怎么会害怕？”

“那你的腿在抖什么？”

“我没有！”丁纪喻嘴硬道。

杨岁的眼睛里含满了笑意，她打趣道：“你要是害怕的话，我们去坐旋转木马吧，那个适合小朋友玩。”

“你瞧不起谁呢？”丁纪喻咬住下嘴唇，“我今天就要坐大摆锤，等会儿我还要去玩跳楼机、鬼屋！你别害怕就行。我身为学校里的老大，怎么会害怕这些？”

说话间，大摆锤启动了。刚开始大摆锤摆动的幅度和速度还不是很快，丁纪喻觉得也不过如此嘛。

可突然，大摆锤渐渐荡高，丁纪喻的脸色开始变白，但还能忍住。在荡到最高点时，大摆锤猛地降落，整个三百六十度摇摆。

瞬间，丁纪喻害怕得连呼吸都开始变得困难。她左手无意识地拉住杨岁的衣摆，强忍住心中的害怕。

但当她隐隐约约听到四周有人开始哭泣和大喊时，她也终于忍不住了。

“啊——杨岁！救我啊！

“呜——老子再也不坐这玩意儿了，我要下去！放我下去！

“我要是被吓死了，丁瑞安可怎么办啊？”

杨岁听到丁纪喻痛苦地大喊时，憋笑憋得全身发抖，终于憋不住笑出了声。

“你还笑话我！”丁纪喻迎着刮到脸上的风，嘴唇哆嗦着说道。

好不容易熬到大摆锤结束摆动，丁纪喻摇摇晃晃地走着。杨岁想要去扶她，却被她甩开，看来她还在记恨杨岁刚刚在大摆锤上笑话她。

丁纪喻走到一个角落，难受地蹲下身，忽然又想到了什么，愤恨地抬头，瞪了一眼杨岁："我要和你绝交！"

"绝交？"杨岁歪着脑袋，笑着问道。

"对！谁让你刚刚笑话我！"丁纪喻撇着嘴，"反正我是哄不好了，我一定要和你绝交！"

杨岁抿嘴笑着，想了想，道："那我请小喻同学吃冰激凌，这样可以和好吗？"

丁纪喻垂头很认真地想了想，而后，用很郑重的语气说道："那我要吃草莓味的，还要双球的！"

"好，请你吃双球的。"杨岁也蹲下身，右手一下又一下地拍着她的背，好让她好受些，"那等会儿鬼屋还去吗？"

听到"鬼屋"两个字，丁纪喻好不容易红润了些的脸色又变得苍白，但她还是梗着脖子嘴硬道："我就是有点怕高……但，鬼屋我一点都不怕，反正都是假的！等会儿吃完冰激凌我们就去鬼屋！杨岁，你要是怕的话你跟我说说好话，那咱们就不去了！"说完，她转脸用充满期待的眼神看向杨岁，希望能从杨岁口中听到"不去"两个字。

杨岁明白丁纪喻的小心思，于是贴心地顺着她的话说道："行，我怕鬼，所以只能麻烦小喻同学陪我去玩旋转木马，好吗？"

丁纪喻得到满意的答案，心情大好地起身："你可真是幼稚，还玩旋转木马！我就勉强陪陪你吧！"

圆溜溜的眸子转了几圈，丁纪喻得寸进尺道："那你请我吃两个冰激凌吧，再来一个巧克力味的。"

"不行。"杨岁摇了摇头，"吃太多，肚子会不舒服的。"

"杨岁！你能不能别总把我当小孩啊？我都多大了，吃两个冰激凌怎么就会肚子不舒服？"丁纪喻有些不服气。以前和杨岁没那么熟的时候，杨岁也没这么多事啊，怎么越熟悉，杨岁管得也越来越多了？

杨岁买了一个双球冰激凌，递给她，反问道："不是你说的，今天我们都是小朋友吗？哪有小朋友能一天吃两个冰激凌的？”

丁纪喻狠狠舔了一口冰激凌，懒得再跟杨岁说话。反正她说再多话也说不过杨岁！

等到她们将冰激凌吃得差不多的时候，旋转木马那里也正好排到她们。

丁纪喻赶紧三两口把剩下的冰激凌吃完，冲到里面，选了架最高的旋转木马。杨岁随意地选了她旁边的。

圆盘开始转动的时候，丁纪喻举起手机，打开摄像头，转头冲杨岁喊道：“杨岁，笑！”

杨岁抬起头，对着镜头，浅浅地弯起了嘴角。

“你笑起来多好看呀。”丁纪喻满意地看着手机里的合照，“你要多笑笑。”

“我经常笑呀。”杨岁回道。

“哎呀，不一样。”丁纪喻把手机放回口袋，转头对杨岁道，“你平时的笑，就像是覆盖在脸上的一层面具，连我都看得出来，你并不是真正的开心。”

杨岁愣了一会儿，不知道是不是她的错觉，旋转木马上发出的五颜六色的灯光，有一瞬间聚焦到了丁纪喻的身上。

突然，四周变得安静，连风扫过树叶的声音，都能听得一清二楚。

片刻之后，她听到前方传来一个十分清晰又异常真挚的声音——

“杨岁，我希望你以后每一天都能开开心心的！是真的开心的那种开心！”

第八章

太阳能照亮我的人生

“你发什么呆啊？”丁纪喻伸出手在杨岁面前晃了晃，“再等一会儿，到晚上九点，这里会有烟花秀！真的很绝！”

“你看过这里的烟花秀？”杨岁听到她的话，问。

“嗯。”丁纪喻点点头，拉着杨岁，在人群中占了一个绝佳的观看位置，继续道，“我七八岁的时候是住在A市的。那个时候，这个游乐场是整个A市最大的游乐场，我妈经常带我来这里玩。当时，我最期待的就是烟花秀。”

她说到这里就停住了。

黑暗中，杨岁看到，丁纪喻的眼中亮晶晶的，直直看着前方。

砰——烟花炸响在黑暗的天空，同时也照亮了丁纪喻的脸。

在那一瞬间，杨岁清晰地看到丁纪喻的眼眶红了。

杨岁想了想，握住了丁纪喻冰凉发颤的手，想把自己的温度传给她一些。

当她的手碰到丁纪喻手的时候，丁纪喻用更大的力度反握住了杨岁的手。

“杨岁，你怎么不问问我发生了什么事？”丁纪喻吸了吸鼻子，哽咽地问道。

“你想说吗？”杨岁踮起脚，温柔地摸了摸丁纪喻好不容易养长了一点点的头发，“你想说的话，我会是你最好的听众；如果你不想说，我也不会追问什么。”

“我不知道。”丁纪喻用袖子擦了擦眼角，深吸了一口气，“我们回学校吧。”

“好。”杨岁向她伸出手，掌心朝上。

丁纪喻不明白地歪头。

杨岁道：“车钥匙给我吧，你情绪有些低落，我来开车。”

“你有驾照？”

“嗯，暑假里我也去考了驾照。”杨岁笑了笑。

丁纪喻把车钥匙放到杨岁的手上，但她还是有些不放心，坐上车后，检查了一遍又一遍安全带。车子发动后，她的手死死地拽住安全带。

杨岁平稳地开着车，余光瞥了一眼丁纪喻，忍俊不禁：“你以为你还在坐大摆锤啊。”

“你不懂！安全第一！”丁纪喻反驳道。

杨岁无奈地摇摇头，只好尽可能地开得更加平稳些。

“杨岁，”沉静了很久之后，丁纪喻突然开口，“你自己一个人独自生活的那十年，过得好吗？”

“不算好，但也不算太坏。”杨岁淡淡地答道。

“我应该也是在八九岁的时候失去了妈妈。这几年，我总是固执地将我妈的死怪在丁瑞安身上，即便我很清楚地知道，就算那天丁瑞安能够按时回来，结局也不会改变。但……但我还是过不了自己那一关。”丁纪喻话说到一半，抬眼往上看，想要忍住已经在眼眶里打转的眼泪，“所以，我故意把自己变成丁瑞安不喜欢的样子，想要去硌硬丁瑞安，可同时也把自己的人生活得一团糟……”

"杨岁，我是一个遇到哪怕一丁点的困难，都会一屁股坐下不走的人，以至越陷越深。可你不一样，你遇到再大再险恶的困境，都能从中脱身。有时候我就会想，你好像是我人生中最大的礼物，就像天上的太阳一样。"丁纪喻红着眼，继续说道，"太阳能照亮我的人生……我今天想和自己释怀了……至少，我这一路上还有丁瑞安陪着。现在想想，丁瑞安还真是有点惨，好几次差点被我气死……"

丁纪喻这一段话说得没头没尾、磕磕绊绊，她只是想把心中藏了很久的话一股脑全部说完。

其实，她也明白，那个时候的丁瑞安分身乏术。

父亲出事，导致公司股份被各方偷偷稀释，外面的各种压力，都逼得当时刚刚成年的丁瑞安背上巨大包袱。他一边上学，一边又不得不强迫自己学会生意场上的弯弯绕绕。

可祸不单行，在这个时候，妈妈的身体又垮了，而丁瑞安在外省处理合同，家里只留下了丁纪喻。

小小的丁纪喻推开房门，看到妈妈倒在地上，一瞬间，心底涌上惊慌与害怕。尽管她还是很快反应过来，打了急救电话，但最后还是没有救回妈妈。

丁纪喻蹲坐在抢救室的门口，浑身发抖，一遍又一遍地拨打丁瑞安的电话，可都是一阵忙音。

急救室的门被打开，医生轻轻对她摇了摇头。

丁纪喻脑袋里一片空白，过了好久，她才明白医生的摇头意味着什么。

意味着，她没有妈妈了……

她不知道，她一个人在医院里待了多久，丁瑞安才风尘仆仆地跑来，一把将她搂入怀中。

这么多年，她一直在怪丁瑞安。她总是会想，丁瑞安那么厉害，如果当时他在，那是不是就不会有这个遗憾了？但她心中又十分清楚，即便是当时丁瑞安在，最后也是什么都不会改变。

而丁瑞安，这么多年来一直默默承受着来自她的责怪。

丁纪喻第一次意识到，自己原来那么不懂事，同时又那么自私。

杨岁将车靠边停下，沉默地看着陷入回忆中的丁纪喻，半晌后，开口道："再吃一个冰激凌心情会好点吗？"

扑哧一声笑响起。

"杨岁，有你这么安慰人的吗？"丁纪喻听到杨岁蹩脚的安慰之语，笑出了声。

"冰激凌是甜的，吃了之后心情应该会好点。"杨岁笑了笑，"丁纪喻，我不太会安慰人。但既然你说我是你的太阳，那我愿意在以后的日子里继续照亮你的人生。可是丁纪喻，其实你才是小太阳，你一直都在发光发热。"

"你还说你不会安慰人。"丁纪喻吸了吸鼻子，看向窗外，极轻地说道，"谢谢你啊，杨岁。"

"也谢谢你，我最好的朋友，丁纪喻。"杨岁看了一会儿疲惫的丁纪喻，转头发动车子，继续往学校前进。

一路上，丁纪喻一直望向窗外，一言不发，不知道在想什么。

到了校门口，丁纪喻从车里跳下来，脸色恢复正常，又变回了那个活泼热烈的丁纪喻。

"你还欠我一个冰激凌！"丁纪喻进学校时又想起了这个，转身朝杨岁提醒道，"你可别忘了！"

"不会忘的。"杨岁朝她招招手，示意她赶紧进学校。

在看到丁纪喻走进校门后，杨岁转身走进 A 大。

快到寝室门口时，杨岁又想到了什么，转身去了生活区一个挺有名的私房蛋糕店门口，买了三块蛋糕回了寝室。

第一次见面的时候，程宜云给大家买了栗子蛋糕。杨岁想，自己也应该找个机会，买点什么还给她。

虽然她知道，这些对程宜云来说，只是随手的好意，可尽管只是一块小小的栗子蛋糕，也会让杨岁觉得有些压力。

她向来这样。

杨岁也明白，这种一丝一毫都要还给别人的想法，会让所有人都很累。但从小在那样的环境中长大，她也早就养成了这种习惯。

“回来了啊？”坐在最靠近门边的程宜云看到杨岁后，随口问道。

“嗯。”杨岁脱下外套，将手中的蛋糕分给三个人，“我回来的路上顺便买了点蛋糕。”

林音音打开包装盒子，尝了一口，瞪大眼睛问道：“是不是生活区那家私房蛋糕？我今天下午去买的时候，他们还说草莓蛋糕卖完了！”

“这么好吃吗？”程宜云为了保持身材，晚上是不吃任何东西的，但看到林音音夸张的表情后，半信半疑地挖了一勺蛋糕，“好像还真的挺好吃的。”

严胜男看了看大家，放下书本，小心翼翼地挖了小小的一勺蛋糕，放入口中，细细品尝：“好吃。”

杨岁笑了笑，坐回自己的位子上。

“杨岁，你现在有空吗？”严胜男犹豫了一会儿，怯怯地问道，“我这里有一道题，没怎么看懂那个解题过程，你能给我讲讲吗？”

杨岁喝了一口水，点了点头，拿过严胜男的本子看了一会儿。

她细细地在本子上列了详细的步骤，并时不时提点一句，严胜男没一会儿就懂了。

严胜男做完题目，又小小地吃了一口蛋糕，有些舍不得一下子把蛋糕吃完。如果不是寝室里没有冰箱，她真的想把蛋糕放到第二天继续吃。

她抬头悄悄看向忙碌的其他三人，内心自卑又羡慕。

她也想成为她们那样的人，不需要为钱和生计发愁，也不需要考虑家中目光短浅的亲戚和父母。

可严胜男又明白，她那样的家境，怎么可能成为她们中的任何一个人？

她看着桌上的蛋糕，眸光渐渐变得暗淡。

“杨岁，”林音音吃完蛋糕，犹豫了很久，走到杨岁身边，轻轻说道，“我们可以去阳台聊一会儿吗？”

“可以。”杨岁点点头，放下手中的书，跟着她走到阳台。

在杨岁踏入阳台后，林音音伸手将玻璃门关上，似乎是不想让两人的谈话被其他人听到。

杨岁静静地看着林音音，等她开口。但林音音一直垂着头。杨岁忍不住问道：“你找我出来，是想说什么？”

“我想跟你道个歉。”林音音嗫嚅了半天，才小心翼翼地说道。

“跟我道歉？”杨岁不明所以，“为什么要跟我道歉？”

林音音道：“运动会的时候，周裴说了不好听的话，所以我想替他跟你道歉。”

“不是你做的事，为什么你要道歉？”杨岁微微蹙眉，无法理解，“周裴不是小学生了，他作为一个成年人，连最基本的尊重别人都做不到，却要你来道歉？”

“周裴有些时候说话是难听了点，但他人真的不坏。”林音音着急辩解道。

“可我没有看到他任何好的一面。”杨岁语气淡淡的，继续说道，“林音音，你不需要为任何不是你做的事情来向我道歉，所以，关于你今天的道歉，很抱歉，我不能接受。”

“我知道了。”林音音低着头，沉默了很久之后，闷闷地说道。

她还是不明白，为什么以往能引起他人好感的举动，到杨岁这里却行不通了。但她真的想和杨岁成为朋友，她也想成为杨岁那样独立自强的人。可她无比清晰地知道，她成不了这样的人，所以，不如继续好好待在自己的舒适圈中。

林音音闷闷不乐地推开玻璃门，忽然听到身后传来一个温柔的声音。

“晚安。”杨岁轻轻说道。

“晚安！”林音音扬起了笑，心情好了起来。

杨岁没有跟着林音音一起走出阳台，她坐在椅子上，漆黑的眸子看向外面。

没过一会儿，手机响起来消息的提示音。

杨岁掏出手机，打开后，发现是丁瑞安发来的微信。

今天收到一个快递，打开一看，是之前送你的那块手表。

杨岁在上次确定了丁瑞安就是纪叔叔后，就把没有拆封的手表邮递到了他的住宅。电脑对于大学生是必需品，她也在网上搜了价格，通过计算，差不多是之前空闲日子给丁纪喻补课的费用。可这个牌子的手表实在是太过昂贵，她没道理收下。

丁瑞安等了很久，对面没有回任何消息。他想了想，修长的手指在手机上又打下几个字。

今天，小杨老师是和小喻去了游乐园吗？

嗯。

这次杨岁回得很快。

刚刚小喻给我打了电话，扭扭捏捏地说了好多话，她以前话都不愿和我多说一句的，我想，应该是小杨老师的功劳吧？

丁瑞安笑了笑。

丁瑞安发出那句话后，那头的人又沉默了很久，没有回音。他无奈地放下手机，打算去浴室洗澡，手机屏幕突然又亮了起来，伴随着熟悉的铃声。

是杨岁的来电。

丁瑞安愣了一会儿，忙接起来。

“我今天在超市遇到了我弟弟。”杨岁思考了很久，说道。

杨岁的话来得很突然，没头没尾，但丁瑞安还是很快就明白了。

“他小小的一个，胖嘟嘟的，还很会撒娇，很可爱。”杨岁自顾自说道。

丁瑞安耐心地听完杨岁的话，温柔地问道：“你想和他们相认吗？”

“不想。”杨岁没有丝毫犹豫，回答得很快，也很坚定，“妈妈过得很好，我也过得很好，所以，就没有必要一厢情愿地去相认吧，也没必要互相打扰彼此安静的生活。”

“我支持小杨老师。”丁瑞安浅浅地翘起嘴角，“小杨老师身边有小喻和我，一定会越来越好的。”

“嗯。”杨岁突然觉得心中的重担一下子就轻了，“纪叔叔，你困了吗？”

“还好。”丁瑞安意识到杨岁喊他纪叔叔时，无奈地笑了笑。

“可是我有点困了。”杨岁有些不好意思地实话实说。

丁瑞安听到杨岁的话后，眼中充满了笑意。她把他当成树洞倾诉完，就立马转头走人？

“那早点睡吧。”丁瑞安的声音里带着笑，“小杨老师，晚安。”

“纪叔叔，晚安。”

丁瑞安放下手机，微微弯起嘴角，用食指敲打着桌面，不知在想些什么。

然后，他拿起桌上的手表，侧头看了很久，连着盒子一起放入了抽屉。

杨岁很久都没有睡过这么安稳的觉了，一觉起来，昨天的疲惫消散得一干二净。

今天上午没有课，她原本打算去图书馆学习的，但学校突然安排了一场讲座，请了已经毕业多年的优秀学子返校。每个系都随机抓了几个人去听，杨岁和严胜男都被抓去了。

杨岁依旧习惯性地坐在角落里，低着头，戴上耳机训练英语听力。

没过多久，台上的灯亮起，一只修长的手接过主持人的话筒，温柔好听的嗓音经过话筒被放大。台下原本都兴致缺缺的学生纷纷抬起头，望了过去。

丁瑞安早些时候就收到了 A 大的返校邀请，但他因为事务繁忙，一开始是想推辞的。昨天，与杨岁通完电话后，鬼使神差地，他回了 A 大的邮件，答应来进行演讲。

演讲的内容很简单，就是分享他在A大的一些经历，竞赛、学习、实习经验等，以及一些人生规划建议。

演讲时，丁瑞安眼睛温柔带笑又发亮，目光穿过黑压压的人群，最后落定在角落里那个清瘦的人身上。

杨岁摘下了耳机，揉了揉发疼的眼睛，像受到了感应一样，几乎是同时抬起了头，对上了台上那双含笑的眼睛。

刹那间，杨岁脑子里一片空白，连呼吸都停滞了一下。

她愣了片刻后，略带慌张地移开了目光。

杨岁没有想到，今天讲座的分享人会是丁瑞安，也没有想到两人会四目相对。

可刚刚那一眼，台上所有的光似乎都聚焦到了丁瑞安身上，就像是他在发光一样。

而刚刚那一幕，也全数落到与她隔了一条通道的周裴眼中。不知为什么，周裴心中一阵发闷，双手握成拳头，无意识地收紧。

周裴自己也说不清楚，为什么最近自己的目光会不自觉地移向杨岁。

他深吸一口气，忍下心中的不适。

“你怎么了？”坐在他旁边的林音音察觉到对方的情绪，压低音量问道。

周裴收回看向杨岁的目光，漆黑的眸中压抑着某种情绪，他回道：“没事。”

“嗯。”林音音想了一会儿，又问道，“等会儿一起吃午饭吗？”

“我没什么食欲，等讲座结束，想直接回寝室休息。”周裴心不在焉地玩着手机。

“哦。”林音音的声音中透露着些许委屈。

周裴听到后，脸上表情一僵，沉默许久后，他机械地点了点头：“一起吃吧。”

林音音脸上瞬间展开了笑容，开心地应道：“好。”

丁瑞安略微侧头，注意到了杨岁的慌张后，嘴角弯起的幅度微微放大。

演讲结束，他从容地跟几位教授寒暄后，礼貌地婉拒了午饭邀约。

“瑞安，你都多久没来学校了？”系主任可惜地叹了口气，“好不容易来趟学校，连顿饭都不一起吃吗？”

“实在抱歉，我来之前就和小喻约好了。”丁瑞安笑着回答，“下次有机会，我一定做东，请几位老师好好吃一顿。”

“你呀，每次话都说得这么好听。”系主任乐呵呵的，“那说好了，下次我约你，就不能拒绝了啊！”

“一定不会拒绝，您就放心吧。”丁瑞安看着几位教授离开后，才收拾了一下东西，离开了大礼堂。

杨岁和严胜男随着人群走到礼堂门口。

“杨岁，午饭去食堂吃吗？吃完就可以一起去图书馆学习。”严胜男稍稍拨开点遮住眼睛的刘海，“正好我今天休息，不需要打工。”

杨岁正要回答，手机发出叮的一声。

小杨老师，一起吃顿饭吗？上次那家特色菜，你没有吃到，小喻一直念叨着可惜。

杨岁看完这段话，想了想，发了一个点头的表情图片，随后对严胜男说道：“抱歉，我朋友约我一起吃饭。”

严胜男刘海太长，看不出什么表情，她声音极轻地说道：“没关系。”

说完，她缓缓转身，一个人朝食堂走去。

杨岁看着严胜男孤独的身影，出了一会儿神。她似乎从严胜男的背影中，看到了以前那个也几乎天天都是一个人的自己。可如果想要脱离那种状态，还是得靠自己。

这个学期快结束了，与寝室的室友相处了四个多月的时间，她也差不多弄清楚了每个人的性格。

林音音还是和以前一样，喜欢替他人道歉，总是想当然地站在自己的那一面看待问题。

程宜云是优渥家庭培养出来的，看着有些骄纵，但其实为人处事大大咧咧，对很多事情都有自己独到的见解，也从不会因为一些小事而生气。

而严胜男，却是杨岁最摸不透的一个人。这四个月里，她几乎都没有在严胜男的身上看到过任何情绪波动，过度谨言慎行，似乎严胜男说每一句话时都要思考很久。

杨岁总觉得，三个人中严胜男和她最像，但，又最不像。

杨岁发给丁瑞安的表情图片是一只小猫点头的动图。

丁瑞安看着这张表情图片，微微弯起嘴角。他突然觉得，这只小猫很像杨岁。

小喻也一起去吗？

杨岁收回看向严胜男的目光后，回了消息。

“小杨老师。”

当杨岁正在等待丁瑞安回复消息时，忽然听到不远处的喊声。她抬起头，顺着声音的方向望过去。

丁瑞安的西装外面披了件剪裁精良的呢绒大衣，他站在一棵叶子几乎完全变黄的梧桐树下。微风吹过，几片原本已经摇摇欲坠的树叶掉落下来，落到了他的头发上。丁瑞安不在意地笑了笑，伸手摘掉了头上的叶子。

阳光穿过稀疏的梧桐叶子，照射在丁瑞安的身上。

有那么一瞬间，杨岁觉得，丁瑞安真的很耀眼，比阳光还耀眼，就像是只要看他一眼，就可以驱散心底所有的黑暗。她看呆了，一瞬间愣在了原地。

丁瑞安拂掉头上的叶子，走到杨岁跟前，又笑着喊道：“小杨老师？”

杨岁这才回过神，点了点头，问道：“小喻叫上了吗？”

“我现在给她打电话。”丁瑞安拿出手机，拨出号码。

“啥事？”片刻后，电话被接起，丁纪喻的声音有些迷糊，她大概是在睡觉，还没完全清醒。

“还没起床吗？”丁瑞安无奈地笑了笑，“中午约了小杨老师，一起去上次那家私房菜馆吃饭。”

“哎呀，我有点忙啦，今天就不去了！丁总和小杨老师两个人好好吃吧。”丁纪喻声音里突然带着些兴奋。

“你在忙什么？”杨岁走近一步，对着丁瑞安的手机问道。

虽然只有一步，但两人之间的距离瞬间缩短了，短到丁瑞安一低头，连杨岁的睫毛都能看得清清楚楚。

丁瑞安的呼吸有一瞬间滞住，喉结不自觉地滚动，随后他弯起了眼睛，眼中的笑意越发明显。

“我……嗯……”电话那头的丁纪喻抓耳挠腮，好不容易想出一个蹩脚的理由，“哎呀，这不是快要期末考试了嘛，我们那个专业老师真的不厚道，说整本书都是重点，那我不得抓紧这最后的时间学习啊？否则我铁定挂科！小杨岁，虽然这顿饭我没办法陪在你身边，但我的心会一直陪着你的！”

杨岁哭笑不得：“你还是把你的心放在学习上吧。”

“好的好的！小杨老师说得对！不聊了不聊了！我真的要去学习了！”丁纪喻噼里啪啦说完这些话，火速挂断了电话。

其实，她哪会去学习、去看书？她就是想让杨岁和丁瑞安单独相处一次。

而且，丁纪喻总觉得，丁瑞安虽然是个对谁都很温柔的人，但感觉他对杨岁不一样，很特别。怎么说呢？丁瑞安从不轻易对人施以援手，施以援手的对象大都是有利可图的人。大多时候，温柔就像是他的面具，可他对杨岁，真的是发自骨子里的温柔。

虽然丁纪喻以前真的和丁瑞安不对付，但好歹和丁瑞安一起长大，又怎么会不知道丁瑞安在想什么呢？

“两个小蠢蛋。”丁纪喻咂吧了一下嘴，发出一声叹息，然后又缩回温暖的被窝继续睡觉。

丁瑞安看着已经黑屏的手机，无奈地笑了笑，对杨岁说道：“不知道小杨老师今天能否赏脸一起吃个午饭？”

杨岁犹豫了一会儿，点点头：“这顿饭，我请丁先生吃吧。”

自从她知道丁瑞安就是纪叔叔后，以往带着的一丝丝防备统统卸下了。而且，这么多年来，因为一直都没有纪叔叔的联系方式，她几乎都没有好好答谢过他。

所以，不管怎么说，这顿饭都应该由她来请。

丁瑞安笑意放大，似乎是看透了杨岁的想法，他轻轻点头：“既然是小杨老师请客，那我更应该好好享受这顿饭了。”

说话间，两人已经走到停在校门口车位上的黑色豪车旁边。

丁瑞安十分绅士地为杨岁打开副驾驶一侧的车门。当杨岁坐进去之后，他收起笑容，带着警告的眼神往后瞥了一眼，随后坐进车内。

周裴站在不远处，神情落寞，还有一丝怒气。他亲眼看见平常总是冷冷淡淡的杨岁在对着这个男人的时候，脸上有着淡淡的笑意。

以及，那个人刚刚的眼神明显是故意的。

周裴垂下眸子，压制住心中的怒气。连他自己也说不清楚，为什么看到这些后，心情会如此糟糕。

“跟杨岁一起上车的，不就是刚刚演讲——”林音音好奇地伸长脑袋看过去。

“吃饭吧。”周裴沉着一张脸，打断了林音音的话。

林音音微微皱眉，有些不高兴地嘟嘴。她发现，最近周裴好像总是很容易情绪失控。

“周裴，你最近怎么了？我感觉你有些不对劲。”林音音在后面努力跟上周裴的步伐，但周裴的步子依旧迈得又快又大，丝毫没有因为她而放缓速度。

周裴听到这话，脚步一顿。林音音没来得及刹住步子，撞到了周裴背上，鼻子被撞得生疼。一瞬间，林音音再也忍不住，眼泪吧嗒吧嗒掉了下来。

她低着头，肩膀小幅度地抖动，委屈又生气。

周裴愣住，僵硬地转身。他看着正在哭泣的林音音，一言不发。

他不知道为什么，眼前站着的明明是林音音，他却不由自主地把杨岁的影子重叠上去。

林音音总是会下意识地在他面前流露出柔弱与楚楚可怜，可杨岁脸上永远只有冷漠。

周裴心中一阵刺痛，紧握的拳头无力地松开。

他怎么会把林音音和杨岁拿来比较？她们明明是两个完全不一样的人……他真是疯了……

“抱歉，我刚刚走神了。”周裴垂下脑袋，冷静了下来，缓和了语气对林音音说道，“我们去吃饭吧，我有点饿了。”

林音音停止了啜泣，从包里取出纸巾，擦干净了脸上的眼泪，轻轻点了点头。

她抬头看向周裴，总觉得现在的周裴很陌生。高中的时候，周裴处处护着她，也从来不会对她发脾气，甚至连重话都不会多说一句。但现在，周裴时不时就沉下脸，变得很奇怪。

自从上大学后，好像她身边有什么在悄悄地发生改变。

眸光闪了闪，林音音跟上了周裴的步伐。

她还是希望，所有的事物都不要改变，就跟以往一样就好……

丁瑞安通过后视镜，看到不远处的两个人已经走远，才收回目光，启动车子。

“小杨老师有什么特别喜欢的菜吗？我让那边先提前准备起来。”丁瑞安单手搭在方向盘上，问道。

“都可以。”杨岁吸了吸鼻子，从包里拿出保温杯，喝了一口水，“我不挑食的。”

丁瑞安听到杨岁的鼻音有点重，悄悄瞥了一眼杨岁，明明穿着厚厚的羽绒服，都快把自己裹成一个球了，怎么还是感冒了？

他微微蹙眉，关心地问道：“去医院看过了吗？”

“小感冒而已，多喝热水，很快就会好的。”杨岁不在意地笑了笑，又抿了一口热水。

丁瑞安无奈，只好把车里的温度调高一点。

那家私房菜馆附近没有室内停车场，只能把车子停在露天车位里。

丁瑞安刚把车子停好，杨岁想要下车时，却听到丁瑞安让她等一等。

杨岁疑惑地看着他。

丁瑞安下车后，从后座拿出一个袋子，然后走到侧门，打开了副驾驶的门。

车门一打开，冷风直扑到杨岁脸上。杨岁吸了吸鼻子，即使已经把外套拉链拉到最上面了，脖子里还是一直在进冷风。

丁瑞安看到杨岁被冻到发白的脸，忙从袋子里拿出一条厚厚的白色围巾，弯腰一圈一圈围到了杨岁的脖子上。

渐渐地，脖子不再冰凉，取而代之的是慢慢涌上的暖意，白色的围巾上还带着些若有若无的好闻味道。

杨岁一愣，急忙伸手，想要自己围接下来的半截围巾，没想到，慌乱中，手指却触到了丁瑞安温暖的掌心。

丁瑞安看着那只飞快缩回的手，温柔地笑了笑，手心似乎还残留着杨岁触碰时的温度。

“还冷吗？”他问道。

杨岁将手塞进口袋，摇了摇头：“不冷了。”

丁瑞安笑着叮嘱道：“以后出门，脖子上一定要戴围巾，不然冷风全部从领子灌进去了，穿得再厚也是没用的。”

“嗯。”杨岁揉了揉发红的鼻子，突然发现自己的脑袋变得很钝，连思考都变得缓慢，“丁先生，围巾我洗干净后再还给你。”

“不用还，你戴着很好看，而且这条围巾不贵的。”丁瑞安眼中蓄满笑意，歪着头问道，“为什么小杨老师有时候叫我纪叔叔，有时候又叫丁先生呢？”

杨岁呆住了，不知道该怎么回答，因为她自己也没意识到称呼的变化。

学习目标卡

姓名：________ 班级：________

目标学校：________________

我的格言：________________

____

考试科目	目标分数	是否达成
语文		
数学		
英语		

丁瑞安笑得眼睛更弯了。

他其实还是比较喜欢杨岁叫他纪叔叔，虽然这个称呼会让人觉得他年纪有点大，但比丁先生这个称谓显得亲切些。

这顿饭吃得很平静，没有什么其他奇怪的事发生，杨岁松了口气。

不过，饭桌上的菜几乎都是她爱吃的。这会是凑巧吗？

杨岁蹙眉，忍下心中的疑惑。

回程的路上，丁瑞安依旧将车上的空调温度调得很高，围着厚厚围巾的杨岁感到有些热，将围巾拉松了一点。

也许是车内的温度很适宜，也可能是丁瑞安开车很平稳，杨岁靠着车窗渐渐睡着了，呼吸也渐渐变得平顺。

丁瑞安将车停在校门口，侧脸看着杨岁熟睡的脸庞，又看了一眼手表，离寝室关门还有一段时间。

杨岁睡觉时，眉头轻轻皱着，看起来很累，也很疲惫。丁瑞安想了想，还是先不叫醒她了，让她在车上好好眯一会儿吧。

半个小时后，杨岁睁开了双眼，发现自己又在车里睡着了。她揉了揉眼睛，看向一旁正在回复信息的丁瑞安。

“抱歉，耽误你时间了。”杨岁的双眼因为疲惫而微微发红。

丁瑞安放下手机，笑了笑：“刚好我开车有点累了，也休息了一小会儿，不能算是小杨老师耽误时间。”

杨岁低头看了看围在脖子上散发着暖意的围巾，抬眼很认真地对丁瑞安说：“谢谢。”

“千万不要想着用其他什么方式还我人情。”丁瑞安看穿了她的想法，“小杨老师，我想我们应该算是朋友，那朋友之间就不必要如此生分吧？”

确实，在杨岁看向围巾的瞬间，她就在思考，该买什么价值相当的东西还给丁瑞安。即使对方给的东西不昂贵，但杨岁还是不想欠任何人东西。

可丁瑞安一眼就看出她在想什么。

杨岁犹豫了一会儿，最终点了点头，拿起自己的背包，下了车。

丁瑞安看着杨岁走向校门的背影，降下了车窗。

“小杨老师，晚安。”

背影一顿，杨岁转头回道：“晚安。”

冬天的晚上实在太冷了，她一说完，一阵寒风就吹过她的脸庞。杨岁吸了一口气，伸手拢紧了围巾。

第九章

会吓到她的

短短的小半个月过去了，到了这学期最后的考试周。

丁纪喻早就打听好了杨岁的考试安排。她们两个的最后一场考试正好在同一天，只不过杨岁上午就结束了，而丁纪喻最后一场考试在下午。

杨岁和丁纪喻趁着最后几天，在图书馆里复习一下重点。

丁纪喻还是老样子，过去了一个多小时，书本还是翻在同一页，她一会儿看看手机，一会儿凑到杨岁边上看看杨岁在干什么，总之，就是没干与学习有关的事。

“你确定你能通过所有考试吗？”杨岁合上书，看向无所事事的丁纪喻。

丁纪喻撇撇嘴。杨岁这语气，怎么感觉像是回到了高三，当她家教老师的那段日子了？

“应该能过吧。”丁纪喻底气不足，眼神飘来飘去，不敢与杨岁对视，“我又不想考高分，不挂科就行。”

杨岁看了她半晌，叹了口气，拿过她摆在桌上没有翻动过的书，看了一会儿。

“你干吗？”丁纪喻疑惑地看着杨岁，“你干吗突然拿我的书看？”不知道为什么，她心里突然有点慌。

“我在看你书里的重点。”杨岁匆匆翻了几页，抬眼道，“既然你说你不会挂科，那我就对这门课的几个重点提问提问。”

丁纪喻赶紧夺回书本，紧紧抱在怀里，有点不服气地嘟囔道：“这么厚的一本书，我怎么可能答得出来？哎呀，小杨老师，不要难为我嘛！”

“小喻，”杨岁语气认真，“大学是你好不容易才考上的，我也不是非要你考多高的分数，但至少不能挂科吧？”

“知道了知道了！”丁纪喻揉了揉眼睛，叹了口气，有些不情愿地拿起书开始翻看。

杨岁无奈地笑了笑：“有不会的，随时来问我。”

在杨岁的监督下，这几天，丁纪喻多多少少看了点东西进去，才不至于在考试中什么都写不出来。

而杨岁的目标很明确，她想得到一学年年末的国家奖学金。所以，她要在方方面面都优秀和突出，这样才有机会在明年和别人竞争国家奖学金。

杨岁考完最后一门科目后，回了寝室。

林音音正在收拾行李，她所有的考试昨天就已经结束了，但是为了等周裴，只好在学校里多待了一天。

看到杨岁进门，她收拾行李的手一顿，犹豫片刻，她问道：“你等会儿回C市吗？”

“嗯。”杨岁放下包，坐在椅子上点点头。早上起来的时候她已经把行李收拾好了。

“周裴家的司机下午来接我们。”林音音用力合上行李箱，“需要和我们一起回吗？”

林音音的行李箱塞得太满，箱子没有完全合上，还开着一条缝。

她蹲在行李箱上，压了压，还是扣不上。

杨岁走上前，蹲下，用胳膊压在林音音的行李箱上，施了力，行李箱才完全合上。

林音音松了口气，喝了口水，这才想起杨岁还没有回答她的话，她再次问道："杨岁，你跟我们一起回吗？"

"不了。"杨岁坐回位子上，摇了摇头，"我等朋友考完，同她一起回去。"

"好吧。"林音音发了一会儿呆，找不到什么能和杨岁聊的话题，只好无聊地玩起手机。

好不容易熬到午饭时间，她拎上行李箱，跟杨岁说了"再见"，出了寝室门。

杨岁道了声"再见"，然后随手翻起一本书，消磨时间，等待丁纪喻考试结束。

下午三点多，丁纪喻结束了考试，赶紧给杨岁发了消息，通知她到校门口会合。

丁纪喻的行李很简单，她就带了一个小小的行李箱。

她坐在车上，等了片刻后，就看到杨岁拎着一个不大不小的行李箱出了校门。

丁纪喻赶紧向杨岁招手，生怕杨岁看不见。上了车，二人向C市的方向出发。

"考得怎么样？能过吗？"杨岁感冒还没完全好。从前她感冒一个星期肯定好了，但这次都快两个星期了。

丁纪喻本来心情很好，想着考试考了就好，成绩什么的之后再说。杨岁这么一提起，她头都大了，郁闷地道："小杨岁啊，你才十八岁啊！怎么就跟丁瑞安一样，总是关心我的成绩？！"

杨岁鼻子发痒，她忍不住揉了揉，听到丁纪喻的抱怨后，笑了："要是这次没过，寒假里就要开始准备补考了，补考可是一开学就要考的。你现在不开始准备，到时候别连补考都挂了。"

"行了！我感觉……应该不至于挂科吧，这几天我都有好好看重点，试卷里的好几道题目，类似的我都背到过。”丁纪喻说得没底气，连她自己都有点不相信。但她觉得自己总不至于这么差劲，连这种通过率几乎百分之百的期末考都挂科吧？

丁纪喻说完，偷偷瞄了一眼杨岁，生怕她不相信。

这一看，却发现杨岁跟以前有些不一样，她收回目光，想了想，又偷偷瞥了一眼，终于发现哪里不对——杨岁脖子上的围巾实在是太过眼熟！

“你这围巾……是丁瑞安的吧？”丁纪喻惊呼，兴奋得眼睛都睁大了。

杨岁低头看了看脖子上的围巾。

上次之后，她就一直没再戴过这条围巾。其实她也没有戴围巾的习惯。今天本来也没打算戴的，但出门后，冷风实在太厉害了，她才翻出这条围巾戴上。

丁纪喻见杨岁不说话，急忙问道：“是丁瑞安的，对不对？这条围巾，我之前在丁瑞安脖子上见过一次。”

杨岁无奈，只好点头：“是丁先生的。”

“啊——”丁纪喻发出一声大叫，嘴角压制不住地翘起，“你们俩那天单独吃饭，究竟发生了啥啊？”

“我那天感冒有点严重，丁先生看我冷，就把他的围巾给了我。”杨岁淡淡地描述那天的情况。

“就这样？”丁纪喻皱眉。

“就这样。”杨岁道。

“不可能！”丁纪喻不满意地撇嘴，给杨岁分析道，“丁瑞安这个人，最讨厌别人碰他的东西，可他居然会主动把围巾给你戴，这太不符合他的习惯了。”

“所以，他就把围巾送给我了。”杨岁笑了笑，有点勉强地解释道，“大概就是因为别人碰过，他不想要了，所以就直接送给我了？”

丁纪喻被杨岁气到翻白眼，忍不住小声骂道：“小傻子！”

杨岁无奈笑道："丁纪喻，你别以为放低音量骂我，我就听不见。"

"对了！"丁纪喻突然想到丁瑞安叮嘱的事，继续道，"大年夜来我家吃饭吧！家里过年一直都只有我和丁瑞安，实在太冷清了。杨岁，过年来我家一起吃饭吧。"

丁纪喻瞪着发亮的眼睛眼巴巴地看了一眼杨岁。杨岁犹豫了一下，点了点头。

以前的很多年，杨岁都是一个人随便煮一点速冻饺子就算是过年了。她脑海中一家人聚在大圆桌前吃年夜饭的印象，早已经模糊不清了。

她从来没有期盼过过年，但这一次，她有些期待了……

杨岁拎着行李，打开了家门。

屋内一如既往的冷清，即使离开时她已经打扫得很干净了，但三四个月的时间没有人，还是落了很多灰。

杨岁静静地看了几秒，垂眸笑了笑，放下行李，细心地打扫房间。

打扫到主卧时，她愣了一下。以前因为怀着希望，所以主卧的陈设她几乎没有动过，甚至包括被子都是隔一段时间就会换一床干净的，但现在，没有必要了。

杨岁将床上的被子叠好，放进衣柜，轻轻合上了柜门，就好像合上了心里的某一道口子。

一下午的时间，她很快就在打扫中度过。

杨岁坐在沙发上休息了一会儿，已经到了吃晚饭的时间了，可她并不是很饿，打算等会儿随便吃点面包算了。

就在她有些昏昏欲睡时，手机里有信息弹了出来。

放假了吗？

是蒋思右发来的信息。杨岁回道：

今天刚刚放假，已经在家里了。

蒋思右看着老妈烧焦的饭菜，眉头狠狠皱起，看到杨岁的短信后，心情才略微好了一点。这些饭菜他真的吃不下去，幸亏杨岁在C市，正好可以一起约饭。

蒋思右问道：

晚上一起吃串串吗？就学校门口那家，过年前最后一天开门了。

杨岁看了一眼桌上没有味道的面包，再加上这几天感冒，她一直都吃得比较清淡，经蒋思右这么一提起，还真有点想吃校门口的那家串串了。

好。

半个小时后，串串店门口见！

蒋思口看到杨岁的回答，立马开心地放下筷子，从饭桌边起身。

蒋母看见儿子嘟着嘴吃了几口饭后就放下了筷子，忍不住教育道：“不管好不好吃，至少多吃几口吧。这好歹是你老妈忙活了一个下午的成果！”

“老妈，我约了杨岁吃串串！”蒋思右飞快地换鞋，准备出门。

“杨岁？”蒋母想了想，问道，“是你高三的那个同桌吗？就是被保送去 A 大的那个？”

蒋思右挠了挠头，道：“对啊，怎么了？”

“快去吃串串吧！右右啊，就应该和好学生多玩玩！”蒋母开心地道，不再计较蒋思右嫌弃自己烧的饭菜的事情。

“妈！我都上大学了，又不是高中生，你怎么还整跟好学生玩的那一套！”蒋思右叹了口气，解释道，“再说了，杨岁可不仅仅是成绩好！”

说完，蒋思右直接出了门，朝串串店方向走去。

杨岁将还没有开封的面包放回柜子，穿上外套，准备出门。在打开门的一刹那，冷风直冲进屋里，杨岁全身温度骤降。

她吸了吸已经发红的鼻子，回头看了一眼搭在沙发上的围巾，犹豫了一会儿，转身将围巾牢牢地一圈一圈围在脖子上。

她以前从来没有戴围巾的习惯，因为很多材质的围巾戴上之后，她的脖子和下巴都会起小疹子，甚至是穿高一点领子的毛衣也会这样，所以，她不喜欢戴围巾。

但丁瑞安的这条围巾，或许是材质比较特别，杨岁戴上后，不仅没有起任何疹子，还觉得特别柔软。

杨岁想，这条围巾的价格一定不便宜，自己还是要找个机会还个差不多价格的东西。但杨岁翻遍了围巾的每个角落，都没有找到任何牌子的标识，无法估算出价格。

杨岁垂眸看了围巾半晌，叹口气，再次打开大门。冷风依旧往她身上吹着，但这次全身包括脖子都裹得严严实实，她也就感受不到有多冷了。

等到杨岁赶到串串店时，蒋思右已经点好锅底，无聊地玩着手机在等她。

“杨岁！这里！”蒋思右看到杨岁后，眼睛瞬间亮起，兴奋地招手。在等杨岁的这几分钟里，他看着锅里的红油翻滚，口水都要掉下来了。可一个人先动筷又不好，现在他总算是等到杨岁了。

杨岁看到蒋思右这副嘴馋的样子，笑了：“你饿的话，可以先吃的。”

“不行，这不礼貌。”蒋思右一本正经地道，等杨岁坐下后，他赶紧把已经选好的串串下锅，“同桌，我拿了些我们都爱吃的，你还要哪些，去那边挑。”

说完，他指了指旁边的菜品台。

杨岁并不是很饿，也不挑食，打算先把桌上这些吃完再说。

“对了，同桌，A 大的大学生活怎么样？”蒋思右夹起一筷子牛肉，迫不及待地放入口中，却被烫得龇牙咧嘴，赶紧猛灌了一口饮料，“周裴和林音音那俩货，总不会在 A 大还打扰你吧？”

“大学生活很好。”杨岁放下筷子，抿了一口热水，“我和周裴一整个学期都没有遇到过几次，但林音音跟我同寝室，不过目前为止相处得还好。”

“怎么上了大学，都不是一个系的，还能跟她同一个寝室？”蒋思右皱眉，气愤地狠狠咬了一口无骨鸭爪。

“她比高中的时候变了些，成熟了很多。”杨岁笑了笑，“你的大学生活呢，怎么样？”

“我觉得大学比高中自由了些，其他倒是没什么感觉。”蒋思右考上大学后，也没有太放松自己，而是在空闲的时候去一些公益组织当当义工什么的。

蒋思右嘴里嚼着虾滑，突然想起一件事，赶紧道：“同桌，你还记得吴雯吗？”

“记得。”杨岁拿筷子的手一顿，眸光暗了暗。吴雯在她的高中生涯留下那么重的一笔，她怎么可能会忘记？

“我跟你说，吴雯被学校退学了。”蒋思右有些幸灾乐祸，“我听其他人说，好像是跟室友打了一架，本来也就是背个处分的事，但她事后气不过，叫了校外的人一起揍了她室友。真的不是开什么玩笑，而是一堆人去揍一个女生。那个女生自那件事后就不对劲了，好像得了抑郁症，父母都去学校闹了，事情闹得很大，他们学校最后也只能开除她。”

蒋思右说完，看了一眼杨岁。杨岁看起来还是如以往一样平静，他放下了心，继续道：“吴雯被开除后，她父母好像也单方面与她断绝了关系，不再给她任何生活费。我觉得她也算是罪有应得，高中时明明都受到教训了，大学还不知道悔改，现在不上班也不上学，好像一直在跟外面的那些混混混在一起。”

“嗯。”杨岁听完，神色淡淡地点了点头。

“算了，不提她了。她过成什么样，都是她咎由自取。”蒋思右吸了一口饮料，道。杨岁的手机在这时突然响起，他无意中看了一眼，恰好看到杨岁的手机桌面壁纸。

杨岁的手机桌面壁纸，是前段时间在游乐园的时候，丁纪喻抓拍的两个人坐在旋转木马上的笑脸。拍完之后，丁纪喻逼着杨岁把这张照片设置成了壁纸。

蒋思右虽然就只看了一眼，却总觉得有点熟悉，可一下子又想不起来在哪里见过上面的人。

“你认识小喻？”杨岁注意到蒋思右的眼神，好奇地问道。

“小喻？”蒋思右努力想了想，突然脑子里跑进一个剃着寸头的女“校霸”，瞬间胳膊上都起了鸡皮疙瘩，“她以前是不是寸头？”

他哆哆嗦嗦地问出这句话。

“嗯，这个学期才把头发养长了些。”杨岁放下筷子，看向蒋思右，“你们是怎么认识的呀？”

“别提了，提到那个晚上我就怕。”蒋思右将那天晚上发生的事大致跟杨岁描述了一遍，“我本来是想英雄救美的，结果不仅没有救到女孩子，还被一个寸头讽刺了。”

杨岁突然想起，在大一入学的时候，丁纪喻曾经在车上和她说过这件事。当时丁纪喻对蒋思右的描述是：一个小菜鸟。那时候，杨岁并没有放在心上，可这世界就真的这么小，又这么巧。

扑哧一声，杨岁没忍住，笑出了声。

蒋思右蒙了一会儿，一下子就明白过来杨岁为什么笑了，一定是丁纪喻这个寸头在背后和杨岁说了些什么！

“她怎么形容我的？”蒋思右喝了一口水，严肃地端坐好，“说吧，我承受得住。”

杨岁垂眸，掩住眼中的笑意。

“杨岁！我们至少做了一年的同桌，你可不能厚此薄彼！”蒋思右拉着脸。

“她……嗯……说你很可爱。”杨岁想了一会儿，吞吞吐吐地说道。

蒋思右听到“可爱”两字后，脸唰的一下红了。哪有人拿“可爱”两个字形容男生的？

“你说真的？”蒋思右不自然地抿了抿嘴，突然觉得自己刚刚那样形容丁纪喻似乎不太好，于是赶紧改口道，“其实丁纪喻也挺可爱的，就是有些暴躁！”

“你们两个都挺可爱的。”杨岁忍住笑意，喝了一口热水。

“我当然知道自己可爱！”蒋思右的脸又不自然地红了几分，他赶紧往嘴里塞了几口牛肉，左手一个劲地扇风，想让脸上的温度降下来一些。

这时候，杨岁的手机又响了。

“杨岁，丁瑞安让我问你，年夜饭你想吃些啥，他好早点准备。”丁纪喻似乎是在赶时间，语速飞快。

正在杨岁疑惑时，那头又传来丁瑞安压低音量喊丁纪喻的声音。

“杨岁，丁瑞安还让我问你——”

“丁纪喻，把手机还我。”

丁纪喻后半句话还没说完，电话就被丁瑞安强制挂掉。

杨岁看着莫名其妙突然挂掉的电话，愣了愣，才发现刚刚拨过来的电话，是丁纪喻用丁瑞安的手机打来的。

而另一边，丁瑞安好不容易抢过手机。

丁纪喻挑了挑眉，奇怪道：“干吗不让我说完？”

“会吓到她的。”丁瑞安把手机放回口袋，笑了笑，回道。

新年那一天，丁纪喻早早就跟杨岁约好，一定要记得到她家吃年夜饭，同时，还叮嘱杨岁要早点来。

杨岁在前一天的时候就在蛋糕店订了一个蛋糕，不是很大，差不多正好够三个人吃。她取完蛋糕，出店门的时候才不过下午一点半，丁纪喻已经发了数条消息，催她早点过去。

杨岁看着丁纪喻一连好几个“早点”，无奈地笑了笑。

马上就到了。

杨岁腾出一只手，编辑好的信息发了过去，否则丁纪喻真的会一直发到她到了为止。

你在哪儿呀？我来接你吧？

丁纪喻靠在沙发上，终于看到杨岁发回的消息，端坐起来。

不用了，我打车过来，很快的。你们需不需要我带什么？我取蛋糕的地方正好有个超市。

杨岁问道。

丁纪喻从来都没有筹备过年夜饭，也不知道家里缺什么，只好伸长脖子，对正在厨房里忙活的丁瑞安大喊道："杨岁在超市旁边，问你有没有什么需要带的。"

丁瑞安穿着白色居家服，长袖挽到手肘处，白皙的、骨节分明的手握住刀背，正快速流畅地处理着食材。过了片刻，他将一条鱼处理好，取过放在一边的白色毛巾，擦干净了手，回道："我昨天已经把所有东西都买好了，让小杨老师人过来就好，什么都不需要带。"

"知道了！"丁纪喻得到丁瑞安的回答后，回复了杨岁，告诉杨岁啥都不缺，人赶紧过来就行。

杨岁看到信息后，走到路边，抬手拦了一辆出租车。

司机师傅看着白净清秀的女孩提着一个包装精致的蛋糕，笑着搭话："小姑娘，是去吃年夜饭吗？"

"嗯。"杨岁点点头，对着司机礼貌笑了笑。

"我跑完这单也要收拾收拾，回去给老婆孩子准备年夜饭了。"司机提到家里人，脸上的笑意更加明显，"这过年真的是咱们老百姓最重要的节日了。我以前啥节日都不过，就想着多跑点车，多挣点钱。我家孩子明年就要上大学了，我就想着给孩子多挣点学费、生活费啥的……但这过年真的不行，年夜饭是必须要好好吃的，毕竟是一家人团圆的日子，多重要呀！小姑娘，你说对吧？"

或许是杨岁温柔的样子很容易让人产生好感，司机一下子就打开了话匣子。

他们这些跑车的人，基本上一天都在路上，一旦打开了话匣子，这话就源源不断了。

司机身上洋溢的喜悦气氛，感染了杨岁。

她淡淡地弯起嘴角："是的。"

年夜饭很重要，因为是一家人团圆的日子。虽然她现在没有家人了，但她身边有纪叔叔和小喻，他们存在的意义，对杨岁来说，已经超过了家人。

因为她已经很久没有感受过家庭的温暖了。

可是，没关系啊。

她收获了很多来自小喻和纪叔叔的温暖。

司机通过内后视镜看到表情渐渐柔和下来的杨岁，突然想到了什么，问道："小姑娘，你是不是上一届江华高中毕业的，被保送进 A 大的那位学生？"

杨岁抬眸，犹豫半晌之后，点了点头，疑惑道："您怎么知道我的？"

"哎呀，真的是巧！"司机哈哈大笑，激动到一只手猛拍几下大腿，"我女儿现在就在江华读高三！陈江是你之前的班主任吧？他今年正好又带我女儿的毕业班！"

"陈老师今年又带毕业班啦？"杨岁打消疑虑后笑着道，眼睛亮了亮。

"对啊，老教师嘛。"司机愉快地继续道，"我女儿其他科还行，就是数学不太好，班主任就跟她说了你的一些事。哎哟，这一下不得了了，我女儿真的是成了你的小粉丝，还从网上打印了什么你参加竞赛获奖的照片，夹在书里，天天当个宝贝似的。可能是有你这个榜样，她最近的数学成绩真的是突飞猛进。"

杨岁安安静静地听着司机的话，眼中不知道什么时候蓄满了笑意。

真好啊，还能听到陈老师偶尔提起她，她还能成为激励别人进步的榜样，真好啊……

"我女儿今年也要考 A 大，但她的成绩去 A 大有点悬，可这孩子就是死脑筋，说什么去不了 A 大，也不去别的学校了，要一直复读到考进 A 大为止。"司机说到这里，有些头疼地叹了口气。

"您家孩子，模拟考试时能考多少分？"杨岁沉默了一会儿，问道。

司机听到后，几乎没有思考，很快报出了一个分数。

杨岁垂眸想了想，还有半年的时间，这个分数，如果再努把力，并不是完全没有希望进A大。可并不是所有人都是丁纪喻，她也没有那么多的时间去帮别人补课。但至少，杨岁愿意在力所能及的情况下，帮一下她。

“您要不给我一个地址，我高三的笔记都还放在家里，以您女儿的成绩，她应该能看懂。过几天我把这些笔记给您寄过去。”车子颠簸了一下，杨岁赶紧拿起放在座位上的蛋糕，小心翼翼地放在腿上。

司机听到这话，激动得不得了，赶忙点头，随即又觉得过意不去，道：“要不这样，我出钱跟你买这些笔记，毕竟也是你高三一年的心血，白拿，我实在是过意不去，我孩子肯定不允许我白拿的。”

“不用了。”杨岁笑着摇摇头，“这些笔记我已经不需要了，放在家里也只能落灰发霉，倒不如让它们去其他人身边发光发亮。”

“那真是太感谢了！”司机已经激动得不知道该说什么了，只是一个劲地感谢。

到了别墅区，司机死活不肯收杨岁的车费。

杨岁想了想，没有坚持付费。她一只手将蛋糕捧在怀中，朝司机师傅挥了挥手，说了再见。

出租车开远之后，杨岁看着怀中的蛋糕，露出一个浅浅的微笑。

希望那些自己曾经用心写下的笔记，能让那个学生变得更加优秀。

“杨岁，你怎么来得这么慢？”丁纪喻等不到杨岁的消息，只好出来，蹲坐在院门口，朝小区入口望着。

杨岁把蛋糕递给丁纪喻，凑上前看了看丁纪喻又长了好多的头发，道：“再养养，就能扎小鬏鬏了。”

“什么小鬏鬏？我堂堂女老大，怎么能扎小鬏鬏？这样如何能服人？”丁纪喻不客气地打掉杨岁伸过来的手，“不过，你今天看起来心情不错啊，路上发生什么事了？”

杨岁老老实实地把车上的事和丁纪喻说了。

哪知，丁纪喻听到杨岁要把她的笔记送给其他人，顿时生气：“杨岁！你是不是有了新欢就忘了旧爱？明明是我先认识你的，你为什么不把你的笔记给我？不给我就算了，你现在还想着给别人！”

“丁纪喻，你有点良心好不好？”杨岁被丁纪喻的小表情逗笑了，“我的笔记就算是给你，你也看不懂啊。而且这本笔记本来是我自己用的，给她不过是举手之劳。但是我给你的那几本笔记，是我站在你的知识层面，特地为你整理的。”

听杨岁这么一说，丁纪喻心情好了许多，甚至有些嘚瑟起来。但是，过了一会儿，她转头一想才发现，杨岁话中隐藏的意思，是不是在说她笨啊？

当她要喊住杨岁时，杨岁已经悄悄躲进了厨房。

丁纪喻一屁股坐在沙发上，又细细想刚刚杨岁说的话，话里还有没有除了说她笨以外的其他意思。

她想了半天，实在想不出来，索性甩掉腿上的抱枕，也挤进了厨房。

她看了看正在调饺子馅的丁瑞安，又看了看在洗菜的杨岁，竟觉得这场景莫名和谐。

“杨岁，你会做饭吗？”丁纪喻拿过杨岁刚刚洗好的小黄瓜，塞进嘴里，嘎吱嘎吱地咬着。

“会……会倒是会。”杨岁洗菜的动作一顿，面露尴尬，“就是烧起来，不是特别好吃。”

很小就独立生活的杨岁，也很早就学会了烧简单的饭菜。但杨岁一直以来对饭菜的要求都不高，只要能填饱肚子就好，所以，即使她一个人烧了这么多年的饭，手艺也只是能吃的程度。

丁瑞安听到杨岁的话后，笑了笑，转头问杨岁：“包饺子会吗？”

“会倒是也会包——”

“就是包起来不好看！对吧？哈哈哈哈！”杨岁的话还没说完，丁纪喻立刻就知道杨岁接下来要说什么，赶忙插嘴，笑得喘不过气来。

她好不容易逮到杨岁一个不擅长的东西，当然要好好笑话一番！

杨岁听着丁纪喻夸张的笑声，丝毫没有生气，等丁纪喻终于不笑的时候，她也问道："那你会包吗？"

"我……哎呀，不说了，我去看电视了。"丁纪喻摸了摸眉毛，一溜烟地跑出厨房。

杨岁哭笑不得。

丁瑞安也笑着摇了摇头，对杨岁道："小喻包的饺子，每次下锅就漏馅，最后都会变成一锅面片丸子汤。"

杨岁将洗好的菜放进漏篮，看了看台面上准备好的食材，问道："丁先生，今天您主厨吗？"

"对，今天我主厨。我做的饭菜还算不错，等会儿小杨老师可要多吃点。"丁瑞安听到称呼后，挑了挑眉，突然又看到杨岁的鼻子还是红红的，放下菜刀，有些担心地问，"小杨老师，感冒还没好吗？"

"好得差不多了。"杨岁下意识地又揉了揉鼻子。

"今天出门没有戴围巾吗？"丁瑞安看向杨岁空荡荡的脖子，疑惑地侧过脑袋，似乎有一点点生气。

杨岁顺着他的眼神，摸了摸冰凉的脖颈，解释道："下午出门的时候，太阳挺大的，不是很冷，所以就没有戴围巾。"

"嗯。"丁瑞安垂眸点了点头，取过擀面杖，将一个个小面团擀成饺子皮。

杨岁抿嘴，看着丁瑞安默不作声的样子，垂头犹豫了一会儿，才小声试探地开口："以后天气冷的时候，我都会戴围巾出门的，好吗？"

"好。"丁瑞安听到这话，才弯起眉眼，笑意满满。

与丁瑞安接触的这短短一年中，杨岁好像从来都没有看到过丁瑞安因为什么事而生气，可刚刚，即使丁瑞安依旧是笑着，但眼中明显含着一丝不高兴。

对待情绪这一方面，杨岁的感知很迟钝，只有丁纪喻那种情绪外放的人，杨岁才能很快地知道对方高兴与否。而像丁瑞安这种很早就在名利场摸爬滚打的人，一向是极会掩藏自己情绪的。可不知道为什么，他眼中的不开心，杨岁却在第一时间就捕捉到了。

以往的种种经历，使得杨岁感情寡淡，对待任何人的情绪都不在意，除了一直温暖着她的丁纪喻。

而现在，能让她在意情绪的人，似乎又多了一个。

其实，就算杨岁知道丁瑞安就是纪叔叔后，她还是觉得纪叔叔是纪叔叔，丁瑞安是丁瑞安。纪叔叔是她小时候开始就很重要的一个人，但同时又很神秘，有些虚无缥缈。而丁瑞安，是杨岁见过的人中，最温柔的，是能在她最无助的时候，真真切切地出现在她面前的人。

每一个在她逆境中帮过她的人，她都愿意用十分的真心去对待。

第十章

小白杨树要岁岁平安

“一起包饺子吗？”丁瑞安注意到杨岁在发呆，伸出还沾着面粉的手在她面前晃了晃，“小杨老师，一起包饺子吗？”

杨岁回过神，笑了笑，点点头：“但是我包的饺子真的不好看。”

“没关系，就自己家里人吃，只要好吃就行。”丁瑞安洗干净了手上的面粉，端着肉馅和饺子皮走到餐厅，发现丁纪喻赤着脚蹲在落地窗前，脸紧紧贴着玻璃，好奇地望着外面。

“小喻，你在看什么？”丁瑞安放下手里的东西，走到丁纪喻身边，也朝外看了过去。

窗外已经渐渐黑了下来，院子里的挂灯自动亮起。

过了好一会儿，丁瑞安才发现挂灯照射到的地方，有些细小的雪花飘下。但是这雪太小了，如果不是有灯光照着，根本发现不了，所以，丁纪喻才会把脸贴得都变了形。

“下雪了！”丁纪喻手舞足蹈，兴奋地大喊，“杨岁，快过来，外面下雪了！”

杨岁笑着走过去，蹲到二人旁边。

C 市的冬天很冷，但是很少会下雪，所以，即使是小小的雪花，也能让丁纪喻高兴半天。

“你们说，”丁纪喻眼睛发着光，“到了明天，路上会有积雪吗？我们是不是可以堆雪人了？”

丁瑞安转头，笑了笑，如实说道：“雪太小了，积不起来的。”

“唉……”丁纪喻叹了口气，有些生气地撇嘴，“丁瑞安，你实在是太扫兴了！”

丁瑞安笑道：“行了，一起来包饺子吧，不然等到晚上八点都还吃不上年夜饭呢。”

“包饺子？”丁纪喻听到这三个字后，犹豫了一会儿，她包的饺子真的丑得出奇，但想着杨岁也包得不好看，那她应该也不至于很丢人，于是点了点头。

三人站在大圆桌前，丁瑞安一塞一捏一合，已经包好了好几个饺子。

而杨岁和丁纪喻，大眼瞪小眼，你看看我我看看你，都有些不好意思下手。

丁瑞安包的饺子可以用精致来形容，每一个大小都几乎完全一致，圆圆润润的，但又个个不漏馅。

“杨岁，你先包吧。”丁纪喻尴尬地绞着手指，故作正经地对杨岁道，“你先包，我看看你包得怎么样，要是不行的话，我指导你，毕竟，名师都是不轻易出手的。”

“你认真的？”杨岁脸色复杂，“可丁先生说，你包的饺子下锅就是面片丸子汤。”

“什么？”丁纪喻瞪大双眼，不可思议地看向丁瑞安，“你就这么在杨岁面前诽谤我？”

丁瑞安忍住笑意，看着两个小朋友斗嘴，却没想到火星溅到他这里来了。他捏好手上的饺子，道：“你俩一起包吧，我还要去做几个菜。再不包，真的要来不及吃年夜饭了。”

“知道了。”丁纪喻撸起袖子，皱着眉，看向饺子皮和肉馅，深吸了一口气，拿起饺子皮，挖了一勺肉，塞进饺子皮，手指一捏，将饺子皮死死捏上。

扑哧——肉馅完美地从饺子皮后端漏了出来。

丁纪喻脸一黑，连带着手指都抖了抖。

“这个……”丁纪喻咽了口唾沫，强行给自己找理由，“丁瑞安把皮擀得太薄了……皮要是厚点，我这个饺子就是完美的，对吧？”

说完，她镇定了心神，抬眼去看杨岁。可杨岁眼中深深的质疑，刺痛了她幼小的心灵。

丁纪喻气死了，一屁股坐在椅子上，大爷一样地说道：“你包一个给我瞧瞧！我就不信你能比我好到哪里去！”

杨岁只好顺着她的意思，不太熟练地包了一个饺子，确实说不上好看，但和丁纪喻包的摆在一起，还是对比鲜明。

“这就是你说的包得不好看？臭骗子！”丁纪喻更气了，“你们学霸果然都是那种明明考了满分，还说自己考不好的人！”

杨岁看了一眼丁纪喻气嘟嘟的样子，两手各托起一个饺子，一个是她包的，一个是丁瑞安包的。

这两个饺子放在一起，就很明显能看出杨岁包的逊色很多。

“我包的确实不太好。”杨岁笑了笑，又起了逗丁纪喻的心思，道，“你刚刚说我饺子包得好看，是因为我和你的饺子进行了对比。可是当我的饺子和丁先生包的对比，就能知道我说的话不是假的。小喻，好不好看都是对比出来的。”

长长的一段话，都快把丁纪喻绕晕了。她皱眉，脑子里整理了一下杨岁说的话，才发现，杨岁又变着法在损她！

丁纪喻气不过，手指蘸了一点面粉，趁杨岁不注意，抹到她脸上。

杨岁被丁纪喻幼稚的作为逗笑了，自己也变成了小学生，蘸了更多的面粉，抹到了丁纪喻的脸上。

听到外面断断续续的吵闹声、笑声，丁瑞安无奈地笑了笑，眼中的温柔之意更甚。

等丁瑞安出来的时候，饺子倒是包得差不多了，但是挑挑拣拣，也只有他和杨岁包的那些能看，丁纪喻包得依旧哪哪儿都漏馅。

好不容易，饺子煮熟出锅，热腾腾的菜也全部摆好，电视里放着春节联欢晚会，喜悦热烈的氛围感染了三人。

杨岁看着一桌子冒着热气的饭菜，不自觉地弯了眼睛，嘴角也微微弯起。

她终于过了一个像样的年，热热闹闹，有人陪伴，真好啊……

丁纪喻吃了一口饺子，满意地眯着眼睛，举起装满橙汁的杯子，对杨岁道："以后的每一个年，你都来这里过吧，好不好？"

杨岁犹豫中，无意间瞥到丁瑞安温柔地对她点了一下头，她想了想，也举起杯子，轻轻碰了一下丁纪喻伸过来的杯子，笑着答应道："好。"

她希望以后的每一个年，都不再是一个人过。

杨岁歪着脑袋，偷偷想着。

吃完饭，没一会儿，窗外黑漆漆的天空中炸开了五颜六色的烟花。

丁纪喻赶紧扔下抱枕，拉着丁瑞安和杨岁跑到院子里。

一束烟花正冲向天空，砰的一声炸开，分裂出许多小小的光点。

"新的一年要到了，我有很多的愿望，希望在新的一年中都能实现！"丁纪喻兴奋地扯着杨岁的袖子，高兴地道，"你们呢？杨岁、丁瑞安，你们有什么愿望吗？"

杨岁抬头看向绚烂的烟花，道："我希望新的一年里，能事事顺利。"

"你呢？"丁纪喻转头问丁瑞安。

"我希望，小喻能天天开心，公司的事务能够一切顺利。"丁瑞安笑弯了眼，看向抬头看烟花的杨岁。

他还希望，他的这棵小白杨树，能够岁岁平安。

"10、9、8……2、1，新年快乐！"电视里，晚会主持人开始数着新年倒计时。

丁纪喻听到后，也大喊："新年快乐呀！"

“新年快乐！”杨岁笑着。

“新年快乐。”丁瑞安收回目光，弯起了嘴角。

过了午夜十二点，就是新的一年。

跟以往许多个年比，这一年，是杨岁认为自己收获最多的一年。

她认识了丁纪喻和丁瑞安。

杨岁躺在床上伸了个懒腰，起床拉开厚厚的窗帘，热烈的阳光直射进房间，驱散房间内的所有黑暗。

温暖的阳光同时也照在杨岁的脸上，她眯着眼微微翘起嘴角。

希望以后的每一年都能像昨天一样，过一个不再是一个人的年。

照了一会儿阳光，杨岁开始整理柜子上的书本。

即使已经高中毕业了一段时间，但高中时的书本和笔记都被杨岁整整齐齐地摆在一起。

她翻开几本笔记，稍稍看了一下，想了想，全部抱到怀中。

既然昨天答应了司机师傅，给他孩子寄数学笔记，那就趁早寄过去。早点收到，那孩子就能早点使用，也就能多一份考上 A 大的希望。

杨岁这么想着，随意地在睡衣外面套了件长款羽绒服，打算到小区门口的快递站把手中的这些笔记寄出。

外面太冷了，她走得很快，想快点寄完东西，快点回家。

哪知，走到小区门口时，她看到一个熟悉的身影，穿着黑色的机车服，靠在摩托车上。

杨岁迈出的脚步迟疑了片刻。

她不明白，大年初一的早上，周裴怎么会在这里？但她也明白，这绝对不是什么好的信号。

杨岁抱紧怀中的笔记，毫不迟疑地转身。

周裴却像是有了感应一般，在杨岁转身的刹那，抬起了头。

“杨岁！”他摘掉头盔，大声喊道。

杨岁的脚步没有丝毫的停顿，甚至开始有小跑的趋势。

周裴头疼地皱眉，追上了杨岁，堵住了杨岁的路。

“你跑什么？”他不悦地问道。

杨岁不想理他，说话的语气自然有些冲：“你怎么会来这里？”

“昨天晚上，我在这里等你到半夜十二点，你都没有回来，你去哪里了？”周裴死死地盯着杨岁，眉头紧锁，脸色很差，“你一个女孩子，夜不归宿，合适吗？”

“我回不回家，什么时候回家，和你有什么关系？”杨岁直视着周裴的眼睛，“我们之间至多只是同学关系，无论如何，都轮不到你来关心我的生活吧？”

“我不是来和你吵架的。”周裴有些疲惫地闭上眼睛，放缓语气，再次问道，“你昨天是不是在外面过夜？”

他脑子里此刻很乱，只想知道这个问题的答案。

昨天晚上，他在家和父母吃年夜饭，气氛热闹非凡，可在那样浓烈的氛围中，他脑中却想到了一个与之十分格格不入的人。

那时候，他在想，杨岁会怎么过年呢？

那样差的家庭条件，又没有父母陪伴，一定是一个人可怜兮兮地吃着速冻食物。所以，如果这个时间他出现在杨岁面前，是不是对杨岁而言，就如同救世主一样？

可结果呢？他好不容易想好借口从家里出来，赶到杨岁家门口，摆好姿势，敲了许久的门，结果都没有应声，打电话也显示忙音，他才知道，杨岁没有在家，还把他的电话拉黑了！

大过年的，不在家，她还能去哪儿？

周裴整个人开始狂躁。

他长时间地疯狂敲门惊扰了邻居，邻居直接叫了小区保安。

周裴死都想不到，自己最后居然是被保安轰出小区的。直到今天早上，保安都在保安室门口死死盯着他，就怕他做出什么出格的事。

杨岁看了周裴片刻，一句话都没再多说，往旁边走了几步，想要绕过周裴。

周裴注意到杨岁的动作，大步走了几步，又将杨岁的道路堵死。

同时，杨岁一言不发的态度彻底惹恼了周裴。他直接将杨岁现在的表现默认为心虚。

杨岁根本没有朋友，如果昨晚她真的没有回家，那留宿的地方基本只有一个，就是丁瑞安的家！

“你昨天晚上，是不是住丁瑞安家了？”周裴眼神变得阴鸷，额头上青筋暴起，就像是固有的领地突然被别人踏足，“你脑子不清醒是不是？丁瑞安就算长得帅又有钱，可他都快三十岁了！”

杨岁听明白了周裴的话，眼中瞬间染上了怒气。

再怎么不堪地说她都没事，她可以不当一回事，但她不允许有人用这么肮脏的心思去猜测她在乎的人。

“周裴，我再说一次，我做什么事都和你没有关系。”杨岁无意识地攥紧拳头，强忍下心中的愤怒，“丁瑞安和丁纪喻都是我最在乎的人，我不想再从你的嘴里说出他们两个人的名字。”

杨岁一字一句说得格外清楚，语气强硬，似乎要将每一个字都咬碎。

“你什么意思？！”周裴一愣，眉头锁得更紧，他完全没有料到杨岁会说这些。

“我说得不够清楚吗？还是你的理解能力不够？”杨岁有些失控，她一改以往的冷静理智，话语不经大脑处理，直接被说出，“你好歹也是A大的学生，如果连最基本的字面意思都无法理解的话，我建议你回到小学重新学起。”

即使是失控状态，杨岁的话中都没出现一个脏字，可周裴宁愿从杨岁嘴里听到脏话，也不愿杨岁每一次都如此疏远。

周裴说不清自己对杨岁是什么感觉，就是杨岁注意他的时候，他会有些得意；而当杨岁不看他时，他又会控制不住地去留意她。

可杨岁为什么就是如此倔强，为什么不能像林音音那样，稍微柔弱些，哪怕一点点也好？

可是，杨岁的脊背永远都挺得那么直。

是不是非要压垮她高高在上的样子，她才肯服输？

周裴脑中突然冒出一个可怕的想法，一个让杨岁服输的想法，但很快就被他否定。他不算是个好人，但绝不会是如此卑劣之人。

他想了很久，有些妥协地轻声问道："能不和丁瑞安接触吗？"

可当他的目光触及杨岁厌恶的神情后，原本打算好好说的想法又全部抛之脑后。

周裴咬紧口腔内的嫩肉，直至嘴巴里出现血腥味，他才回神一般笑了笑："你真的以为丁瑞安像你想的那样干净温柔吗？他在十八岁时就接手了他父亲的公司，逼退了公司里所有不支持他的元老，同时拦截下他对手公司百亿的合同，直接导致其破产……你以为这些事情，光靠温柔就能解决吗？在你看不到地方，丁瑞安远比我肮脏。"

"你调查他？"杨岁蹙眉问道。

"对啊，我调查他。"周裴说得毫不在意，好像只是一件很小的事情，"我只不过是把他那副绅士温柔的面孔撕碎，还原一个真实的丁瑞安。我只是……只是想保护你，仅此而已。"

周裴整句话说得轻飘飘，却咬重了最后"仅此而已"四个字。

"保护我？"杨岁像是听到了天大的笑话，"周裴，你看清楚，现在在你面前的人是杨岁，不是林音音，我不需要你任何自以为是的保护！"

"生意场上的事我不懂，但我知道且十分清楚，温柔确实不能解决所有事情。"杨岁找回了冷静，直视周裴的眼睛，一字一句道，"温柔解决不了校园霸凌，也解决不了他人片面却又刻意的孤立。"

杨岁说得太过平静，似乎是在说别人的事情，而不是发生在她自己身上的事。

看着这样的杨岁，周裴的心莫名一疼。杨岁说的这些，他虽然没有直接参与，但也是冷漠地旁观，甚至自己一些无心的行为，也推动了高中时期大家对杨岁的刻意孤立和霸凌。

周裴忽然什么话都说不出来了。

"既然温柔解决不了所有事情，"杨岁神情淡漠地继续道，"那么，只要在不触犯法律的情况下，在特定的场合用特别的办法，有什么问题吗？”

周裴看了杨岁许久，泄气地垂下了脑袋，自嘲地扯了扯嘴角：“杨岁，我很抱歉——高中对你做的一切。但是我现在，愿意补偿你高中所受的苦。”

“我现在过得很好，不需要你的任何补偿。”杨岁垂下眼眸，“如果你真的感到抱歉的话，请你以后离我越远越好。”

说完，杨岁趁着周裴出神的工夫，撞开他的肩膀，朝家里走去。

过了好一会儿周裴才反应过来，摸了摸被撞的肩膀，看着杨岁远去。

他后悔了，真的后悔了……

如果高中的时候他对杨岁稍微好一点点，那么，最后站在杨岁身边的人就不会是丁瑞安，至少不会让杨岁如此反感他。

周裴深吸一口气，忍住眼中的酸涩不适，望着杨岁家的那层楼，心脏一阵一阵地刺痛，脑袋里却一片空白。

他看了许久，身上的力气好像突然被抽走了一般。他摇摇晃晃地转身离去。

以前的每一个假期，周裴都玩得很疯、很开心。可大学的第一个寒假，他却过得一丝滋味都没有。

高三以前，杨岁就像是透明人，活在一个阳光照不到的阴暗角落，不会有任何人注意到。就算是逐日的向日葵，长期得不到阳光的照耀也会死，可杨岁却活得越来越出彩。

就在高三的最后一个学期，自那时候开始，就好像是……原本是黑白画面的杨岁，突然被着色，开始变得鲜活……

周裴坐在沙发上，烦躁地扯着自己的头发，随手拿起一个茶杯，狠狠摔在地上。然后他又不小心踩在了碎玻璃上，玻璃碴子划过他的脚，脚上立刻冒出丝丝血珠。

但周裴似乎感觉不到疼痛，他陷入困境中。

有时候，他真希望杨岁和林音音能是同一个人，一个拥有独立人格，同时，又只会对他一个人服软的人。

可他无比清晰地知道，杨岁是杨岁，林音音是林音音。想法也只能是想法，永远不会变成现实。

周裴在幽暗的客厅里坐了很久，仰靠在沙发上，被他扯得乱糟糟的刘海下面，露出一张疲惫不堪的脸。

要不然，就想办法把杨岁挺得笔直的脊背狠狠打垮，直到她再也挺不起为止。这样，杨岁世界里的救世主就只能是他，不会是那个无比虚伪的丁瑞安。

这个想法一冒出，周裴有一瞬间的失神。回神之后，他整张脸失去了血色，变得无比惨白。

为什么脑子里一而再再而三地冒出这种可怕的想法？

周裴呼吸变得急促，双双死死攥紧，强力忍住把这个想法变成现实的冲动。

片刻之后，他后背出了密密的一层冷汗，几近浸湿了他的衬衫。

“杨岁。”周裴无力地垂下脑袋，像是在喃喃自语，“我到底应该拿你怎么办？”

今天早上遇到周裴这件事，虽然事发突然，但在杨岁心里敲响了警钟。

一直以来，周裴对她的敌意都很重，可最近实在太过不对劲。

下午趁着寄快递的时候杨岁特意来到小区保安室，跟保安说了一下，以后再遇到早上那个人，不要让他进小区。

虽然这是个老小区，安保措施做得没有其他小区那么好，但是胜在人情味浓。

保安师傅再三拍胸脯保证，绝对不会让那小子进小区半步，杨岁这才稍稍松了口气。

好在寒假后半段时间，她再也没有遇到过周裴。

大学开学比较晚，而江华高中毕业班一般都是在过完年，初七开始就进行寒假集体补课。

杨岁找了个时间，买了点水果，趁着学校午睡的空闲时间，来到江华高中。

学校门口的保安远远看到一个人提着果篮过来，本来想要阻止外来人士入校的，但看到是杨岁的时候，啥也没说，打开了铁栅门。

毕竟杨岁这个孩子太过优秀，门卫师傅在江华高中工作了很多年，印象最深的学生就是杨岁了。

优秀的孩子很多，但很少有人每天上学放学，都会极有礼貌地和一个门卫师傅打招呼。

“来看陈老师吗？”门卫问道。

“嗯。”杨岁弯着眼睛笑了笑，“师傅，陈老师还在原来那个办公室吗？”

“对，还在以前三楼的办公室。”

“师傅，新年快乐。”杨岁笑着说道。

门卫师傅笑着道：“你也新年快乐，快去找陈老师吧。”

杨岁提着果篮，跟师傅道了谢，朝三楼办公室走去。

老陈此时正在愁眉苦脸地改着一堆惨不忍睹的试卷，一肚子气，随手拿过旁边的保温杯灌了一口水。

现在的学生真的是一届不如一届。

老陈叹着口气，认命地重新拿起红笔改试卷。

即使是在午休时间，办公室里依旧来来往往很多人，有老师自愿放弃午休时间在给学生无偿补课，也有一些努力进取的学生来办公室找老师问问题。

杨岁站在门口，看了一眼人来人往的办公室，一样的校服，又几乎是同一批老教师，一下子，杨岁感觉自己回到了高三时候。

“杨岁？”老陈改得眼睛疼，抬头望向窗外，想放松一下眼睛，结果却在门口看到一个清瘦挺拔的身影。他一开始还以为是自己看错了，眨了眨眼，又看了一次，这才真的确定是杨岁。

“陈老师。”杨岁走近老陈的座位旁，将手里的果篮放到桌上。

老陈赶紧拉过旁边的空椅子，让杨岁坐下，同时看了一眼果篮。

里面的水果装得满满的，包装也十分精致，老陈虽然很开心，但又心疼杨岁花这些冤枉钱。

“下次来看我，别再拿什么东西了。”老陈拿过一次性杯子，装了一杯热水，递给杨岁，“老师什么都不缺，你也不要花这些不必要的钱了。你有空的时候来看看我，我就很开心了。”

虽然每一届学生毕业的时候，都会说有空一定会回校来看看他们。但实际上，真正回校的孩子少之又少。老陈当然不会怪他们，毕竟高中生涯已经过去，而大学才是他们接下来要过好的阶段。

“陈老师，果篮的价格在我能承受的范围之内。”杨岁接过水杯，眼睛瞄到老陈摆在桌上的保温杯，正是她上次送的那个，“我现在的生活没有那么拮据，大学里的生活也比较空闲，我有时候会接一些翻译稿子，报酬也还过得去。”

“有钱也不能这么花。”老陈佯装生气，“有这些钱，你还不如出去吃顿大餐。总之，下次来的时候，什么都不要带了。”

“我知道了。”杨岁笑了笑，明白陈老师是为自己好，不想让她多花钱。

“大学生活怎么样？”跟所有的高中老师一样，老陈也问出了这个问题。

杨岁想了想。其实对她而言，大学和高中并没有什么区别，一样都是学习，她也绝不会因为换了一个相对宽松的环境，就放松自己的学习。

唯一的区别，大概就是大学里的人基本都是心智成熟的，几乎不会遇到像高中时那样偏激的人，所以会稍微没有那么累。

“挺好的。”杨岁道。

老陈笑了笑，把摊开的试卷合上。

两人这次见面，差不多隔了半年的时间。半年，谈不上多长，但老陈觉得杨岁跟以前相比，变得有些不一样了。

虽然老陈也只是从高二开始，才担任杨岁的班主任，也不能算十分了解她。可杨岁的经历，让这孩子过分懂事，任何的不愉快都只会藏在心里，从不与别人说。

无论他人问什么，杨岁只会回答“挺好的”。

即使杨岁这次的回答还是和以往一样的三个字，但老陈看得出来，这孩子比高中的时候开朗了很多。

一定是大学里，她有了能彼此分享快乐的朋友。

老陈也发自内心地替她开心。

杨岁和老陈聊了大学的生活，也回忆了高中时发生的一些事情。很快，短短的午休时间就要过去了。

杨岁看了看时间。

她这次来，除了看望陈老师，其实还有一件事。

“陈老师，您有周裴父母的联系方式吗？”杨岁抬眸，眸中原本浅浅的笑意慢慢消散。

“有是有，发生什么事了吗？”老陈有些疑惑。高中时，杨岁与周裴的交集不算多，怎么反而到了大学，杨岁却打听起周裴父母的联系方式？不过，杨岁做事情向来不会不经大脑，一定是出了什么事情。

杨岁把前几天发生的事和老陈说了一遍。

老陈听完皱起了眉头。

他好歹是当了多年的老教师，周裴脑子里在想什么，他大概心里有点数。

“事情我知道了。”老陈想了一会儿，继续道，“我会和他父母说一下这件事。但是杨岁，周裴这个人，从高中起就随心所欲惯了，连他父母有时候都管不住他。”

杨岁双手反复绞着，尤其是听到老陈的话后，她心中越发不安，可随后镇定了下来。

周裴的不服管教，她一直都有听闻。以前，她只是想着，只要不关于自己的事，她不想知道，更不想去管。

只要不打扰到她的生活，周裴的任何事都和她没有丝毫的关系。

尤其是，周裴上次表现出来的敌意，不只是单单对她一个人了，而是直指丁瑞安。

杨岁疲惫地揉了揉眼睛，脑袋有点疼。

老陈看了杨岁片刻，拿起手机，翻了一下联系人，说："我有周裴舅舅的联系方式。周裴唯一有点怕的就是他舅舅，我等会儿就联系一下他舅舅。"

其实老陈也不知道，这个办法会有多少成效。

"谢谢老师。"杨岁露出一个笑容，"我自己也会注意的，希望是我想多了……"

午休结束，铃声响起，走廊外渐渐变得热闹。

杨岁长长的睫毛遮住了她眼中的情绪。她起身，扬起笑，礼貌地微微鞠了一个躬："陈老师，谢谢，祝您新年快乐！"

"你也要快乐。"老陈笑着道。

第十一章

原生家庭

寒假结束后，杨岁又过起了忙碌的学习生活。

回校的那一天，依旧是丁纪喻开着她那辆拉风的粉红小吉普。这次丁瑞安大概是对丁纪喻的车技有了些信心，没有陪着她们。

车子开到校门口，丁纪喻吭哧吭哧地提起巨大的行李箱，跟杨岁告了别，打算收拾好行李，再和杨岁约晚饭。

杨岁从后备厢取下行李后，朝寝室走去。离寝室门口还有七八米的时候，她就听见里面有人在争吵。

争吵声中有个沧桑男声，嚼着 口方言，骂骂咧咧，声音高昂。

杨岁默不作声地提着行李，绕过人群，继续向前走去。从小到大都是一个人的生活，杨岁养成了一个习惯，不关自己的事，她都不会去掺和一脚。

刚走到拐角处，她突然听到一声撕心裂肺的吼叫，普通话中夹杂着方言，语速又急又快，像是忍受了许久，最终再也忍不了了。

杨岁拉着行李的手一顿，疑惑又带着些犹豫。

果然，嘶吼的人是严胜男。

“你们从来都没有关心过我的任何感受，就因为我是个女娃，你们从来都看不起我。”严胜男原本一点都不想将自己家那些不堪的事剖在大庭广众之下，可她的亲生父亲丝毫不顾外人的看法，似乎巴不得多些人知道这些事。

严胜男红着眼睛，再也无法忍受：“你给我取名严胜男，不就是因为我是一个女娃，在亲戚面前丢你的人！可弟弟呢？你当时翻着字典，又请先生取好名字……”

严父听到严胜男的话后，眼睛瞪得很大，他死都想不到一向忍气吞声的女儿竟然会反驳他，让他在这么多人面前丢人。

“你弟弟是你能比的吗？”严父扯着嗓子，大声吼道，“老子给你吃，给你穿，把你养这么大，你以为我容易？现在你好不容易长大了，赚到钱拿些给家里怎么了？吃年夜饭的时候就敢跟老子甩脸子，一声不响地跑到学校里，你真是长能耐了啊！我就说女娃不能多读书，读书有什么用？敢跟亲爹甩脸子，我今天就要让你们学校的人看看，哪有你这样做儿女的！”

事情的起因，无非是严父知道了严胜男在上学期间攒了一笔钱，因此，他就理所当然地想着孩子赚的钱没有不归老子的道理，就软硬兼施地非要拿到这笔钱。他美滋滋地想着，要到这笔钱后，就先给小伟涨点生活费，那小子最近嫌学校食堂的菜难吃，都饿瘦了很多，严父真是心疼得紧。哪知道，严胜男死活不肯拿出那笔钱，甚至在一众亲戚面前让他下不了台，还一走了之！

严父越想越气，一怒之下，就赶在开学前，来学校向严胜男讨说法。严父始终认为，就是严胜男读太多书了，把心都读野了！

“好不容易拉扯我长大？”众人或探究或看戏的眼神落在严胜男身上，就好像无数根刺扎在她心里。她神情恍惚，反问道：“我真不知道您是有多大的脸才能说出这种话。如果人可以选择自己的父母，那我宁愿死，也不愿意在这种家庭里出生！”

最后一句话，严胜男几乎是嘶吼出来的。

严父不可置信地听着严胜男的话，怒火从心底蹿起，他高高扬起巴掌，对准严胜男的脸就要大力扇下去。

手掌快要落下的刹那，被一只瘦弱白皙的手死死抓住。

同时，人群中响起了两声急促的声音。

“你还想打人？”

“真的太过分了！”

前一声是程宜云的，后一声是林音音的。

程宜云实在看不下去了，将拎在手上的包斜挎到肩上，拨开人群，挤到了杨岁和严胜男身边。

林音音从小生活在幸福的家庭中，也从来没有见过这样的父母，一时也气不过，拉上站在门口的周裴，也挤进了人群中。

严父莫名其妙地看着突然挤进来的几个人，使足力气，想要从杨岁的手中挣脱。可哪知道，明明这只手臂看着那么细，力气却比他还大！

周裴看了杨岁半晌，走上前挡在了怒火冲天的严父和杨岁中间。

“我长这么大还没见过这么不要脸的家长！”程宜云心直口快，看不过去的事就是要说出来，这其中也有优渥的家庭条件给她的底气，“怎么，您儿子是您的宝贝，女儿就什么都不是了？”

“我家的事，跟你有什么关系？”严父梗着脖子，怒瞪着程宜云。

周裴站到严父跟前，一米八五的个子，死死挡住严父凶狠的目光。

严父看着面前面色阴沉的男人，有些怯懦地咽了咽口水。这么多人围观着呢，他怎么能丢人？

“小伙子，这是老子自己家的事，你哪儿凉快哪儿待着去。老子的家事，还轮不到你一个毛头小子来管。”说完，他就要撞开周裴的身体。可周裴就跟一堵墙似的，一动不动。

“您还知道是自己的家事啊，我看您是巴不得闹大，让所有人知道呢。”程宜云讽刺地扯了扯嘴角，“严胜男真是倒了八辈子霉，投胎成你的女儿。我要是她，绝对要把你这个家搅得天翻地覆，大家都别想安生。这么一对比，你是不是还觉得自己女儿好多了？”

程宜云一字一句都装满了讥讽。

林音音皱眉看着严父，道："我也觉得，你实在太过分了。严胜男明明已经足够优秀了，如果我父母有这么一个孩子，肯定每天都要开心死。"

"对啊，哪来的这种父母？"

"我真是想不到，都什么年代了，居然还有重男轻女的人！"

"我还以为我是在古代呢……"

"这是不是就是原生家庭？我今天也算是见识到了……"

原本围观的人这会儿也实在看不下去了，纷纷出声，指责严父。

严父本来还想嘴硬几句，但看到人这么多，自己也说不过。最关键的是，挡在他面前的人，看着很不好惹。

他想了想，大着嗓子冲着严胜男放狠话："有本事，你一辈子都不要回家！"

说罢，他拎着一个大包就要离开，却被周裴拦住。

"在学校大闹一场，你以为离开就没事了？"周裴睨视着严父，沉着嗓子，脸上晦暗不明，"去学校警务室喝杯茶再走吧。"

寝室楼大堂里已经亮起了灯光，周围人群中纷纷扰扰的声音使得严胜男有些恍惚。她垂着脑袋，肩膀微微颤抖，厚重的刘海遮住了她的眉眼。在这一瞬间，她真的好想消失在这个世界上。

忽然，一顶鸭舌帽轻轻盖在她头上，挡住了明亮的灯光，也好像挡住了周围那些嘈杂的声音。

严胜男微微一愣，抬头看去。

杨岁的神情依旧如往常一般，可那一刻，严胜男却从杨岁眼中看出了温暖。她忽然眼睛一红，赶紧低头，温热的泪水从脸颊滑落。

即使在面对亲生父亲质问的时候，即使她再难过，她都没有在别人面前流过泪。

严胜男慌乱地擦掉脸上的泪，恍惚中，她听到了这个世界上最温柔的声音——

"什么都别怕，你没有做错。"

严胜男再次猛地抬头，眼中的泪再也忍不住。

她从小就胆小懦弱怕事，当面对极其严重的重男轻女的家庭环境时，明知道这是一种畸形的环境，却无力改变。她深知，只有努力学习才能改变命运。于是她拼了命地读书，把一切能利用的时间全部放在了学习上。可是，即使成绩再优秀，父母还是在她初中毕业后，软硬兼施，让她放弃读书，早点出去打工赚钱，然后找个差不多的人嫁了，给家里拿一笔彩礼回来。

如果不是当年支教的年轻教师苦口婆心地劝说，或许她现在早就处在另外的境地了，更不可能成为A大的学生。反观她的弟弟，用的东西都是父母现有条件下能给予的最好的，即使学习成绩再差，他们也会支持他读书，甚至还想请老师辅导。即使她弟弟胖得都已不健康了，可他们依旧会觉得弟弟没有吃好，瘦了。种种差别待遇下，严胜男早就麻木了。可这一次，她赚的钱是用来缴纳明年的学费的，是自己好不容易打了一个个零工辛苦存下来的。她不求父母能帮她什么，但至少不要拖她的后腿。

当父亲真的从老家追到学校的时候，严胜男起初是害怕，想逃避。甚至父亲说出一大堆难听至极的话，她都可以忍受。可是，当人群渐渐围上来，她真的害怕了。她在大学里搭建的围墙，在这一刻，在血淋淋的事实面前，全数崩塌。

巴掌扇下的那一刻，她绝望到连躲都不想躲了，可没想到，这个时候，杨岁会出现，会替她挡住那一巴掌。

当所有人都在为她不堪的家庭义愤填膺地大声发表看法时，只有杨岁默默为她盖上了一顶帽子。

严胜男红着眼，愣愣地看着杨岁，同时，也是在看着自己向往成为的那一类人。

“谢谢。”严胜男把已经十分脆弱的自尊心藏在鸭舌帽下，轻轻道了声谢。

围观的人没有散去，还陆陆续续有人围上来。

杨岁沉默地看了一眼周围，一只手拉上行李箱，一只手拉住严胜男的袖子，往楼上寝室走去。没有人喜欢把自己的隐私暴露在所有人面前，即便是杨岁。

进了寝室之后，严胜男的状态明显好了很多，肩膀不再无意识地颤抖。

杨岁蹲坐在地上，把行李箱里的衣物一件件整理出来，挂在柜子里。收拾好之后，她抬头看了一眼严胜男。

严胜男很聪明，杨岁觉得她有能力处理好自己的情绪。

外界再多的慰藉，也抵不过自己内心深处的想法。

过了一会儿，林音音和程宜云也回到了寝室，她们也都很担心严胜男。她们以前都多多少少知道严胜男家庭条件不好，但始终没有想过会是这种情况。对于从小家庭幸福的林音音和程宜云来说，今天的这场闹剧，好像只在电视上见过。

“严胜男，你没事吧？”林音音担忧地看着严胜男，问道。

严胜男缓缓地眨了眨眼睛，轻轻摇了摇头。她现在心里很乱，似乎已经没有了思考能力，只是凭着本能在回应。

“那个人已经被周裴送去警务室了，以后校门口的保安不会再让他进来了。”程宜云气愤地甩下包，坐在椅子上，“你别怕你爸，他要是再来威胁你，你就跟我们讲，我们一起想办法！”

严胜男麻木地看着被自己掐出红印的手指，没出声。

也许是因为家庭环境不好，严胜男有着很强的自尊心，不是万不得已，她绝不会把自己的事放在所有人的眼皮底下。

而这时候的关怀，也使得她不知道该如何应对。

这个时候，严胜男更希望的是有一个安静的环境，能让她好好睡一觉。一觉起来，她或许就能过去这道坎。

杨岁看了严胜男半晌，收回眼神，看了看时间，道：“快到晚饭时间了。”

这么一说，程宜云和林音音也觉得有点饿了。

“胜男，你和我们一起去吃晚饭吗？”林音音问道，“我请你吃大餐吧。心情不好的时候，好好吃一顿，就会稍微开心点。”

“一起去吧。”程宜云附和道。

她们都在用自己的方式关怀严胜男，希望严胜男能尽快好起来。

严胜男摇了摇头：“我有点累，想睡一觉。”

“去吧去吧。”林音音的语气有些撒娇，她环住严胜男的胳膊，“我们大家都陪着你，一定会很快好起来的。”

严胜男垂眸看向林音音的手，呆愣了片刻，随即将胳膊从中抽了出来，摇了摇头。

“算了，你好好睡一觉吧。”程宜云感觉到严胜男明显的拒绝意味，也不再坚持，“我们吃完给你带点回来。”

“谢谢。”严胜男道。

林音音看了程宜云片刻，也放弃了继续劝严胜男一起去吃饭的念头，只好拉着程宜云的手出了寝室。

严胜男脱下鞋子、外衣，却没有摘下鸭舌帽，整个人缩进了被子里。

杨岁收到了丁纪喻的消息，起身，也打算出门。

当她碰到门把手的那一刻，身后的被窝里传来疲倦的声音。

“杨岁，我刚刚是不是很丢人？”严胜男瓮声瓮气地问道。

杨岁收回手，若有所思地看着门把手，随后摇了摇头：“你不丢人，丢人的是你父亲。”

“既然既定的现实改变不了，那就应该朝前看。”杨岁眼神平静地继续道，“勇往直前就好，再差也差不过现在了。”

她这句话是对着严胜男说的，但同时，也是对自己说的。

父母、家境，她们都无法选择，那就只能接受。可除此之外，很多东西都是能改变的。即使杨岁也经历过很多苦痛，但她始终认为，坚持和努力都能够带来改变。

杨岁站在门前等了一会儿，身后都没有再传来任何声音，严胜男应该是睡着了。

她出门后，轻轻地关上了门。

林音音约了周裴一起吃晚饭，但周裴找了个借口拒绝了。他把严胜男的父亲抓到警务室后，又回到了女生寝室楼门口。

他靠在门上等了一会儿，才看见杨岁下来。

杨岁看见周裴后，微微皱眉。

周裴抓起杨岁的手臂，眼睛死死盯着虎口处的一块红印，问道："疼吗？"

"一点都不疼。"杨岁紧锁眉头，将手臂挣脱出来。虎口处的皮肤确实有些泛红，应该是刚刚抓住严胜男父亲手臂的时候，太过用力了。但是对杨岁而言，确实一点都不疼。

即使杨岁已经从周裴手里挣脱出来，周裴的目光还是死死锁定杨岁的虎口处。

"你究竟想干什么？"杨岁压低声音问。

"疼不疼？"周裴眼中布满红血丝，固执地重复问道，似乎听不见杨岁的话。

"我说得很清楚了，一点都不疼。"杨岁继续道，"周裴，你到底发什么疯？我疼不疼和你一点关系都没有！"

杨岁不想和周裴过多纠缠，如果可以的话，她甚至希望，以后最好连一面都碰不到。

"我发什么疯？"杨岁眼中的厌恶深深刺痛了周裴，他扯开嘴角，自嘲般地笑了笑，"我只是问你你的手疼不疼，这就是发疯吗？杨岁，你就这么讨厌我吗？"

他盯了杨岁半晌，眼眶渐渐酸涩不适。

刚刚那场闹剧，如果不是杨岁冲到前面拦住了严胜男父亲的巴掌，他也断然不会参与其中。

眼前的杨岁早就成长到不需要任何依靠，也不再是以前那个角落里的小影子。可如果能够重来一回，周裴宁愿杨岁永远只是角落里的影子，那他就不会有那么强烈的占有欲，就像现在这样。

可现在，杨岁所有的脆弱和倔强都留给了别人，他什么都没得到。

他不可否认，高中时，他确实间接地给杨岁带来了很多伤害。这几天，他只要一想到以前做的那些蠢事，都恨不得给自己一拳。

永远逐日的向阳花，已经离他越来越远了……

周裴强忍下心头的苦涩，深吸了一口气，语气渐渐软化："我真的不想做什么……杨岁，我只是想对你好一点，想弥补以前做的错事。"

"以前的事，从来都没有伤害到我。"杨岁语气平静，眸子深处也只剩淡漠，"周裴，我从来不是温室里需要细心呵护的花朵，我的生命力比你想象中还要顽强。你以前做的事情，不会对我产生一丝一毫的影响。而且，如果伤害一旦产生，那你再怎么道歉，都是于事无补的。"

"周裴，我不需要你的道歉，同时也不需要你做任何弥补的事。"杨岁看向周裴，眼神淡淡的，"如果你真的觉得抱歉的话，我只希望你，离我越远越好。"

杨岁脸上没有丝毫表情，周裴宁愿杨岁跟她怒吼，发泄这些年所遭遇的苦，而不是如今一副毫不在意的样子。

"离你越远越好？"周裴嘴里反复嚼着这几个字，神情落寞，眼眶红了。

他想了很久，想把心里的不适感压下去，可怎么压也压不下去。

"只做朋友，可以吗？"周裴哽咽了一下，带着些可怜兮兮的讨好意味，说道。

"不能。"杨岁听完，坚定地摇了摇头，语气柔软又强硬，"没有人会愿意和对自己冷嘲热讽的人做朋友，包括我，我也不会愿意。"

周裴听完杨岁的话，原本还带着一丝希望的眸子，彻底失去了光彩。

是啊，谁会愿意和曾经伤害过自己的人做朋友呢？

周裴垂下眸子，掩下眼中翻滚的情绪。

场面突然变得安静，杨岁正要离开，手机突然响了起来。她从口袋里拿出手机一看，发现是丁瑞安的来电。

周裴的目光也被手机铃声吸引了。

杨岁抬眸警惕地看了一眼周裴，走到离周裴有一定距离的地方后，才接起电话。

周裴愣在原地，一动不动，目光复杂。

“小杨老师，这么久才接电话，是很忙吗？”丁瑞安坐在办公室的转椅上，桌上放着一条淡黄色的围巾。

“不是很忙。”杨岁脚步没有停下，继续朝校门口走去，“丁先生是有什么事情吗？”

“没什么大事。”丁瑞安笑了笑，眼神温柔地看向那条围巾，“我昨天在商场里看到一条淡黄色的围巾，我觉得挺适合小杨老师的。”

杨岁愣了愣，道：“我不怎么戴围巾的，而且冬天快要过去了，没必要这么破费。”

“可是，新年的时候小杨老师明明答应过我，说，只要是天气冷的时候，你都会戴上围巾的。”

不知道是不是手机的原因，还是杨岁的错觉，她觉得，丁瑞安的话中带着一些委屈。

“而且，围巾我已经寄出来了，应该明天就能到你学校了。”丁瑞安笑着，撒了一个小谎，起身把围巾放入盒中。

杨岁无奈：“谢谢，围巾多少钱？”

“不如下次我来A市的时候，小杨老师再请我吃顿饭吧。”丁瑞安笑道。

“好。”

自从上次那件事后，严胜男变得更加沉默寡言，平时除了上课和在图书馆自习，其他人似乎很难在学校遇见她。她每天晚上也都是赶在寝室锁门前几分钟回来。任谁都知道，严胜男一定是在校外拼命地打工赚钱，赚学费和生活费。

杨岁其实倒没有特别缺钱的时候，最难的那几年，虽然年纪很小，但她还是很幸运地得到了纪叔叔的资助，日常开销基本没什么问题。

正是因为杨岁自己受过太多的苦，她想在力所能及的范围内帮帮严胜男。

她洗完澡出来后，在座位上坐了好一会儿，才等到严胜男回到寝室。

“你最近有空吗？”杨岁问严胜男。

严胜男以为杨岁找她是有什么事，犹豫了一会儿后，还是点了点头。她其实很忙，每天除了学习，还接了很多份兼职。

但如果是杨岁找她，她愿意腾出一点时间。

“我这段时间接了一些翻译校对稿。”杨岁打开手机，推了一个名片到严胜男的微信上，“最近他们平台工作量比较大，我一个人来不及，如果你有时间的话，可以试试看，千字价格还算不错。”

“我有时间。”严胜男微微愣了一下，随后立即反应过来，忙应下。

“嗯。”杨岁点了点头，“校对的一些要求我都发到你手机上了，你有空的时候，可以联系一下对方。”

“好。”严胜男疲惫不堪的眼中终于有了些笑意，“杨岁，谢谢。”

“不客气。”杨岁语气淡淡，交代完便从抽屉里拿出书本开始做题。

没过一会儿，林音音和程宜云提着大包小包，热烈讨论着什么，也回到了寝室。原本安静的寝室在她们两个回来后，瞬间变得嘈杂。

杨岁从包里取出耳机，戴了上去。

虽然戴上耳机后，外界的音量有明显降低，但多多少少还是能听到一些。

“我生日那天还是穿粉色那件吧。”林音音从精致的包装袋中取出一条粉色的裙子，站在全身镜前摆试，“这件感觉更适合些。”

“都可以啊。”逛得太久，程宜云已经累得趴在桌上，有气无力地回道，“你穿啥都好看，但是这条裙子是不是太短了？你在生日派对上穿会不太方便吧。”

林音音闻言低头看了看，确实如程宜云所说的那样。她纠结了一会儿，从另一个包装袋中拿出一条黑色的长裙，转头问程宜云：“这条呢？长度是够了，但是我没有穿过黑色，会不会不太适合我？”

“好看啊！生日派对就是要穿点跟平时不一样的嘛。”程宜云懒洋洋地抬头看了一眼，想到了什么，道，“而且周裴平时穿的不都是黑色系的？到时候你穿这条长裙，岂不是和周裴很搭？”

林音音弯起了嘴角，脸上泛红。

戴着耳机的杨岁，有些微微出神。如果不是听到她们提起生日，她都快忘了自己的生日也快到了。

林音音的生日和杨岁的是同一天。

林音音每一次热闹无比的生日派对，似乎都能将杨岁的生活衬得更加孤独。

可老实说，对杨岁而言，生日并不是什么大事。

以往，在父亲还不酗酒的时候，杨岁过过几个还算不错的生日。可小学三年级之后，她对生日的概念越来越模糊，甚至每一次都与平时没什么两样。

只有在十八岁生日那一天，杨岁头一次为自己买了一个小小的蛋糕。因为，她不知道从哪里看来的，如果对着生日蛋糕吹蜡烛许愿，那愿望就有一定的概率会实现。尽管这个说法很可笑，但她第一次很想试试看。

那天，杨岁偷偷许了一个愿。她希望，以后的人生不再被谁牵着走，她能活出自己想要的样子。

杨岁想，愿望虽然没有完全实现，但至少有了一些进度，至少让她看到了一丝光亮。而今年的生日，杨岁也只想平平淡淡过去就好，等生日的时候，请丁纪喻吃碗面好了。

杨岁也不知道是从什么时候有的习惯，生日那天会给自己煮一碗加荷包蛋的面条，前提是，自己还记得那天是自己生日。

而丁瑞安自从过完年后，就一直在各地连轴转，想来应该是忙得不可开交，杨岁不想因为这点小事去打扰他。所以，今年的生日她就和丁纪喻一起过吧。只要不是自己一个人，那怎么样都是好的。

杨岁曾经以为自己早就不再害怕孤独了，但她发现，其实不是的。在经历过有人陪伴后，她就再也不想过一个人的日子了。

“杨岁，周六我生日。”林音音试好衣服后，拍了拍杨岁的肩膀，问道，“我在校外包了一个饭店，一起来吗？”

杨岁摘掉耳机，摇了摇头：“那天我想和别人一起过。”

听到杨岁的话，林音音先是一愣，然后才反应过来，那天也是杨岁的生日。

她有些尴尬地笑了笑，道：“要不然让你朋友一起来？我包的饭店场地挺大的，我们两个的生日可以并在一起过。”

杨岁还是摇了摇头。

林音音叹了一口气，看向刚刚走出浴室的严胜男，问道：“胜男，周六来参加我的生日派对吧，学校里很多人都去的，大家可以交个朋友，促进一下友谊什么的。”

严胜男犹豫了一下，吞吞吐吐道：“我最近很忙，周六应该没有时间去参加，对不起。”

“哎呀，说什么对不起？”程宜云趴着休息了一会儿，恢复了点精神，伸了个懒腰，对严胜男道，“没时间不去又没关系，别老说对不起。”

“好吧好吧。”林音音撇撇嘴，小小郁闷了一会儿，又立刻投入到和程宜云的讨论中。

第二天，杨岁收到快递站的短信，应该是丁瑞安寄的围巾到了。于是，下课后她去了快递站。

方方正正的纸盒拆掉后，露出一个精致的包装袋，隐隐约约还能闻到一丝木质香味。

眼珠微微一颤，杨岁愣了一会儿，才取出包装袋中的围巾。围巾颜色很浅，很宽，也很厚，甚至比上次那条白色的围巾还要厚上很多，拿在手里能感觉到沉甸甸的。杨岁眼中有了一些连她自己都没察觉到的笑意，丁瑞安到底是有多怕她冷？

这条围巾的材质依旧很细腻。杨岁站在全身镜前，一圈一圈将围巾绕在脖子上，缠绕完，她发现居然能把脸也藏进去一小部分。

一瞬间，本还有些凉的皮肤被温暖围绕。

杨岁想了想，拿出手机，对着镜子拍了一张照片，发给了丁瑞安。

围巾很温暖，谢谢。

几乎是下一秒，丁瑞安就回了信息。

浅色很适合小杨老师。

丁瑞安这时正在外地出差，他坐在车内，点开杨岁发过来的图片，放大图片上半部分，弯着眉眼看了好一会儿，随即微微翘起了嘴角。

果然，淡黄色也很适合小白杨树。

只是可惜，他的小白杨树太瘦了，常规款的围巾，在她身上都像是变成了加大号的。

小杨老师最近在忙什么呢？

丁瑞安等了一会儿，也没有等到对面的回信，无奈地叹了口气，侧着脑袋想了一会儿，又发了一条信息过去。

和往常一样，没什么特别忙的。丁先生，你现在在外地出差吗？

杨岁收好围巾后，回道。

嗯，刚到H市，等会儿准备参加一个会议。对了，这儿的桂花藕特别好吃，等你和小喻放假了，我带你们来尝尝。

丁瑞安笑着回道。

H市和A市距离很远，即使是搭乘飞机也需要三四个小时，而且丁瑞安后面还有一个会议要参加……

好。

杨岁垂下眸子，过了一会儿后，她才在手机上打下一个字。

简简单单的一个字，丁瑞安却似乎透过这个字看到了杨岁的情绪。他笑了笑，修长的手指打下：

小杨老师，生日快乐。

杨岁看着这几个字，愣了一会儿，在还没有反应过来的时候，对面的电话已经拨了过来。

“小杨老师，生日快乐。”丁瑞安将手机举在耳边，声音中都透着浅浅的笑意，“会议延迟了，本来想当面和小杨老师说生日快乐的，但应该是赶不及了。”

“没关系的，小喻会陪我过的。”杨岁其实根本没想到，丁瑞安会知道她的生日。或许是当年身为纪叔叔的丁瑞安在选择资助她的时候，看到过她的资料。

可当她隔着手机听到对面传来的那句“生日快乐”后，心还是不可避免地微微颤了一下。

杨岁有些失神，蹙眉疑惑地侧过脑袋。

“虽然有小喻陪小杨老师过生日，但对我来说还是有一点遗憾。”丁瑞安笑着继续道，语气中却夹杂着一丝委屈，“我有些遗憾，今年没有办法陪小杨老师过生日。”

“我们还有很多年的生日可以过的……”杨岁下意识地说出这句话，而后才发现意思有些不对劲，呼吸都停滞了一瞬，她难得慌张地说了句“抱歉”就挂了电话。

她坐在床上，捂着心口的位置，微微蹙眉，觉得有些奇怪。

第十二章

不一样的生日

生日这天，林音音包下了A市最大的酒店的一层楼，里面布置得可爱温馨，甜品台、泳池、小型影院、KTV，应有尽有。

参加这场生日派对的人，除了林音音、周裴和程宜云外，还有一些A大学生会干部以及社团的成员。

周裴坐在一个显眼的位置，撑着下巴，恹恹地看了一圈，似乎提不起兴趣的样子。

他原本就没打算来参加这场生日派对，但是在高三时他曾经答应过林音音，以后她的每一次生日他都会陪在她身边，万般无奈之下，只能来参加。

参加这种寡淡无味的小女生的派对，还不如在家里打游戏来得自在。

周裴无聊地拿出手机，翻了翻朋友圈动态。他与林音音的共同好友比较多，一路翻下去，几乎都是在祝贺林音音生日快乐。

他皱着眉，加快了滑动速度，一直翻到昨天的，也没有看到有关杨岁的任何动态。

明明是同一天生日，有的人能风风光光地过一个万众瞩目的生日，而有的人，却连一个朋友圈祝福都没有。

周裴垂头想了一会儿，发出一声嗤笑，原本紧锁的眉头也渐渐舒展开。

对于周裴而言，生日当然是一年中最重要的日子了。因此，他理所当然地认为，生日这一天对每个人而言，重要性应该都是一样的。

杨岁，还是一如既往地可怜，身边也是一如既往地连一个陪伴她过生日的朋友都没有……

周裴眸中隐约透露出一丝愉悦。

林音音请了专门的化妆师。她在内台化好精致的妆容，穿上高档合适的礼服，在聚光灯的照射下，缓缓走出。

林音音本来皮肤就白，在黑色礼服的衬托下，显得越发白皙。她笑得甜美。当面对众人的目光时，她害羞地微微低下头，显得有些不知所措。

林父、林母也在匆匆处理完公司的事情后，赶来参加女儿的生日会。他们坐在下方，对着宝贝女儿笑得温柔宠溺。

林音音的目光在看到父母后，有一瞬间的诧异，随后立刻充满了惊喜。

她冲下台，扑到母亲怀里，撒娇道："你们不是说最近很忙吗？我还以为你们来不及过来呢。"

"宝贝的生日，我们哪敢缺席？"林母慈爱地摸了摸林音音柔顺的头发。

林父也笑着从西装口袋里拿出一个文件袋，递到林音音面前："这是我和你妈妈送你的生日礼物，打开看看。"

林音音从母亲怀中钻出，歪着脑袋看了看那个文件袋，有些好奇地拆开。

里面露出红色的一角，林音音取出后，发现是不动产权证书，翻开后，上面油墨清晰地印着——权利人：林音音；共有情况：单独拥有。

“我和你妈妈也不知道该送你什么，想着你什么也不缺，那就送你一套公寓吧。”林父拍了拍林音音的肩膀，疼爱地说道，“公寓离你们学校不远，挺方便的。我和你妈妈去看过了，物业、安保都挺好的，你一个人住那里，我们也放心。”

林音音把证书抱在怀里，觉得自己真的是特别幸福、特别幸运。

她是家里的独生女，父母都是受过高等教育的，家庭条件优越，家庭氛围也特别好。父母一直以来对她也没什么要求，只希望她能开开心心就好。

她想要的东西，父母从来都没有说过“不”字。

可就在这个时候，林音音突然想起了前段时间寝室楼大堂的闹剧，想起了严胜男父亲的无理取闹、严胜男的崩溃无奈……

她依偎在母亲的怀里，小声道：“爸、妈，你们对我真好，我觉得自己好幸福。”

“傻孩子，我们不对你好，对谁好啊？”林母温柔地点了点她的额头，抬头发现一个女生朝这边走来，忙扶正了林音音的身体，提醒道，“你的朋友过来了。”

程宜云吃了几口甜品后，来到林音音身边，递过去一个黑色的袋子：“你的生日礼物，最新款的包，我托人好不容易从国外抢来的。”

林音音笑着接下包，说了声“谢谢”。

随后，派对上的人也纷纷拿出礼物送给林音音。甜品台后面的空地上，礼物几乎堆成了一座小山。

这样的生日派对，对林音音来说，是每年的常态。

周裴若有所思地看向那堆如小山般的礼物，起身跟林音音打了声招呼，就离开了派对。

“周裴，你去哪儿？蛋糕都还没切呢！”林音音穿着长裙，走动有些不方便，但还是咬着牙一路小跑追了出来。

周裴停下脚步，转身，犹豫了片刻才道："我有些急事要去处理，生日礼物我已经找人送过来，应该马上就到了。"

"有什么事比我的生日还重要吗？"林音音不解，着急道，"我不缺生日礼物。我们之前不是说好的，以后的每一个生日都要一起过？你这么快就要说话不算话了吗？"

听到林音音的话后，周裴无意识地皱眉，内心甚至涌上一丝不耐烦。他突然觉得，林音音是不是太过骄纵，以及太过把自己当作中心？

"你的生日很重要，但总有一些事会比你的生日还重要。"如果是面对其他人，周裴绝不会说得这么委婉，但是面对的是林音音，即使心中有再多的不耐烦，他还是缓和了语气。

"究竟是什么事比我的生日重要？"林音音睁大双眼，疑惑地道，"周裴，你不觉得吗？自从上了大学，我们之间越来越疏远了，你对我的态度也越来越奇怪了……"

周裴沉默了片刻，一时间不知道该说些什么。

连他自己都没有意识到，他对林音音的态度在慢慢改变。此前，无论发生什么事，他对林音音始终有莫名的好感。

他总是会下意识地站在林音音那一边，下意识地想要保护林音音……

林音音就好像是块磁铁，无时无刻不在牢牢吸住他。

可是现在……

周裴揉了揉略有些疼的脑袋，有气无力地道："我今天真的有事……"

"什么事？"林音音一改以往柔弱贴心的模样，态度坚决，非要问出个结果来。

"我是不是事事都要向你汇报才行？"周裴眉头皱得更紧，他几乎要压抑不住心底的烦躁了。

林音音意识到自己的语气有些重，于是深吸了一口气，强迫自己冷静下来，又恢复到那个乖巧听话的样子。

"对不起，我本来只是想和你好好聊聊的。你有事的话，你去做就好了，我没关系的。”林音音笑得勉强，有些恍惚地往回走。

周裴看着林音音这失落的样子，心里也不好受。

他想，现在这个时候，似乎林音音更需要他。而杨岁，或许已经习惯了独自一个人过生日吧……所以，他不如先陪林音音把生日过完，再去看看杨岁。

周裴站在原地犹豫了很久，最终还是抬起脚，回到了生日派对上。

“杨岁！生日快乐！”丁纪喻举着一个小蛋糕，迫不及待地放在杨岁面前，“许愿！快许愿呀！”

杨岁笑着看向丁纪喻，轻轻摇了摇头：“可是，你还没有唱生日歌呢。”

“唱……唱歌？这个，我不太在行。”丁纪喻尴尬地笑了笑。她唱出的歌就相当于噪声，就算是再简单的歌，到她嘴里都能跑调。

可是，生日时没人唱歌，确实没有仪式感。

丁纪喻想到了什么，放下蛋糕，从口袋里取出手机，按下视频通话。

那边的人没过几秒就接了起来。

隔着一个手机屏幕，丁瑞安略显疲惫的脸出现，他温柔地问道：“小喻，有什么事吗？”

“快！丁瑞安！唱生日歌！”丁纪喻一手托着蛋糕，一手把手机镜头对准杨岁，“你唱歌好听！我给你个机会展示一下！”

杨岁的笑容一滞，她显然没有想到，这个时候，丁纪喻居然会给丁瑞安打视频电话。

她看了一眼丁瑞安周边的环境，是在车上，所以，他应该是在赶下一个行程。

“丁先生，是不是打扰到你了？”杨岁有些不好意思。即使丁瑞安在接通视频通话的那一刻，已经很好地掩藏了眼中的困倦，但杨岁还是捕捉到了。

丁瑞安看着镜头中的杨岁，笑了笑，摇了摇头：“没事。小喻这个电话不打来，我本来也打算晚点的时候跟小杨老师说声生日快乐的。”

“好啦！我要关灯了！”丁纪喻关掉灯，整个小包间里只有蜡烛的光，以及月亮透过窗户投下的微弱光亮。

丁纪喻看着发愣的杨岁，提醒道：“快点闭眼睛许愿！对了，闭眼许愿的时候，丁瑞安，你记得唱生日歌啊！”

“那你做什么？”丁瑞安忍住笑意，问把一切安排得明明白白的丁纪喻，“你是不是忘了安排自己做什么？”

“我？”丁纪喻自信地笑笑，“我不是要举着手机，让你好清清楚楚地看到杨岁？”

杨岁疑惑地看向丁纪喻。

丁瑞安倒是不慌不忙，挑眉笑道：“那真是谢谢你了。”

“不客气！我应该做的！”丁纪喻嘚瑟地挺起胸脯说道。

“小杨老师，闭眼许愿吧。”丁瑞安看着杨岁，眼底的笑意早已控制不住地溢出。

其实，他今天一整天都没空下来过，昨天早上一直到现在，他的睡眠时间也没有超过四个小时。

丁瑞安真的很累了。但在看到杨岁弯起嘴角的那一刻，他突然觉得，其实自己也没那么累。

杨岁听话地闭上了眼睛，双手合十。

说是要许愿，但她脑中一片空白。突然，她不知道该许什么愿望了。

杨岁觉得自己现在很幸福了，过春节、过生日都有人陪伴了。

有丁纪喻忙里忙外地为她筹备生日，准备蛋糕，远在外省的丁瑞安即使明明疲惫不堪，也会温柔细心地为她唱生日歌。

有了这些，杨岁真的已经很满足了。

在昏暗的烛光下，她偷偷吸了吸发酸的鼻子。在丁瑞安唱完生日歌后，她睁开了微红的眼睛，吹灭了蜡烛。

“许了什么愿？”丁纪喻好奇地问道，“杨岁，你的愿望里有我和丁瑞安吗？”

丁瑞安听到后，弯了嘴角，静静地看向杨岁，似乎也在等待答案。

杨岁侧过脑袋，笑了笑，没有说话。

她刚刚许的愿望是，以后的每一天都能像今天这样快乐。她更希望，以后不要再是一个人了……

但是杨岁不敢说出来。

经常有人说，说出来的愿望就不灵了。即使是很迷信的说法，杨岁也想把这个愿望藏在心底，一个人偷偷地知道就好了……她不想因为自己给任何人造成负担。

吹灭蜡烛后，丁纪喻打开了灯。

小包间里瞬间亮堂堂的，丁瑞安却看见了杨岁眼底一闪而过的失意。

他沉下眸子，思考杨岁刚刚许了什么愿望，又或者是想到了什么事情。

在与杨岁认识的这段时间里，丁瑞安慢慢摸清楚了她的性格。杨岁表面上看起来对所有人和事都是一副淡漠的样子，但是她内心无比柔软，会敏感，受到巨大压力冲击时也会崩溃……但无论面对什么事，她总能很快就调整好自己的状态，即使前面的路遍布荆棘，她也总是会坚定自己的信念，一头扎进去……

虽然，一开始正是杨岁这种永远打不垮的、不服输的劲吸引了丁瑞安，但现在，丁瑞安宁愿杨岁是个无忧无虑、生活在父母的庇佑下幸福成长的小孩。

有时候，他也希望她不必如此坚强，不必把所有的事都藏在心底。

可丁瑞安又无比清晰地明白，儿时经历过太多的苦，又怎么会这么轻易地卸下好不容易砌成的坚固围墙？

不过没关系，只要杨岁是杨岁就好……

丁瑞安笑了笑，抬眸继续透过手机看过去。

丁纪喻神神秘秘地从背包里拿出一个盒子，递给杨岁：“生日礼物！我也不知道该送你什么，送些贵的你肯定不收，所以，我花了一个多月的时间准备了这个，你快看看！”

杨岁接过盒子，打开盖子，是一本看着有些简陋的相册，相册的封面上画着三个卡通人物。

或许是丁纪喻生怕杨岁看不出来这三个卡通人物是谁，还特意在每个卡通人物上面标上了名字。

从左到右分别是：丁纪喻、杨岁、丁瑞安。

“你喻哥画画的技术还不赖吧？”丁纪喻语气中的邀功意味明显，她得意扬扬地看着杨岁，“这三个人，我画了好几版草稿才最终定下来的！我都服我自己，居然这么有耐心！”

杨岁喉咙里有些哽咽，翻动书页的指尖微微发颤，而她的内心并不如表面上那么平静。

相册里，有坐旋转木马时丁纪喻抓拍的照片，也有寒假回程的路上，杨岁靠着车窗睡着的照片，还有新年的晚上，他们三个人的合照……

每一张照片的旁边，丁纪喻都特别用心地备注了一些短短的话。

三个人合照的左边，无比正经地写着三个大字：全家福。这三个字比照片旁的那些字迹要工整得多。

杨岁看了一会儿，伸手用食指的指腹细细摩挲着“全家福”三个字。

她看着看着，眼睛红了。

杨岁从来都不喜欢用哭来解决问题。面对再多的不公、再多的困难，她也从来不允许自己掉一滴眼泪。

可人是不是都会下意识地把脆落的那一面，呈现在在乎自己的人面前？

“你怎么哭了啊？”丁纪喻有些手足无措，赶忙拿起纸巾递了过去，“虽然我画的画和写的字真的很丑，但也不至于把你丑哭吧？”

杨岁接过纸巾，正要说什么时，视频中的丁瑞安开口了——

“是挺丑的。”

丁纪喻怒瞪双眼，不爽地看着丁瑞安，指着丁瑞安的卡通人物形象说：“就这，我还是把你往好看了画呢！”

丁瑞安眼中含着笑意，顺着丁纪喻的话点了点头。

“这个礼物很特别，我很喜欢。”杨岁把相册合上，紧紧抱在胸前，十分认真地对丁纪喻说，“小喻，谢谢你。”

听到杨岁的夸奖后，丁纪喻把头抬得高高的，更加不屑地看向丁瑞安，问道：“你给杨岁准备了什么礼物，丁总？”

丁瑞安挑了挑眉，没说话。

“你不会没准备礼物吧？”丁纪喻差点要跳起来，“丁瑞安！你是不是根本不知道杨岁今天生日？！”

杨岁又看了一会儿相册，合上，小心翼翼地放回袋中，怕它有任何磕碰。

“小喻，丁先生送了我生日礼物的。”杨岁想了一下，替丁瑞安回答道。

丁纪喻好奇地伸长脖子，问道：“啥礼物？我都这么用心地亲手做了礼物，丁总的礼物总不会是那种用钱就能买到的吧？”

丁瑞安修长的手指扶了扶金丝边眼镜，看见杨岁从后面衣架上取下那条淡黄色的围巾，他弯眼笑了笑，道：“我的礼物确实不如小喻的用心，下次改进。”

“是一条很厚的围巾。”杨岁取下围巾后，递给丁纪喻看。

丁纪喻用手指捏起围巾一角，有些瞧不上地道：“我还以为是啥呢，就一条围巾啊，丁总，你不行啊……”

“相册很好，围巾也很好。”杨岁看着丁纪喻攀比生日礼物的样子，无奈地笑道，“我都很喜欢。”

“不行！”丁纪喻大喊，“杨岁！你一定要选出一个最喜欢的！”

杨岁犹豫了一会儿，余光瞥到丁瑞安对她用眼神示意，她心下了然，笑道：“当然是更喜欢小喻的相册了。”

丁纪喻咂吧了几下嘴，心满意足地吃起了蛋糕。

丁瑞安安安静静地坐在车内，笑着看着杨岁。

杨岁抬眼间，正好看到丁瑞安眼中的红血丝，她想了想，小声问道：“丁先生，你很累吧？要不我们先挂了视频吧？”

丁瑞安确实很累了，就点了点头。没过一会儿，视频通话被杨岁挂掉，黑色的手机屏幕上还映着他眼中浅浅的笑意。

“丁总？”开车的司机看了一眼内后视镜，笑着问道，“您看起来心情好了很多。”

丁瑞安疲惫地闭上眼睛，养精神：“看到她们两个后，心情确实好了很多。”

“您好好休息，陈助理说，等会儿还有一场视频会议。”司机关掉了音乐，说道。

“嗯。”丁瑞安摘掉眼镜，揉了揉发胀的眼睛，道，“到了酒店就叫醒我。”

“好。”

小包间里，丁纪喻正吃得不亦乐乎，突然看到杨岁挂了视频通话，抬头问道：“咋挂了？”

“他太累了。”杨岁给自己切了一块蛋糕，回道。

“我也累啊！你咋不关心我？”丁纪喻吞了一口奶油，急匆匆问道。

“你今天睡到下午四点才起床，刚刚还说准备通宵玩游戏。”杨岁笑着摇了摇头，“我觉得你很有精神，看起来一点都不累。”

“你不懂！”丁纪喻哼了一声，“你都不知道透过我故作坚强的外表来看透我脆弱的内心！杨岁！你一点都不关心我！”

杨岁无奈地笑了笑，又伸手摸了摸丁纪喻的头发。长了很多的头发已经没那么扎手了，反而很柔软。

丁纪喻挑了挑眉，这次没有拍掉杨岁的手。

赶在熄灯前十分钟，杨岁和丁纪喻说说笑笑地回到了学校。

杨岁围着厚厚的围巾，抬手向丁纪喻招招手，笑着叮嘱道：“游戏不要玩得太晚，有空多看点专业书。上次期末考，你就是踩线过的，这次就不一定有那么好的运气了。”

“知道了知道了！小小年纪就这么啰唆！”丁纪喻一边抱怨着，一边老老实实地跟杨岁说了晚安。

杨岁歪着头，看向丁纪喻走进校门口的背影，微微弯起了嘴角，转身也回了寝室。

没过多久，寝室灯光全灭，校园里只有隐隐的月光投下。

而周裴则沉着一张脸，从门卫室里走了出来。

他看着手里花了大价钱买的限量款包，弯起嘴角，随手丢进了垃圾桶里。

明明应该是一个人孤独过生日的杨岁，凭什么身边有了朋友？凭什么可以过得这么开心？

他到今天才明白，杨岁不是对谁都高傲冷漠，杨岁也不是不会笑……

周裴沉下眸子，漆黑的夜中，他脸上的表情模糊不清。

因为翻译的酬劳还算可观，严胜男就没有像以前那样奔波于各种兼职中了，脸色也红润了很多，同时，她也终于稍微空闲下来，可以把更多的时间放在专业学习上。

她很感激杨岁给她介绍这份工作，所以特地在结束图书馆自习后，绕道去了水果店，买了一小盒草莓。

虽然赚的钱比以前多了一些，并且也没那么累了，但严胜男的日子依旧过得有些拮据。一盒小草莓，已经是她目前能拿得出手的最好的东西了。

她回到寝室，将草莓洗干净，放到了杨岁的桌上。

杨岁将目光从专业书上移开，看了一会儿垂着脑袋的严胜男，又看了一眼草莓，心中知道了个大概。

“谢谢。”杨岁从盒子里拿过一颗草莓，把剩下的推到严胜男面前，“我肠胃不太好，吃不了太多草莓，吃一颗就够了。”

杨岁说的是实话。她确实肠胃不太好，因为以前她基本都是饿了才会想起吃饭。一个人的饭菜很难控制好量，经常会做多，到下一餐想起来的时候，饭菜往往都不新鲜了，所以杨岁常吃的一般都是速冻食品或者面包、饼干之类的。

常年不规律的三餐，使得她的肠胃比较敏感，吃不得生冷的食物。

“你有什么喜欢吃的吗？我想……”严胜男愣了半晌，缓缓问道。

“翻译这份兼职，是因为稿子积压太多，我才找你帮忙的。”杨岁语气温柔，仿佛能透过严胜男厚厚的刘海，看见其眸中神色，“所以，你真的不必给自己那么大的压力。”

严胜男瞳孔微微一颤，手指无意识地搅动，片刻之后，她小声说了谢谢。

她坐回位子上，悄悄抬眼，小心翼翼地观察着杨岁，好一会儿后，才收回视线。

严胜男看着那盒红艳艳的草莓，嘴角小幅度弯起。她笑了笑，取了一颗草莓放入口中，随后，也拿起专业书，开始学习。

大约半个小时后，严胜男口袋里的手机发出振动。她掏出手机，点开短信，当看清楚短信内容后，整张脸瞬间失去了血色。

姐，爸说你大学有什么国家奖学金，有好几千块？

严胜男看着这则由她弟弟发出的短信，瞬间失神。

为什么她的家人就跟吸血鬼一样，惦记着她可能得到的每一分钱，恨不得将她身上的所有价值都压榨干净？

爸妈是这样！连弟弟也是这样！

严胜男苦涩地撇了撇嘴角，直至手机黑屏，她也没有回消息。

可不管她再怎么逃避，都没有用。那边等不到回复，紧跟着又发了好几条消息过来，手机的振动声在安静的寝室里显得无比刺耳。

姐，回我信息啊！

爸说了，你期末拿到的奖学金要给我，还说这是你欠家里的！

反正到时候你记得转给我！

对了！爸还说了，暑假要是没等到你汇钱，就带着我一起来学校找你！我还没来过A市呢，到时候你可得给我和爸安排一个好一点的宾馆。

手机屏幕的弹窗上，一条又一条信息不停地跳出来。

严胜男脸色发青，牙齿无意识地咬住嘴唇，直至沁出血珠。

就连她的国家奖学金，她的家人都已经安排得明明白白了……可她自己都不知道期末到底能不能申请到国家奖学金。

严父闹了一次还不够，还想带着她弟弟一起来闹，非要让学校里所有人都知道，她有一个如此可笑的家庭吗？

严胜男几近崩溃，无力地将脸埋进手掌中。

杨岁侧过头，看向严胜男，犹豫了片刻，问道："发生了什么事吗？"

杨岁一向不会去打听别人的事，可刚刚严胜男的反应太不对劲了。这样过激的反应，她只在上次严父来学校闹事的时候见过。

严胜男摇了摇头："没事。"

杨岁沉默了一会儿。既然严胜男不愿意说，她也不好过度参与，只好道："如果有需要我帮忙的，可以跟我说。"

"嗯。"严胜男吸了吸鼻子，轻轻点了点头。

"一味地忍让，可能会让事情变得更糟糕。"杨岁想了想，还是决定开口，"严胜男，你很聪明，所以我始终都觉得你能处理好这些事的。"

严胜男缓缓地眨了眨眼睛，听到杨岁的话后，沉默了许久，最后轻声道了声谢。

她怀疑自己是否真的有能力解决好这件事。她懦弱，她胆小，她有很多后顾之忧，不像杨岁那般坚定，她似乎也并不是杨岁所说的那么聪明……

杨岁看严胜男沉默不语，也不再多说些什么。

人与人之间，性格、想法总是会有不一样的地方。她所能给的，也只是一个建议，做不做、怎么去做，就要看严胜男自己了。

想要离开泥潭，自身的力量永远比外力要重要得多。

杨岁低下头，继续看书。

晚饭的时候，她和严胜男随便在食堂吃了点东西，又前往图书馆自习。

第十三章

这并不是喜欢

一天快要结束时，杨岁收到了蒋思右的信息，内容大概就是明天周六他要来 A 市一趟，如果杨岁有空的话，可以顺便约顿饭。

杨岁正好这个周六没有什么事，于是欣然答应。

蒋思右的下一条消息隔了好久才发过来。

要是丁纪喻没什么事的话，把她也叫上吧。

杨岁看着这则信息，垂头笑了笑，同时询问了丁纪喻的意见。丁纪喻没有拒绝后，她才回了一个“好”。

杨岁和丁纪喻两人约在校门口见面。

丁纪喻的头发已经长了很多，或许是丁纪喻嫌刘海碍事，用一根皮筋绑了一个别扭的鬏鬏。

杨岁看到丁纪喻的发型后，忍不住笑出了声。

丁纪喻没好脸色地白了杨岁一眼：“笑什么笑？头发太长了，盖着我眼睛了，难受死了！”

“没笑。”杨岁努力压住上翘的嘴角。

“对了，蒋思右是谁啊？”丁纪喻挠了挠头，问道，“怎么，除了我之外，你还有这么多朋友？”

“你还记得高考完时，你跟我说过，在小巷里遇到一群混混，还遇到了一个没认出你是女孩的人吗？”杨岁道。

丁纪喻蹙眉认真想了一会儿，恍然大悟：“你说那个菜鸟？你认识那个菜鸟？”

“他是我高三的同桌，是一个特别好的人。”杨岁眼神认真地道，“小喻，不可以叫他菜鸟。”

“知道了知道了！不叫就不叫呗！”丁纪喻本来就只是随口称呼，杨岁不让她说这些词，她就不说呗，“等会儿吃啥呀？”

“离学校不远的一家川菜馆，很近的，我们走路过去就好。”

“好！带路！”丁纪喻特别自然地搂住杨岁的肩膀，和杨岁朝川菜馆走去。

这家川菜馆在学校附近，面积不大，胜在味道好价格又实惠，吸引了很多学生，饭点时店内常常爆满。不过，还好杨岁提前预订了位置。

蒋思右无聊地翻着菜单，坐在靠窗的小方桌旁等她们。

杨岁和丁纪喻坐到他对面，蒋思右故作镇定地一直在翻菜单，余光则偷偷瞥了一眼丁纪喻。

丁纪喻烦躁地摆弄着有些长的头发，注意到蒋思右的眼神后，瞪大眼睛看了回去。

蒋思右赶紧竖起菜单，挡住这可怕的目光。

讲实话，蒋思右才不是懦弱的性子，在高中时，他也是经常路见不平，拔刀相助，也有一个有脾气的人！但是在丁纪喻面前，他不知道为啥，突然就没有脾气了。

大概是丁纪喻长得太凶狠了吧！

蒋思右想了想，无意识地点点头，十分认同自己的想法。

“你干啥啊？赶紧点菜啊！”丁纪喻皱眉看着蒋思右这副傻乎乎的模样，催促道，“你再不点菜，我们都可以直接吃晚饭了！”

“哦……哦！”蒋思右尴尬地笑了笑，点了三个菜，就把菜单递给了她们。

杨岁低头喝了口水，笑了笑。

“对了，我之前不知道你和杨岁认识。”丁纪喻想到了什么，有些不好意思地挠了挠头，“所以，之前说你是菜鸟，是我不对，我跟你道个歉。”

“没事没事！”蒋思右根本没把这件事放在心上，道，“再说了，你不是也在杨岁面前夸我可爱了？”

“夸你可爱？”丁纪喻疑惑地看向杨岁。哪知杨岁目光躲闪，低着头一直喝水。丁纪喻只能偷偷在桌子下方轻轻踢了踢杨岁。

杨岁不为所动，依旧一口一口慢慢喝着热水。

丁纪喻只好皮笑肉不笑地道：“呵呵，是挺可爱的。”

蒋思右虽然听到丁纪喻嘴巴上夸他可爱，但不知道为什么，他手臂上起了一层鸡皮疙瘩。

菜上齐后，丁纪喻吃了几口尖椒牛肉，觉得味道不错，于是，动作极其自然地往杨岁碗里夹了好几筷子，边夹边说：“这个好吃，你快尝尝看！”

杨岁刚拿起筷子吃了一口，丁纪喻又使劲往她碗里塞了好几筷子菜。杨岁当然知道丁纪喻是故意的，但也只能无奈地道：“别夹了，太多了。”

直到杨岁伸手盖住碗口，丁纪喻才挑了挑眉，停下夹菜的动作。

“对了，杨岁，”蒋思右突然想起 一件事，表情严肃地对杨岁说道，“我今天在 A 市看到了吴雯，我感觉她比以前更神经兮兮了。我听人说她一直挺恨你的，觉得自己的现状都是你造成的……总之，你还是小心点比较好。”

杨岁听到这个名字，拿筷子的手一顿，眉头微微皱起。

“吴雯？”反应最大的倒是丁纪喻，她十分生气地问道，“是不是你高三的时候，欺负你的那个人？”

杨岁点了点头，同时轻轻拍了拍丁纪喻的手背，示意她不需要这么生气。

“她什么意思啊？”丁纪喻始终对杨岁那时所遭遇的一切有些后怕，那个时候她就是因为心大，没有保护好杨岁，所以导致她现在听到吴雯这个名字就火大，“我真的搞不懂，她跑到A市来干吗？还对你怀恨在心？这个人脑子是不是有问题？”

“小喻，没事的。”杨岁安慰丁纪喻，“我最近会注意的，不会有什么事的。”

蒋思右看着丁纪喻脸都气红了，也顺着杨岁的话道：“吴雯应该不会对杨岁再做什么了，她胆子没有那么大的……”

“她胆子还不大？高三的时候就敢明里暗里针对杨岁了，这叫胆子不大？”丁纪喻转头，无比认真地看向杨岁，“不行，这段时间，你只要出校门就告诉我，我要和你一起行动！”

“小喻，真的没必要，我会保护好自己的。”杨岁本来也有些担心，但现在被丁纪喻弄得哭笑不得，同时，心中也涌进了一股暖流。

“不行，我不放心！”丁纪喻把头摇得跟拨浪鼓似的，很坚定地再次重复，却又怕杨岁不同意，于是放缓语气，把头靠在杨岁肩上蹭了蹭，撒娇一样道，“杨岁，岁岁，你就让我跟着嘛，好不好啊？”

蒋思右愣住了，刚夹起的一块肉啪嗒一下掉回了碗里。

丁纪喻比杨岁高出很多，却努力弓着腰，靠在杨岁肩上，实在说不上可爱，甚至还有些奇怪……

蒋思右确确实实被这个场景震惊到了。

丁纪喻扎起的鬏鬏，随着她蹭来蹭去的动作，一下一下扎在杨岁的下巴处。杨岁无奈地扶正了丁纪喻，同意了她的要求。

其实一直以来，在校外时，她们几乎都是同行的。杨岁刚刚只不过是不想让丁纪喻担心而已。

她当然也怕吴雯会做出什么出格的事情，会毁了她好不容易才看见一丝光亮的生活……可害怕是最无用的一种情绪，现在就是再害怕，也是徒劳。

杨岁把这丝情绪藏在了心里，默默吃起了饭。

蒋思右一不注意，吃到了辣椒，急忙给自己倒了一杯凉水，却在抬头间，正好看到周裴带着一帮人从门口走了进来。

周裴没有丝毫避讳，直直地看向杨岁的背影，甚至微微抬眼，似笑非笑地看了一眼蒋思右。

周裴和一群朋友打完球后，原本打算去一家火锅店吃午饭，可当经过这家菜川菜馆时，他透过玻璃看见了杨岁，鬼使神差地进来了。

“今天什么日子啊？真是晦气！”蒋思右猛灌下一杯凉水，气愤地低声道。

“你说啥？”丁纪喻没听清，问道。

蒋思右咂巴了一下嘴巴，故意放大音量，一字一句地道：“我说，今天真是晦气！哪儿都能碰到一些奇奇怪怪的人！”

“奇怪的人？”杨岁疑惑地问道。

蒋思右用眼神示意杨岁看背后。

杨岁转头看见周裴后，嘴角的笑有一瞬间的僵硬。

最近她偶遇周裴的次数实在太多了，已然完全不是偶然事件了。

杨岁微微蹙眉，瞥了一眼后就收回了目光，似乎连一眼都不想多看。

周裴看见杨岁淡漠的目光后，眸色一沉，坐到了离他们那桌不远的地方。他坐的位置，正好能完完全全地看到杨岁的背影。

当杨岁转头的那一刹那，周裴不可否认的是，他的心脏猛地一缩，一股无法言喻的感觉从脚底往上蔓延。

从小到大，他都是众星捧月的宠儿，无论是成绩还是智商，无论是家庭条件还是长相外貌，都是一等一的，所有人都竭尽全力地讨好他，凭什么她杨岁却对他不屑一顾？！

周裴脸色古怪地盯着杨岁的背影，拳头不自觉地紧了又松，松了又紧。

他唯一可以确定的是，杨岁对他而言，一定是不同的。

但究竟为什么和别人不同，周裴还是想不明白。

或许是因为杨岁那股不服输的劲，又或许是他从来没有遇到过杨岁这样的人。

这是一种新鲜感吗？

周裴垂下眸子，掩盖住眼中疯狂翻涌的复杂情绪。

“杨岁。”蒋思右侧过一点身子，悄悄关注着周裴，发现周裴的目光一直在杨岁身上流连，他翻了个白眼，“这周裴一直在看你！他究竟想干什么啊？真是绝了！嫌高中时给你带来的伤害还不够多吗？”

丁纪喻听到蒋思右的话后，也转头看了一眼，在看到周裴看杨岁的奇怪眼神后，居然恶心得差点连饭都吃不下去。

“这哪来的怪人？”丁纪喻紧锁眉头，起身去前台，跟老板商量了什么，随后，跟着老板从仓库里背出一个小屏风，放置在他们桌旁，将他们三人围了起来，形成了一个临时的小包间。

“天哪！”蒋思右大吃一惊，连连称赞，“牛还是我们丁姐牛，这主意也就丁姐想得出来！”

“那当然！我是谁啊？我可是丁纪喻！”丁纪喻心情大好，拍了拍手，坐下继续吃饭，过了一会儿，又好奇地问道，“对了杨岁，这个人高中时对你做了什么啊？”

“没什么。”杨岁迟疑了一会儿，似乎想到了高中的一些事，随后不在意地笑了笑，“都过去了。”

“什么叫没什么？什么叫都过去了？！”蒋思右一想到那些事，比杨岁还激动。他始终记得，高三的最后一个学期，杨岁过得有多艰难。而造成这些艰难的源头，或多或少都跟周裴搭得上关系。

蒋思右对周裴没有丝毫好感，甚至不明白周裴这样的人为什么会那么受欢迎。

明明是一个性格缺陷极为明显的人，却能得到许多人的喜欢和崇拜。

蒋思右真有一肚子想吐槽的话，如今终于逮着一个人，于是疯狂地对丁纪喻倾吐。

丁纪喻听完，瞳孔微微一颤，表情渐渐严肃起来。她从来没有想过，杨岁的高中生活会是这样的。

以前杨岁来给她补课的时候，丁纪喻并没有从杨岁脸上看出任何问题。除了吴雯那次，其他的事她一概不知。

丁纪喻心中泛起一阵酸涩，抬头看了一眼杨岁。而杨岁则一如既往地表情淡漠，似乎毫不在意。但正是这个样子，让丁纪喻更加心疼她。

“杨岁，以后有你喻哥在，没人敢欺负你了！”丁纪喻霸气地揽过杨岁的肩膀。

杨岁无奈地笑了笑：“那以后就多谢喻哥照顾了。”

“哎呀，小意思、小意思。”丁纪喻摆摆手，开始嘚瑟起来。过了一会儿，她终于有点看懂了周裴刚刚的目光是什么意思，赶紧问杨岁：“周裴不会是喜欢你吧？”

“小喻，我不认为这叫喜欢。”杨岁放下筷子，很认真地摇了摇头，“我更觉得，周裴只是不喜欢有人超出他的掌握范围……况且，喜欢不是打压，更不是对他人造成困扰。”

丁纪喻似懂非懂地点点头，又问道：“那你觉得什么样子才是喜欢啊？”

“我也不太懂。”杨岁侧过脑袋，想了一会儿，回道，“应该是待人温柔，进退有度……至少，不会因为这份感情而给对方造成困扰……大概就是这样吧。”

“待人温柔，进退有度，不会造成困扰。”丁纪喻小声重复着杨岁的话，细细想了片刻，然后，脑子里突然闪过一道白光，这不就是在形容丁瑞安吗？

果然杨岁和丁瑞安才是绝配！丁纪喻特别满意地点了点头。

饭吃到一半的时候，屏风突然被人打开。

周裴双手环抱在胸前，用一种审视的目光看着杨岁。

杨岁只淡淡地看了他一眼，就把目光挪开了。

跟周裴这种自以为是的人说再多，都是无用功，因此，还不如什么都别说。

“生日过得开心吗？”周裴凝视了杨岁半晌，开口道。

“你是不是有毛病？！”丁纪喻这一年跟杨岁相处久了，都快忘了自己本身也是个暴脾气。她站起身，走到周裴跟前，即使比周裴矮了一个头，还是毫不畏惧地抬头直视周裴：“我说你是不是有毛病？你是杨岁的谁？她生日过得怎么样，还需要跟你报备吗？你不觉得自己很可笑吗？”

一连数个问题狠狠扔到周裴脸上，周裴觉得脸火辣辣地疼，就好像这些问题真的化身为棍子，将他打得遍体鳞伤。

他确实有毛病，他也从来都不是杨岁的谁，杨岁怎么过生日都与他无关……

周裴苦涩地笑了笑，他与杨岁之间的距离，真的太远了。

可那又如何？他想要什么东西，从来就没有失手过。就算此刻他无法认清自己对杨岁是什么感情，他也要杨岁！

周裴侧过身子，盯着杨岁看了一会儿，随后发出低低的笑声。

突如其来的古怪笑声，让丁纪喻都蒙了一下。

丁纪喻皱眉，像看怪物一样看着周裴。

“周裴。”杨岁无法再当作看不见，转头直视着那直勾勾的目光，道，“麻烦你收起你那些自以为是的关心，我一点都不需要。如果今天只是偶遇的话，我希望你现在可以回到你的位子上，而不是在我们面前碍眼。”

杨岁的话说得毫不客气，语气又十分强硬，周裴的心却异常平静。

被杨岁泼了太多次冷水，他连脾气都变好了一些。

“我理解你现在对我的态度。”周裴笑了笑，“杨岁，我会用我自己的方式对你好，我会补偿你，我一定会把你最想要的东西捧到你面前。”

“对我而言，想要的东西如果不是靠自己争取到的，那就毫无意义。”杨岁眼里没有丝毫情绪波动，语气很淡，似乎现在站在她面前的只是一个陌生人。

而在她转眸看向丁纪喻时，眼中却瞬间带上了温柔。

周裴看着杨岁眼里不属于自己的温柔，愣神了片刻。他想不明白，杨岁对谁都客客气气的，为什么偏偏就不能对他也稍微温柔一点？

不过没关系的……只要让杨岁知道，他对杨岁好，只要让杨岁看见，他能对她好……那一切就都有可能挽回。

蒋思右看了半天，周裴也没有离开的打算。

他喝干最后一口饮料，起身，将屏风的空隙打开得更大一点，问周裴："请问，你可以走了吗？你难道看不见，我们三个人都不欢迎你吗？"

"蒋思右！"周裴盯着他，声音低沉，威胁感十足，"这关你什么事？"

"杨岁曾经是我的同桌，我也把她当我的朋友，所以，杨岁的事就是我的事。"蒋思右对着周裴讽刺地笑了笑，继续道，"倒是你周裴，你站在什么角度来关心杨岁？我要是你，早就不好意思出现在杨岁面前了！哦，我倒是忘了，你反正一直都自以为是，总觉得自己做什么都是对的。周裴，像你这样的人，根本配不上杨岁！"

前半段话倒是不能让周裴有什么情绪波动，直到最后，听到"配不上杨岁"这五个字时，周裴压抑的情绪一下子就冲破了防线。

他一把抓住蒋思右的领口，眼神阴鸷，目眦欲裂，脖子上暴起的青筋都能看得一清二楚："你凭什么说我配不上杨岁？"

"就凭你自私自利，以自己为中心，根本不知道尊重他人！"蒋思右捏起拳头，狠狠地打在周裴脸上，大声道。

蒋思右的那一拳，谁都没有预料到。

周裴嘴角破裂，出了血。但他就像感觉不到疼痛一样，摸了摸嘴角，转头看了一眼杨岁。

杨岁眼里有担心，有关心，但看向他时，只有愤怒。

周裴拎着蒋思右领口的手，忽然就松开了，无力地垂落下来。

他眼眸黑沉地看了杨岁半晌，最终离开了。

他走后，蒋思右紧绷的神情瞬间缓和。

丁纪喻挑眉，有些欣赏地看向他："看不出来，关键时刻你还挺有勇气的嘛！"

"那当然！我就是看不过周裴这副趾高气扬的样子，凭什么我们所有人都得为他让步？"蒋思右坐回位子上，又开了一罐饮料，猛灌了几口，转头问杨岁："你没事吧？"

"我没事。"杨岁沉默了许久，摇了摇头。

从周裴离开后，杨岁脑子里就一直重复着周裴刚刚说的几句话。

把她最想要的东西捧到她面前……究竟是什么意思？

很多时候，杨岁并不想思虑太多，可她真的不想让好不容易渐渐好起来的生活重新坠入黑暗。

如果她一直在黑暗中前行，那无论前方是什么，即使是万丈深渊，她也不会有丝毫的畏惧。可现在，她的世界里好不容易才透进了一点光亮，她怕黑暗会再次吞噬这光明。

"你怎么了？脸色这么差？"丁纪喻担忧地看向杨岁。

杨岁心下很不安，但还是摇了摇头，道："我没事，应该是昨晚没睡好，太累了吧。"

"没睡好？"丁纪喻蹙眉认真地看着杨岁，杨岁眼部一片青色，"反正都吃得差不多了，你下午又没课，回寝室好好睡一觉吧。"

"对啊。"蒋思右也放下筷子，担心地附和道，"刚好我等会儿还要去车站赶车回学校，咱们下次有机会再聚。"

三人在川菜馆门口道了别，丁纪喻揽住杨岁的肩膀朝学校走去。

这段时间，杨岁碰见周裴的次数越来越多，不过还好，周裴没有像之前那样缠着杨岁，而是每次都只淡淡看一眼杨岁后，就彼此擦肩而过。

按道理说，这是极为常见的偶遇，可杨岁还是感到不安。

学期末的时候，杨岁和严胜男都在辅导员那里拿了国家奖学金的申请表，她们二人的综合评比和综测成绩在整个专业都名列前茅。

可奖学金名额只有一个，而且严胜男表格里获奖那一栏几乎空白，杨岁则在大学期间得了不少大大小小的奖，甚至不乏全国性的。

当两张申请表交到辅导员面前时，严胜男心里就明白了，她得不到奖学金了。

杨岁远比她优秀。

在她死磕书本、死读书的时候，杨岁报名了大大小小的比赛；在她为生计发愁、拼命打工的时候，杨岁参加了数不清的志愿者活动……

严胜男知道，她和杨岁之间还是相差得太多。杨岁优秀、努力，又坚定，十分明确地知道自己想要什么；而她，却一直被困在原生家庭里担惊受怕。

到底怎样才能成为杨岁那样坚韧的人呢？

严胜男深吸了一口气，眼睛有些微的酸涩。

她也想成为勇敢的人，可她从小生活在那样的家庭里，无论做什么事都不可能得到父母的夸奖。即使小时候好不容易考了满分，父母也只是敷衍地点点头，然后转头笑眯眯地夸奖小伟不挑食。

她做得再好，也是永远比不上小伟。

严胜男苦涩地想。

她还来不及为自己的人生难过的时候，手机铃声响起。只有她一个人的空教室里，回荡着手机的铃声。

她将手机从口袋里取出，麻木地盯着来电显示——严斯伟。

手机响了整整一分钟，她都没有接起来。过了一会儿，手机停止了振动，教室里又恢复了死一般的寂静。

严胜男却觉得，这样的环境反而能使她心安。

可她还没来得及松一口气，铃声又跟催命一样响起。她眼睛红得像充血了一般，盯着手机屏幕看了半晌，最后还是按下了接通键。

“姐！你在干什么啊？这么半天才接电话！”严斯伟语气十分

不满，“爸让我问你，暑假回不回家？”

“不回。”严胜男的语气没什么起伏，握着手机的手却在轻轻发抖。弟弟给她打电话，从来都不会有好事，不是要钱就是做了什么破事，要她处理。

“爸，她说不回来。”严斯伟捂住手机话筒，转头对在旁边出谋划策的严父道，“她不回来，咋办？”

严父皱眉吸了一口烟，想了一会儿，低声道：“你就跟她说，暑假不回来，我们就去学校找她。”

“这样会不会把姐逼得太急了？”严斯伟有些担忧地问，“我感觉姐上大学之后，人好像变了些。”

“你还想不想买你那个游戏机了？”严父扬起手拍到严斯伟头上，落下时力度却很轻。

“哦……好。”严斯伟摸了摸脑袋，对着手机道，“姐，爸说，你不回来的话，我们就等你开学的时候去你学校找你。”

“你们来学校干什么？非要把我逼死才肯罢休吗？”严胜男连呼吸都变得急促。

“姐……我不是这个意思。”严斯伟用求救的眼神看向严父。

严父伸出大拇指和食指，做出搓钱的动作。

严斯伟点了点头，赶紧对着手机继续道：“你不回来也没事，那你得把那个奖学金汇到家里。”

“奖学金！又是奖学金！”严胜男忽然拔高音量，吼道，“你们以为谁都可以拿到奖学金吗？严斯伟，我告诉你！我根本就拿不到奖学金！你们就知道逼我拿钱！拿钱！严斯伟，你有没有想过，我一个人在外面过得有多难？”

“不可能吧，姐，你那么优秀，怎么可能拿不到奖学金？”

“这个世界上，比我优秀的人多的是！”严胜男抬头看向天花板，忍住已在眼眶中打转的眼泪。

她吸了一下鼻子，直接挂了电话。她不想再听到电话那边的任何声音，只想自己一个人静一会儿。

她真的太累了……

可没过一会儿，手机又接收到了严父的短信——

我问过你们老师了，奖学金名单还没有定下来。我等你到十月份，你自己看着办。

第十四章

希望她开心多过
希望能和她在一起

暑假期间，丁瑞安连着工作了好几个星期，才提前把后面几天的工作处理完。他还记得，他曾经说过，等大家都空下来的时候，带着杨岁和丁纪喻一起去 H 市玩。

H 市是一个旅游城市，有一些古建筑群，是一个具有现代元素又蕴含古韵的城市。

丁瑞安最喜欢的就是 H 市的天气，无论是什么季节，空气都是湿润的，人就会放松一些。

当接到丁纪喻的电话时，杨岁下意识地想要拒绝。

去 H 市游玩一趟，费用不低，杨岁不想欠丁瑞安的，同时也认为现在这个时候，没必要花费那么多钱去那么远的地方。

她还是想等到她有足够的能力和经济水平的时候，再去考虑游玩的事情。

丁纪喻无奈地跟丁瑞安说出了杨岁的想法。

丁瑞安笑了笑。他早就想到了杨岁的顾虑，于是接过丁纪喻手中的电话，道：“你们数学系退休的王教授，那段时间会在H大开讲座。”

“王成林教授？”杨岁眼中闪过一丝惊喜，有些不确定地问道。

“对。”丁瑞安听出了电话那头的人很开心，忍不住弯起了嘴角。

王成林教授是A大的金字招牌，也是杨岁高中时的偶像，她欣赏王教授在数学方面的理论。杨岁曾经下载过王教授上课的视频，很少有教授能把逻辑性极强的数学讲得幽默风趣。

只是很可惜，杨岁高二那年，王教授就退休了。

杨岁上高一时就想着，自己能不能通过努力，本科毕业后报考王教授的研究生。可自从王教授确认退休后，这个愿望就落空了。

当得知自己有机会见到王教授的时候，杨岁的心不受控制地剧烈跳动，她有些激动。

“H大的讲座是开放的吗？我能进去听吗？”冷静后，杨岁有些担心地问道。

丁瑞安笑道：“是开放的，只要提前去H大官网预约就可以。”

“好。”杨岁用脸和肩膀夹着手机，急忙打开电脑，找到H大的官网，预约了王教授的讲座后才松了一口气，继续道，“我们什么时候去H大？”

“这个星期五。”丁瑞安听到了电话那头的打字声，也大概知道杨岁应该是在官网上预约了讲座，想了想，问道，“小杨老师有帮我和小喻预约吗？”

杨岁一愣，默默地把刚刚关上的官网又打开。

电话那头短暂地安静了一会儿，又响起了打字的声音，丁瑞安无奈地摇了摇头，眼里含着笑，语气中透出一丝委屈意味：“小杨老师是不是把我和小喻忘了？”

“我……”杨岁挠了挠头，一下子不知道该怎么解释了，想了一会儿后，才道，“我以为你们会觉得讲座枯燥无聊。”

“讲座不会无聊，我也很欣赏王教授。”丁瑞安想到了什么，低头笑了笑，声音温柔，“我觉得只要能跟小杨老师待在一起，怎么样都不会无聊。”

“咦？”丁纪喻在一旁吃水果，听到丁瑞安的话后，整张脸都皱到了一起，不可思议地看向丁瑞安。

丁瑞安挑了挑眉。

丁纪喻这才发现丁瑞安原来这么不要脸，于是翻了个白眼，继续吃水果。

“小杨老师？”丁瑞安等了半天，那头的人没有任何回音，只好轻轻问道。

杨岁刚刚脑袋里有一瞬间的空白，心脏似乎也漏跳了一拍。她觉得这种感觉很奇怪，但又不知道奇怪在哪里。

她捂着心口的位置，侧着头微微蹙眉。直到丁瑞安再次出声，她才回过神，好半天才说出一个“好的”。

“小喻也去听讲座吗？”杨岁压下奇怪的感觉，问道。

“我不去！”丁纪喻啃着杧果，大声道，“我听这些讲座，肯定半途就会睡着！我才不去呢，你就和丁瑞安两个人去吧，我在酒店打游戏就好。”

“好，那我就帮丁先生预约了。”杨岁在官网填完信息，点了提交，随后又道，“丁先生、小喻，晚安，我先睡了。”

“晚安。”丁瑞安眼中溢出笑意，“好梦。”

“晚安！杨岁！”丁纪喻又猛啃一口杧果，扯着嗓子喊道，生怕杨岁听不见。

等到通话挂断，丁纪喻得意扬扬，邀功似的对丁瑞安道：“你看，我多识时务！就不打扰你和杨岁单独见面了！”

丁瑞安摸了摸丁纪喻的头发，笑着问道：“说吧，想要什么奖励？”

“简简单单送个全套皮肤就好。”

“我上次不是给你买了全套皮肤了吗？”丁瑞安问。

“世界上又不是只有一个游戏！”丁纪喻撇嘴。

九月的H市连下了好几天的雨，到了晚上，天气有些微凉。

丁纪喻穿着薄薄的短袖，冷得直哆嗦。她看了一眼穿着长袖的杨岁和穿着外套的丁瑞安，眼神幽怨："你们居然也不提前和我说一下这里的天气！杨岁，你是不是心里没有我了？你以前明明很在意我的！现在看我挨冻，也无所谓了？"

杨岁正拿着手机看王成林教授讲座的流程，突然被丁纪喻叫名字，人有点蒙。

直到丁纪喻又嘟哝一遍，她才回神，问："你没有带外套吗？我行李箱里还有其他外套，我现在就拿出来给你。"

"算了算了。"丁纪喻深吸一口气，打算用坚强的意志抵抗寒冷，但一会儿后，她就放弃了抵抗，紧紧搂住杨岁，想从她身上汲取温暖，"我们赶紧回酒店吧！我要洗一个热水澡，然后舒舒服服地躺进被窝里！坐飞机坐得我腰酸背痛。"

杨岁低头看了看手机，犹豫了会儿，摇摇头："我想等一下去一趟H大，今天王教授的讲座还没结束，我想去看看。"

"明天不是还有一场吗？"丁瑞安脱下外套，披在丁纪喻身上，道，"小杨老师不先休息一下吗？"

"今天和明天的内容不一样。"杨岁研究过这两天的讲座内容，是完全不一样的，她不想错过任何一场，"丁先生，我还是想去看看。你和小喻先回酒店，我等讲座结束了，自己打车回来。"

杨岁一直对某些事情很坚持，只要决定了，都想尽力去实现。王成林教授自从退休后，再也没有参加过任何活动，所以，这次机会难得，她每一场都想参加。

"那我陪小杨老师去吧，我也想听听王教授的讲座。"丁瑞安看着杨岁的眼睛，温柔地笑着，转头对丁纪喻道，"一起去感受下数学的魅力吗？"

"数学的……魅力？"丁纪喻的脸皱成了苦瓜。她始终不明白，数学这门课哪来的魅力，也始终记得高中时被数学支配的恐惧。她很认真地想了一会儿，然后使劲摇头，把头摇得跟拨浪鼓似的："我不去！我不喜欢数学！我还是回酒店打游戏吧。”

三人先去了提前预订的酒店，放好了行李。丁纪喻留在酒店，杨岁和丁瑞安则打车去了 H 大。

到达大礼堂的时候，讲座已经进行了一大半。杨岁和丁瑞安弯着身子，经过通道，坐到了剩余位子中最靠近讲台的位子。

王成林教授讲话语速较快，杨岁听得很认真，时不时用笔记下些什么。

今天，杨岁其实也很累，但是听到这场期待已久的讲座后，疲累就被抛之脑后了。

只是，丁瑞安这个时候本来是可以休息的。

杨岁停下笔，看向丁瑞安。

丁瑞安眼睛里有红血丝，却还在强打精神。感受到杨岁的目光后，他回头微微笑了笑。

“丁先生，你困了吗？”杨岁轻声问道。

丁瑞安点点头：“数学很有趣，但今天确实有点累了。不过，我还是想陪小杨老师把讲座听完。”

杨岁有些愧疚，她好像因为自己的事，给别人造成了困扰。

“丁先生，你困了就眯一会儿吧。”杨岁挺直了背，放直肩膀，道，“你可以把头枕到我肩膀上，这样会稍微舒服点。”

丁瑞安抬眸看了杨岁半晌，忽地笑了，随后取下眼镜，轻轻侧头，靠在了杨岁的肩膀上。

杨岁太瘦了，似乎没有多余的脂肪，肩膀处的骨头硌得人并不太舒服。但，丁瑞安还是觉得心安。

他靠在杨岁肩膀上，呼吸渐渐平稳。

可当肩膀处一沉的时候，杨岁的心就会有一瞬间的慌乱。她脑子开始转得缓慢，甚至无法思考王成林教授在讲些什么。

她鬼使神差地低下头，悄悄看向丁瑞安。

丁瑞安的睫毛很长，睡觉的时候也在微微颤抖。

因为睡着了，手中原本握着的眼镜开始在指尖摇摇欲坠。

杨岁只好伸出手，想从丁瑞安手中拿过眼镜。

可当她捏住眼镜腿的时候，丁瑞安似乎感觉到了什么，眉头微微一皱，反握住了杨岁的手。

瞳孔猛地放大，杨岁愣神了片刻，才后知后觉地把手缩回。

心，突然跳得很乱。杨岁努力让自己冷静下来，想要听清王教授所讲的内容，眼睛却下意识地看向手心，那片被丁瑞安碰触过的肌肤。

一场讲座结束之后，丁瑞安才醒过来，重新戴上了眼镜。

他扭头去看杨岁。杨岁依旧坐得笔直，甚至有些僵硬。

“是不是有些重？”丁瑞安嘴角有浅浅的笑意。

杨岁茫然地眨了几下眼睛，才意识到丁瑞安已经醒了，在问她。她摇了摇头，道：“不重。”

两人谈话间，王成林已经收拾好文件，下台的时候，突然瞄到了丁瑞安，眼睛一亮。

“哟！日理万机的丁总还有时间来听我这个老头子的讲座？”王成林啧了啧，笑着走了下来。

杨岁看到王成林教授走到她身边时，愣了片刻，然后不知所措地看向丁瑞安。

丁瑞安看到杨岁发蒙的样子，竟觉得乖巧。他弯了弯眼眉，抬手摸了摸她柔软的长发，随后才对王成林道：“王教授的讲座生动有趣，就算是没时间也要挤出时间来。”

“你倒是越来越会说话了，明明读大学的时候挺能顶嘴的，果然还是社会磨炼人。”王成林呵呵一笑，看到丁瑞安看向杨岁时眼中露出的笑意，了然一笑，道，“不介绍介绍你旁边的这位小姑娘？”

“她是杨岁，是我见过的最出色的女孩。”丁瑞安笑着道，“目前在 A 大数学系就读，可惜您老退休得太早了。”

“王教授，您好，我叫杨岁，是 ×× 届 A 大数学系的学生。”杨岁紧张得说话都在微微发颤。

杨岁从来不追星，但王成林教授在她眼里就如同偶像一样。此时的杨岁就像一个小粉丝，有些惊喜，也有些紧张无措。

在书本和视频中看了好几年的人，突然真真切切地出现在自己面前，杨岁连呼吸都有些错乱。

丁瑞安垂眸看着杨岁这副难得一见的样子，努力压住止不住上弯的嘴角。

杨岁在所有人面前，随时随地都是十分冷静的，而此时难掩喜悦又失措的样子，他也是第一次见。

数学对于她来说，真的很重要啊。

丁瑞安眼眸深处露出浓浓的柔意。

“杨岁？”王成林听到这个名字，觉得有些耳熟，想了片刻之后问道，“你是不是参加过 B 市的奥数竞赛？”

“是的。”杨岁抬头道，但似乎又想到了什么，有些泄气地垂下了头，“可是，我没有取得好成绩。”

“我对你有印象的。你们考场的监考老师是我的学生，他跟我提到过你。”王成林回忆了一会儿，继续道，“说有一个学生，路上出了点事情，一瘸一拐地也要赶到考场，可惜最后没有答完题目，但答题思路十分出彩。”

王成林先是教了十几年的书，后来才去做研究的。教书这一路上，他遇到过形形色色的人，有天生就聪明、天赋极高的，也有后天努力拼上来的……

而数学这门专业，大多数人即使再努力也比不过有天赋的人，所以，王成林以前在挑选研究生的时候，更看重的是反应能力。

在竞赛卷了评完分后，在他这位学生的极力推荐下，他曾托人调出杨岁的卷子。

说实话，杨岁的卷子写得很是一板一眼，每一道题都按照既定的方式去做，并没有其他人写得那么灵活。但即便是用那么死板的方式做题，她也几乎能答对所有题，而且还是在手和腿都受伤的情况下。

王成林几乎很难想象，杨岁是做了多少套题，经历了怎么样的题海战术，才能在看到题目的那一刻，就在脑子里想出所有步骤。

“杨岁，”王成林语气认真地拍了拍杨岁的肩膀，“你是一块学数学的料子，也一定会在这条道路上有所成就的。”

当听到王成林教授的夸奖时，杨岁猛地抬头，眼中的惊喜抑制不住，她连忙点头回道：“谢谢王教授！”

对杨岁来说，王成林教授的一句夸奖，可以让以往在学习上所经历的辛苦都忽略不计。

丁瑞安一低头，就看见杨岁眼睛里亮晶晶的。

杨岁身上的喜悦气息也感染了丁瑞安。

“都这个点了，王教授，一起吃顿夜宵吧？”丁瑞安想了想，问。

王成林有三高，饮食一直被妻子严格控制着，听到丁瑞安这么一说，立马来了兴致：“丁总请客吗？”

“自然。”丁瑞安笑了笑。

王成林本来以为夜宵要么是火锅，要么就应该是啤酒配烧烤，哪知道丁瑞安这个人才，安排了去茶馆吃！点的还是养生茶！

王成林垮着一张脸，不高兴地瞪着丁瑞安。

“师母很早之前就发了朋友圈，说您有三高，让我们这些做学生的不要过于迁就您。”丁瑞安拿起茶壶，给杨岁和王成林各倒了一小杯养生茶。

“你们这些人，就知道听你们师母的！”王成林抿了一口茶，觉得味道还不错，脸色才稍微好了点，“当年做你老师的人是我吧？在我和你师母之间，你理应偏向我的！”

“教授，您这话可就不对了。”丁瑞安笑笑，继续道，“您常说的，对事不对人，所以，我更应该站在师母那一边。”

杨岁小心翼翼地端起茶杯，浅浅喝了一口，笔直地端坐着，听着他们两人之间的对话。

丁瑞安转头，看见杨岁像小学生一样的坐姿，忍不住笑出了声。

杨岁听到丁瑞安的笑声，疑惑地抬起头。

“不需要这么紧张。”丁瑞安把桌子上的一盘糖果推到杨岁面前，笑着道，“王教授是一个很有趣的人，不必这么拘谨。”

王成林正在夹凉拌莴笋，听到丁瑞安这宠溺的语气，抬头看了一看二人，垂眸笑了笑。

“王教授。”杨岁剥开糖纸，突然想到什么，又把糖放到了一边，拿出手机，翻开备忘录，递给王成林教授，“我看了很多您写的书，有些地方我读了很多遍，也问了其他老师，但还是不太明白。如果您方便，可以稍微跟我说说吗？”

杨岁知道这样很突兀，可这个机会太难得了，她还是特别想弄清楚一些自己不太懂的地方。

王成林放下筷子，接过手机。

备忘录上标注着时间，还有详细的问题。最上面的那一列，记录时间都是差不多两年前了。备忘录很长，王成林翻了好一会儿才翻到底。

杨岁看着王成林教授一直翻动备忘录，忙解释道：“王教授，前面打了钩的那些，我已经弄明白了。剩下的不是很多了，你要是实在不方便的话，也没关系的。”

“方便，当然方便。”王成林笑了笑，转头调侃丁瑞安道，“你看看人家，可比你上学那会儿认真得多！”

“她一直都很认真。”丁瑞安侧过头，温柔地看向杨岁。

他的小白杨树一直都是最努力、最勇敢的。

王成林低头看了一会儿杨岁的备忘录，想了片刻后，开始细细讲解起来。

杨岁赶忙拿出笔记本和笔，抓住重点，就往本子上记。

这些问题的思考程度比较深，王成林本来以为对本科生讲会比较吃力。但，杨岁其实并不累，她的理论知识很扎实，很快就能抓住他讲的点。

他突然就有些后悔了，为什么前几年脑子一抽就退休了？

要是他还带研究生的话，一定要把杨岁收下做他的学生。

丁瑞安笑着看着杨岁，杨岁一副认真的样子，眼睛里冒着光。

她真的很耀眼，至少，在他眼里是这样的。

可是小白杨树只对数学有兴趣。

丁瑞安有些无奈地笑了笑。

不过，无论如何，他都希望小白杨树开心平安。

“听懂了吗？”王成林发现杨岁领悟力很强，忍不住把本来就很深奥的知识又往深处讲，但又怕杨岁一时理解不了，讲得口干舌燥。

杨岁提起茶壶，往王成林教授的空茶杯里加了水，然后点了点头，合上本子：“我听懂了，谢谢王教授。”

“我去一下洗手间。”杨岁把本子和笔塞进背包，悄悄对丁瑞安道。

“好。”丁瑞安微笑着点点头。

等杨岁出门后，王成林转头笑眯眯地看向丁瑞安，道：“老实说，你是不是对人家小姑娘有意思？”

丁瑞安掩下眸中的笑意，问道：“很明显吗？”

“不要太明显！”王成林喝了一口茶，道，“不是我说，你年纪也不小了。好不容易遇到喜欢的女孩，就要把握住！追女孩吧，就得能扯下脸皮来。想当年我追你师母的时候，那叫一个轰轰烈烈……你师母当年还是学校里的校花呢，追她的人真的可以排一个长队，不过最后她还是选择了我，嘿嘿！”

“教授，这些道理我都明白的。”丁瑞安笑了笑，“可是杨岁很不一样，我不想给她造成任何心理负担，所以，还是顺其自然吧。”

王成林嚼着凉拌莴笋，不理解地摇头。

“我太喜欢她了，”丁瑞安垂下眸子，“所以，我希望她开心多过希望能和她在一起。”

王成林问道：“那你不想跟她在一起吗？”

“想。”丁瑞安答得很快，稍顿，又坚定地重复了一遍，“很想。”

茶馆离酒店不远，所以杨岁和丁瑞安选择步行回酒店。

一路上，杨岁的心情都很不错，一直捧着手机在备忘录上打字。

马路上车有点多，丁瑞安有点担心她，只好伸出手拉住她背包的带子，以防她盯着手机不看路。

“今天很开心吗？”丁瑞安不紧不慢地跟在杨岁后面，问道。

“嗯。”杨岁放下手机，点了点头，“想了很久的问题，终于有了一点思路。”

“我今天也很开心。”丁瑞安温柔地看向杨岁，用只有自己能听见的声音轻轻说道。

杨岁似乎想到了什么，脚步一顿，转身，十分认真地看着丁瑞安道：“谢谢。”

丁瑞安笑着侧过脑袋，却什么都没说。

杨岁脚步轻快地朝着前方走去，丁瑞安松开手中的带子，看了一会儿她的背影，也跟上了她的步伐。

H 市的行程安排了三天。

除了听讲座，丁瑞安更多的是想让杨岁好好放松一下。

此前电话里说过，他要带她们来吃桂花藕，所以第一站就是一条老巷子里的小饭铺。

小饭铺由一对老夫妻打理，手艺很好，最出名的就是桂花藕。甚至常有外地食客赶来，就为了吃一口这里的桂花藕。

老板把冒着热气的桂花藕端上桌，笑呵呵地道：“趁热吃更好吃，冷了糖汁就结块了，味道就不如热的时候。”

“谢谢。”丁瑞安礼貌道谢，用公筷往杨岁和丁纪喻碗里各夹了一片藕。

“这不就是红糖加了点桂花熬的嘛，能好吃到哪里去？”丁纪喻皱眉看着黏糊糊的东西，不是很想下嘴。

杨岁夹起一块放进嘴里，眼睛微微放大。她对丁纪喻道：“真的好吃，你尝尝。”

“真的假的？”丁纪喻在杨岁的劝说下，不情不愿地夹起一小块藕，入嘴之后，表情变得惊讶，随后她又夹起一大块藕放入口中，

“还真的挺好吃的！”

丁瑞安笑了笑，给丁纪喻倒了一杯凉水，递了过去，生怕她噎住。

丁纪喻火速吃完一盘桂花藕，打算再来一盘，却被杨岁制止。

“你牙不太好，不能吃太多甜的。”杨岁道。

“我就想吃几块桂花藕而已，你这都不让！”丁纪喻委屈地噘嘴，转眼看见丁瑞安面带微笑，气得大吼，“丁瑞安！你笑什么？”

丁瑞安忍住笑，挑了挑眉，低头喝了口茶。

“岁岁，好岁岁，我就再吃两块，好不好？你看，我们好不容易才来一趟 H 市，桂花藕又只有 H 市有，回去以后我就吃不到了。”丁纪喻知道杨岁吃软不吃硬，故意睁大眼睛，可怜兮兮地看着杨岁。

杨岁无奈地笑笑道：“好吧。”

“小喻倒是挺听你的话。”丁瑞安笑道。也不知道为什么，一向天不怕地不怕的丁纪喻，到杨岁这里居然会撒娇认㞞。

杨岁垂眸看着丁纪喻舍不得吃桂花藕的别扭模样，笑了笑。

“对了，”丁瑞安放下茶杯，转头问杨岁，“今年的国家奖学金你申请了吗？”

“国家奖学金？”丁纪喻嘴里塞得满满的，说话含混不清，“这是啥？听着很厉害，我能申请吗？”

“只有学霸能申请。”丁瑞安摸了摸丁纪喻的脑袋，笑着道，“差生不可以。”

“你才是差生！”丁纪喻打掉丁瑞安的手，鼓着腮帮子瞪过去，“我只是懒得学习！我一旦认真起来，这些奖都是小意思！”

丁瑞安只好敷衍地点头附和。

丁纪喻翻了个白眼，继续吃桂花藕了。

“申请了。”杨岁点点头，“但是名单要到十月份才能下来，还不确定最后是不是我。”

“确实挺难的，我大学的时候也想过申请，可惜我挂了一科。”丁瑞安道，语气依旧温和。

“挂科？”杨岁疑惑道。丁瑞安能被 A 大邀请返校演讲，成绩一定很出色。即使考试不及格，后头还可以补考，无论怎样他都不可能挂科的。

除非……缺考。

杨岁困惑地看过去，只看见丁瑞安笑着点了点头，验证了她的猜想。

“那段时间，有很多事情等着我处理，所以，我只能缺考了。”丁瑞安神色如常地继续道，“我一直觉得，如果能得到国家奖学金，算是一种对大学生涯的认可吧。小杨老师这么优秀，我相信一定可以拿到的。”

“我也有信心。”杨岁笑了笑，脸上洋溢着自信。

“杨岁！”丁纪喻将脸扎进碗里，听到杨岁的话后，抬起了脸，也开心地道，“等你拿到国家奖学金，可要请我们吃大餐！”

杨岁笑着点点头。

国家奖学金的意义不在于奖金额度多少，而是像丁瑞安说的那样，更多的是对大学生涯的肯定。

杨岁一直想让自己变得更加优秀，要优秀到所创造的成绩无法被磨灭。

三人离开小饭铺时正是下午最热的时候，丁纪喻吵着要吃冰激凌。

丁瑞安无奈同意。

得到同意后，丁纪喻跑去买了两个冰激凌，分给杨岁一个。

杨岁看了看手中的冰激凌，又看看丁瑞安，犹豫了片刻，道：“要不，我这个给你吃？”

“哎呀，他不爱吃冰激凌。”丁纪喻狠狠咬了一口冰激凌，被冰得龇牙咧嘴。

“小杨老师吃吧，我确实不爱吃冰激凌。”丁瑞安弯了弯眉眼道。

丁纪喻吃东西都特大口，没一会儿就吃完了，而杨岁手里还剩半根。

“杨岁，你那个好吃吗？”丁纪喻咽下最后一口脆筒后，眼巴巴地看着杨岁，“我还没吃过百香果口味的呢。”

“好吃。”杨岁看着丁纪喻咽了一口口水，悄悄换了一只手拿冰激凌，随后说，“可是你不能再吃了，吃多了胃会不舒服的。”

丁纪喻眼睁睁看着冰激凌离自己越来越远，小声抱怨道：“小老太婆杨岁！”

丁纪喻无事可干，只能在商场里疯狂消费，买了一堆鞋子和衣服，自己手里提不下，只好把大包小包挂在丁瑞安的手上。

杨岁在路过一个玻璃橱窗时，被里面一款款式简单的戒指吸引。

那个戒指没有复杂的设计，只在外圈中间刻了一棵小小的树。

杨岁走近几步，凑近细看，才发现这棵小小的树是白杨树。

“您好，需要试试吗？”店员礼貌地问。

杨岁下意识地看了一眼价格。

价格有点高，她咬咬牙还是可以买下的。

但她还是摇了摇头。戒指不是生活必需品，没有必要买。

“不好意思，我就看看，不用试。”杨岁答道。

“好的，您有什么需要可以喊我。”店员依旧很有礼貌，随后转身服务其他顾客。

杨岁又垂眸看了看那枚戒指，转身间，看到丁瑞安站在旁边看着她。

丁瑞安手里提着一堆东西，顺着杨岁的目光，细细看了一会儿那枚戒指。

“上面是一棵小白杨树。”丁瑞安微微弯起嘴角，目光柔和，“小杨老师喜欢这枚戒指吗？”

“喜欢。”毋庸置疑，杨岁是喜欢的，但片刻之后，她还是道，“不过，喜欢不一定要得到。”

说完，她还特意看了一眼丁瑞安。

丁瑞安无奈地笑了笑。杨岁的话和眼神都很明显地在告诉他，不要偷偷买下这枚戒指。

确实，丁瑞安是有考虑过等会儿悄悄把这枚戒指买下，然后等一个合适的时候送给杨岁。

“丁先生，我帮你拿一点吧。”杨岁看着丁瑞安手上拎着的一大堆袋子，道。

丁瑞安看了看手上的袋子，轻轻摇了摇头：“袋子看着大，其实不重，我自己拿就可以。”

丁纪喻结束采购后，找了好一会儿才找到杨岁和丁瑞安。看到他们，她也跟着凑到玻璃橱窗前。

“你们在看啥？”丁纪喻弯腰看了半天，也没看见橱窗里有什么特别的东西。

丁瑞安道：“没看什么。”

“行吧。”丁纪喻直起身子，兴冲冲地把一个纸袋塞到杨岁怀里，“我给你买了两件 T 恤。”

杨岁下意识地就要把纸袋还给丁纪喻。

“哎呀！”丁纪喻故意摆出一张臭脸，装作生气的样子道，“我都是挑的打折款，没花几块钱。而且这两件衣服，我还给自己和丁瑞安也买了！以后我们出去玩穿一样的衣服，是不是倍儿有面子？”

杨岁努力想了一下，他们三个人穿着一模一样的衣服走在大街上的样子。

想了一会儿，她皱起了眉头。

“杨岁！你是不是不想和我穿姐妹服？”丁纪喻虽神经大条，却意外捕捉到了杨岁的表情。

杨岁只好安慰丁纪喻，同时收下了衣服。

一旁的丁瑞安，眼中又蓄起了温柔的笑意。

第十五章
奖学金风波

H市的行程虽然只有短短三天，但杨岁觉得很开心，也收获了很多。

与此同时，她与丁瑞安之间的交流也变得多了。有什么东西似乎在悄悄改变。

到了十月，国家奖学金的名单终于敲定。

不出所料，名额是杨岁的。

名单公示在学校官网上，公示期一个星期。

杨岁坐在寝室里，正准备跟丁瑞安和丁纪喻分享这件事，严胜男进了寝室。

她看向杨岁，欲言又止，犹豫了片刻，终于道："杨岁，你上学校论坛看看吧。"

"论坛？"杨岁疑惑地抬眸，心中涌上不好的预感。她微微蹙眉，打开了学校论坛。

一篇名为《数学系保送生杨岁是如何得到国家奖学金的》的帖子，因为热度高被置顶到了最上面。

杨岁将眉头锁得更紧，甚至有一瞬间不敢点开这个帖子。

过了一段风平浪静的生活之后，她有些害怕突然出现什么事，打乱她现在好不容易恢复正常的生活。

自从遇见丁瑞安和丁纪喻之后，她都快忘了自己以前的生活是什么样的。

杨岁微垂眼睫，愣了一会儿，才点开帖子。

帖子里有一段录音，音频做了处理，无法判断是谁的声音。

杨岁按下了播放键。

霎时间，安静的寝室里响起了刺耳的声音。

“喂？江总啊，您放心！”

“对对对！这次国家奖学金肯定是杨岁的，不会有变动的！”

“哎呀！我办事，您还不放心？”

“我联系过系里了，名额定下来了！你看我说是杨岁吧！”

很明显，这是一段通话录音。

杨岁脸色苍白，呼吸变得沉重。

虽然录音里没有明确说出什么，但内容具有极其明显的引导性。但凡听到过这段录音的人，都会下意识地觉得杨岁的国家奖学金名额是内定的。

可是录音中的江总，杨岁根本没听说过，更不认识。而且，每一次的获奖，她都得来得堂堂正正，没有用过任何的关系。况且，杨岁也没有任何关系可用。

这段录音的产生，无非有两个原因。

第一个，有人故意造假。录音里的内容是假的，又被人故意流传出来，让学校里的所有人都知道，杨岁的名额是靠关系得来的，以求挤下并抹黑杨岁，以此来获得名额。

即使这段音频最后被证实是假的，学校也会考虑到流言的影响，杨岁也不可能再得到奖学金。

第二个原因，就是真的有江总这个人，他也真的特意嘱咐过别人，让她得到奖学金。而音频则被他人得到，或者是通话人因疏忽而流出。

可杨岁想了很久，也没有从脑子中搜刮出有关这个江总的印象。

但她绝不能什么都不做，就平白地被人诬陷中伤。

杨岁冷静下来，分析了各种可能性后，沉着脸，手指往下滑动，翻阅底下的评论。

这人的关系也太厉害了吧！国家奖学金都能做手脚！斗胆问一下江总是哪位啊？杨岁该不会是这位江总包养的女大学生吧？

楼上分析得有道理啊！哪有人会无缘无故地帮助人？这个总裁要么是杨岁的亲戚，要么就只有楼上说的那种可能性。

杨岁是不是上次运动会长跑捡漏得第一的那个？长跑可以捡漏，奖学金可以靠关系，这位杨岁同学可真行啊！

她还是保送到我们学校的呢。按这样说，她之前的保送名额是不是也有问题？我觉得学校一定要彻查！不要什么垃圾都往学校塞，校领导不要把A大的名声搞臭！

同意！一定要彻查！学校一定要给我们一个答复！一个凭借着各种关系的人，凭什么可以享受保送，又凭什么可以得到奖学金？那么多优秀的人都得不到，她杨岁凭什么？！

…………

不出所料，评论里各种猜测，甚至有人说已经拨打了学校教务处的举报热线。

杨岁眨了眨发胀酸痛的眼睛。事情已经发酵到似乎无法控制的地步，她首先要做的，就是证实她得到奖学金凭借的是实力。

“杨岁？”严胜男有些担心地问道，“你没事吧？”

“我还好。”杨岁深吸一口气，退出了学校论坛界面。

她翻找通讯录，找到了教务处主任的电话，拨打了过去：“喂，钱老师您好，我是数学系的杨岁，请问您现在有时间吗？”

“有的，我现在在办公室里，你可以过来找我。”钱老师语气严肃，显然也听到了奖学金造假的事情。

杨岁挂断电话后，将手机界面切回到微信界面，将还没有发送的消息一个字一个字地删除。

那条消息，她曾经在脑海中构思过很多次。好不容易终于等到名额确定，好不容易有了能分享的喜悦，终究还是被突如其来的一段录音而打破。

杨岁沉下眸子。这件事来得太快，而且毫无预兆，就和她以前遇到的很多事情一样，太过莫名其妙。

只要她的生活有了些起色，就总会出现这样那样的事情，以此来将她拉回到从前。命运啊！杨岁叹一口气。

可没有人愿意一辈子都待在黑暗里，尤其是当她触摸过光明之后，她就更不愿意活在暗处，躲在角落里。

杨岁喉咙发紧，有一种窒息感从心底涌上来。她扶住桌沿，缓了一会儿后，才勉强舒缓过来。

她要为自己活，要活得精彩。即使有再多的困难，她都可以解决的，她可以的。

一定能解决的。

杨岁一遍又一遍告诉自己：不要怕……

“杨岁，你没事吧？”严胜男实在有些担心杨岁。

杨岁摇了摇头，轻声道了谢，随后打开寝室门，前往教务处主任的办公室。

起初严胜男在看到论坛上那个帖子的时候，确实有过片刻的庆幸。只要杨岁的名额被取消，那顺位的就一定是她。

八千块钱可以让她解决很多难题，至少可以摆脱一阵子来自家里人的纠缠。

可片刻的惊喜过后，严胜男便觉得有些羞愧，羞愧于自己刚刚居然有这种不堪的想法。

她确实很想得到这次的国家奖学金，但绝不是靠一些手段去得到，她想凭借的是自己的努力和成绩。

严胜男心里清楚，杨岁的名额绝不可能是靠关系拿到的。

她们一起在图书馆熬夜，一起拼了命地学习，更何况杨岁申请表上的成绩和奖项都不可能造假。

严胜男看着杨岁离开的背影，眼里满是担忧。

她与杨岁本质上是同一类人，都会为了一个目标不断前进。不同的是，杨岁要比她勇敢。

杨岁来到主任办公室，敲了门，里面传来“请进”二字后，她推开门进去。

“钱老师。”杨岁站得笔挺。

“坐下说吧。”教务处主任钱军指着一旁的椅子，道，“论坛上的录音你听过了吧？现在事态很严重，我这里的座机，光这一个小时，就接到了不下十个举报电话。因此，学校对这件事很重视。”

“老师，我知道事态严重，所以我现在应该做的，是拿出证据，证明我的保送名额、比赛名次以及这次国家奖学金的获得都是有依据的。”杨岁咬字清晰，目光坚定。

其实，这件事最好的处理方式就是，杨岁放弃国家奖学金。那所有的流言都会随着时间而渐渐消失。这也正是刚刚校领导与钱军说的解决方案。

只要杨岁妥协，这确实是最快，也是最合适的办法。

钱军思考了片刻，还是决定将校领导的意思转达给杨岁：“或许不需要这么麻烦，学校的意思是，让你提交申请书，自愿放弃国家奖学金。”

“自愿放弃？”杨岁猛地抬头，眼中尽是不可思议，“我凭自己努力得来的东西，为什么要我放弃？”

杨岁没有想到，自己已经准备好迎接挑战，学校却要她放弃。

“杨岁，这是学校的意思。”钱军皱眉想了一会儿后，放缓了语气，问道，“你有充分的证据吗？”

钱军明白，他首先是个老师，其次才是学校的干部，他看不得一个好学生受到委屈。

“上学期期末提交的国家奖学金申请表，里面清清楚楚地写明了我的每一个加分点。里面还有国家级的辩论竞赛，这些都能在网上找到视频，不可能作假的。”杨岁脑子飞速运转，一字一句说得十分清晰，“钱老师，我可以把高中以来所获的奖以及一模、二模、三模的成绩列一个明细。还有关于他们质疑的保送名额。我是参加过高考的，取得的高考成绩也是完全高于数学系的录取分数线的。”

“那……试试吧。”钱军听完杨岁极具逻辑性的话后，开始有些欣赏这个女孩。他叹了一口气，道：“学校那边的压力我来扛，但是你要尽快处理好这件事。如果需要什么帮助，我会尽力帮忙。”

“谢谢老师。”杨岁起身鞠了一躬。

她原本希望，学校可以通过官方账号发布这些证实内容，这样能让更多人看到，并且也权威些。可钱老师都这样说了，杨岁实在不好再说什么，毕竟，这算是她自己的事。

杨岁垂下眸子，掩盖住眼底的疲惫不堪。

杨岁回到寝室，打开电脑，开始将自己以往取得的成绩做成了一个表格，并且实名注册了一个论坛账号，将表格发在了原先帖子的回复中。

做好这一切后，她合上电脑，闭上了眼睛

杨岁感觉此时自己的身心都异常疲惫，委屈和难受压抑在身体里，随时都会把她压垮。

手机一直往外跳着弹窗消息，发出叮咚叮咚的噪声，在安静的寝室里，尤为刺耳。

杨岁睁开眼睛，揉了揉太阳穴，正要点开帖子，丁瑞安的电话打了过来。

她的手顿在半空，好一会儿后，才接了电话。

“小杨老师。”

丁瑞安的声音一如既往地温柔，杨岁那颗千疮百孔的心稍稍平静了些。

“丁先生。”杨岁的目光穿过阳台，看向外面的风景。

丁瑞安坐在办公室内，鼠标滑动。

丁瑞安的电脑屏幕上，赫然就是有关举报杨岁奖学金作假的帖子。在看到杨岁的回复之后，丁瑞安紧绷的表情才微微舒缓些。

可底下还是有很多不堪入目的评论。

丁瑞安思绪万千，有很多话想对杨岁说，甚至打算自己出手。他至少是摸爬打滚了这么多年的人，无论如何都比杨岁更有手段去处理这类事，也更狠得下心。

可丁瑞安心里又无比明白，他如果出手，杨岁的心理负担会更重。

而且，他相信，杨岁更愿意自己去解决这个问题。

犹豫了很久之后，丁瑞安轻轻地叹了口气，妥协一般问道："自己能解决吗？"

"我现在还不敢肯定。"听到这句话，杨岁心里突然泛起了一阵酸涩，但她垂眸，缓缓摇了摇头，语气柔软却坚定，"但我一定会尽全力去解决。只要有一丝希望，我都不会放弃。"

高中的时候，很多敌视她的人都会将敌意表现得很明显，杨岁根本不需要分辨。

而这一次，仅仅一个帖子，甚至连一段配字都没有，就可以轻易让大部分人对她有别样的看法。这种对方在暗她在明的感觉，一点都不好受。

杨岁甚至根本不知道，这段录音出现的原因到底是什么。

江总是谁？是一个为了恶意中伤她，而被虚构出来的人物，还是真真切切有这个人？

录音中的通话人又是谁？虽然做了处理，但有能力在学校做这件事的人，一定是学校里的老师。

最后，发帖子的人又是谁？

杨岁脑中一片混乱，无数种可能在她脑子里疯狂纠缠。

"丁先生，"杨岁忍下心头的各种想法，蹙眉问道，"你有没有听说过姓江的总裁？"

姓江的总裁，又有那么大的能耐指使 A 大的老师做事，一定是在他们那个圈子里比较出名的。所以，这个人如果真的存在的话，丁瑞安说不定会认识。

“江这个姓氏本身就不是很多。”丁瑞安思考了片刻，脑中突然闪过一个名字，“我倒是认识一个，叫江乾，是一家房地产公司的副总，能力和手段都很出彩。”

丁瑞安和他不是很熟悉，只是互有耳闻。

但他也曾听共同的好友提过，江乾这人，做人做事都有底线，为人正派，况且，他也不可能会去关心一个大学里的国家奖学金得主啊。

“稍等。”丁瑞安对杨岁道，同时拨通了办公桌上的内线，“陈助理，帮我查一下江乾的社会关系。”

没过多久，一份文件发送到了他的邮箱。

丁瑞安仔细看着，果然，在其中看到了周裴的名字。

“小杨老师，”丁瑞安沉下眼眸，盯着周裴两个字，道，“江乾是周裴的舅舅，或许……这件事和周裴有关。”

“周裴？”杨岁蹙眉低声念了这个名字，片刻后，脑子里突然闪过一道白光。

上个学期末，在川菜馆的时候，周裴曾经说过，要把她想要的东西都捧到她面前。

杨岁眼中染上怒气，她几乎可以肯定，这件事与周裴有关。

杨岁捋清楚这个关系后，脑中的思路清晰了不少。

如果她没猜错的话，整件事情大概是这样的：

周裴要求江乾，又或者是假借江乾的名义，联系了学校的某一位老师。

而这位老师应该有调查过她的成绩，所以知道即使不出手，也能顺水推舟做个人情，既不用出任何力气，又能得到对方的好处……

如果这些推论成立，那么通话的流出大概就是因为这位老师的疏忽。

可不管怎么样，这些目前都只是杨岁的猜测，根本没有证据可以证实，除非揪出这个老师，或者是……

杨岁低下头想了想，对着电话道："丁先生，我先挂了。"

"是打算联系周裴吗？"丁瑞安问道。

"嗯。"杨岁答道。

丁瑞安取下眼镜，揉了揉发胀的眼睛："如果真的遇到了解决不了的问题，是可以和我说的。"

电话那边的人沉默了很久，丁瑞安语气温柔地继续道："杨岁，我这句话的意思并不是说一定要帮你解决什么。我只是觉得，不管怎么样，至少会多一个人帮你一起想想办法。"

"丁先生，"杨岁声音淡淡，但依旧能听出有些哽咽，"我不会逞强的……如果我真的无法解决，我一定会告诉你的……丁先生，谢谢。"

一直以来，杨岁都告诉自己，无论发生什么事，只能靠自己，没有人有义务帮她什么。况且，杨岁最怕的是别人帮了自己后，她却没有什么可以还给对方……

因此，杨岁很抗拒向他人寻求帮助。

再苦再难，她都习惯一个人扛起。

这是第一次，也是唯一的一次，杨岁突然觉得，也许可以有一个人与她一起想想办法。

丁瑞安很优秀，远比她优秀得多，说不定能在她绝望的时候，给她带来一丝希望。

杨岁看着已经黑屏的电话，片刻之后才重新打开手机，翻找通讯录，拨打了周裴的电话。

可多次拨打之后，电话里都只有机械的女音，提示对方已关机。

杨岁深吸一口气，心情也没之前那么糟糕了。她洗了一把脸，整个人都清醒平静了很多。

她再次打开帖子，看下方的评论。

国家奖学金都能托关系造假，高中模拟考不是更好作弊吗？还有高考，虽然很严，但也未必真的无缝可钻。

都这么久了，学校还不处理杨岁吗？

对A大彻底失望，果然这个社会还是处处需要关系。

各位！我翻了一下杨岁以前高中的论坛，她居然还被人校园霸凌过！果然，杨岁的问题也太大了！

杨岁看到这条评论后，目光一顿，一向毫无波澜的脸上有了些怒意。

她没有想到，在A大的校园里，还能看到受害者有错论。

杨岁强忍下怒意，飞快地打下一段文字，回复了这段评论。

同学你好，我是杨岁。正如你所说的，我在高三下学期经历过一场不算特别严重的校园欺凌。在整个事件中，我从始至终都没有觉得自己做错过任何事。校园欺凌是一种反社会行为，是违反社会道德规范的。欺凌者会出于各种心理，语言谩骂和打击受欺凌者，后果严重的会造成受欺凌者各种心理问题，甚至轻生。或者，我换一个角度，猥亵者常常会找同一个借口，女性穿衣太少，裸露太多。那我请问这位同学，从你的认知角度出发，有罪者难道是受猥亵的女性吗？ 同样道理，校园欺凌中，有错者是受欺凌的学生吗？受害者有错论，同样也不应该从一个受过高等教育的学生口中说出。

杨岁发完这段文字后，侧过头，静静坐着，想了很多事情。直到接到丁纪喻叫她出去吃晚饭的电话，她才回过神。

听语气，丁纪喻似乎还不知道今天发生的事情。杨岁也并不打算告诉她，不想她因为这些事情而烦恼。

杨岁抬起头，努力扯出一个笑容，收拾了一下，出了寝室。

丁纪喻已经打好了杨岁喜欢的饭菜，坐在餐位上，兴高采烈地等着杨岁。

“我今天抢到了糖醋里脊！还冒着热气！你赶紧吃！”丁纪喻夹了一大筷子糖醋里脊放到杨岁的碗里。

说完，她猛扒几口饭，差点被噎着。

杨岁赶紧把旁边的水递给了她，担心地叮嘱道：“慢点吃。”

“我都饿死了！”丁纪喻喝了好几口水，气才顺畅了些，“我今天真的力压群熊，不过是狗熊的熊。”

“你又打架了？”杨岁笑了笑，问道。

“才不是打架！你没看吗？”丁纪喻抬头，委屈地看向杨岁，眼中写满了“求夸奖”，“那个帖子啊！我今天一个下午的时间全花在这里了！下面的评论你没看吗？我可是把每一个说你的人都狠狠骂了一顿！”

杨岁一愣：“你都知道了？”

“废话！你的事，我怎么可能不知道？”丁纪喻撇嘴道。

“你赶紧看看！我可是把那些说你的人怼到无话可说。”丁纪喻挑眉，语气中带着邀功的意味。

杨岁放下筷子，掏出手机。

此前，她只是匆匆翻阅了前面的评论，并没有翻到最后。脑中已经有了一个既定印象，即使翻到最后，评论也不会相差太多。

杨岁点开每一个楼中楼，这才发现一个叫“社会你丁哥”的账号，用着最能发泄却也最幼稚的语言，在每一个骂她的评论中都回复了。

杨岁原本淡漠的脸上，渐渐有了暖意。

直到今天，她都十分庆幸，陈老师给她介绍了那份家教工作，她才能遇见丁纪喻……和丁瑞安。

那些稚嫩却又最真挚的语言，处处维护着她。

杨岁吸了吸鼻子，继续一条一条翻阅评论，突然发现，除了丁纪喻的账号，还有其他三个账号一直在评论里为她说话。

杨岁逐个点开这三个账号的头像，里面的资料都是一片空白，很明显，都是刚注册的账号。

“小喻，这三个账号是你的小号吗？”杨岁抬头，疑惑地问丁纪喻。

丁纪喻接过杨岁的手机，看着三个陌生的账号，摇了摇头：“这三个普普通通的名字，才不是我的取名风格。”

“不是吗？”杨岁微微蹙眉，垂下头喃喃道。

可是，除了丁纪喻，还有谁会为她说话呢？

杨岁性格寡淡，在学校里也基本是独来独往的状态，即便是和同个专业的同学，也只有点头问好的交情。

杨岁想了很久，始终想不出这三个账号究竟是哪三个人的。

在她疑惑迟疑的时候，脑中不知为何突然想起了三个人。

可……会是她们吗？

杨岁心情复杂，甚至无法用精确的语言来形容她此刻的心情。

“别看了，先吃饭吧！”丁纪喻又往杨岁的盘子里夹了一大筷子肉片，“你再不吃，菜都冷了，菜冷了就不好吃了！这些菜都是我排了半天队才打到的。杨岁，你可不能对不起我的辛苦付出！”

“好。”杨岁抬起头，塞了几口饭后，又若有所思地拿起了手机。

丁纪喻看着她这副心不在焉的样子，有些无奈，也不再劝什么了。

杨岁盯着那三个账号出神，似乎在想什么。

她打开微信，翻开与严胜男、林音音和程宜云的聊天记录，通过对比打字和使用标点的习惯，以及语句的前后顺序，基本可以断定，这三个账号分别对应她们三人。

心口微微一颤，杨岁有些不知所措，连翻阅信息的手指都有些发颤。

她一直都知道，自己处理事情都过于冷静和没有人情味，甚至对于有些事，她可以在下一秒就想到最优解和最好的处理方式。可当她验证了脑中的猜想之后，她第一次不知道接下来该怎么做了。

丁纪喻吃了几口菜后，注意到杨岁的表情，担心地问道：“怎么了？”

“那三个账号，应该是我三个室友的。”杨岁说得很慢。

“你的室友？”丁纪喻没怎么去过杨岁的寝室，对杨岁的室友几乎没什么印象。过了一会儿，丁纪喻突然兴奋地大喊：“杨岁！你是不是又交到新朋友了？”

“朋……友？”杨岁反复念着这两个字，随后，低头想了很久。

在高三之前，她一直都是一个人，甚至已经习惯一个人生活。直到跟蒋思右做了同桌，直到遇见丁纪喻和丁瑞安，她才知道，有朋友和没朋友的生活完全是两个样子。

但她也并不是需要很多朋友。

很多时候，杨岁觉得生命中能遇到丁瑞安、丁纪喻、蒋思右以及陈老师，就已经足够了，至少她能感受到来自他们的善意，至少他们曾令她在无数次迷茫中，再次坚定自己的内心。

可除了他们几个，杨岁没有其他朋友了，而她们……她心里泛起一阵温暖。

又过了一会儿，杨岁分别给她们三人发了“谢谢”。

发送信息后，杨岁突然松了一口气，放下手机，重新拿起筷子。

“菜都冷了，我让阿姨用微波炉加热一下吧。”丁纪喻端起盘子，就要往后面走。

“没关系的。”杨岁笑了笑，道，“小喻，能填饱肚子就可以了。”

“不行！”丁纪喻的态度很坚决，她不再给杨岁拒绝的机会，端着盘子就往打菜窗口跑去。

开玩笑！丁瑞安可是叮嘱过她的，要好好看着杨岁吃一日三餐！

丁纪喻热完菜后，盯着杨岁把剩下的小半碗饭都吃了，才满意地收回眼神。

“你接下来打算怎么做？”丁纪喻问道。

杨岁垂下眼皮，摇了摇头。

她其实也还没想好接下来该怎么做，现在周裴也联系不上，这件事又在持续发酵，她手里所有能清晰证明没有作假的证据全都拿出来了。

所以，她目前要做的，依旧是联系周裴。

丁纪喻握紧了拳头，狠狠道：“要是让我知道是谁诬陷你，我一定揍死他！”

杨岁被丁纪喻这副样子逗笑了，眼睛弯成了一道月牙。

“反正，以后你有任何事情都要和我说。”丁纪喻眼里带着一些不高兴，今天这件事要不是她自己发现的，杨岁肯定打算永远瞒着她。

可是，她丁纪喻才不是那种只能分享快乐，不能共患难的人，她也可以帮助杨岁一起解决问题。

“杨岁，我知道我沉不住气，只会用暴力解决问题。”丁纪喻耷拉着脑袋，声音很轻，“但是，如果你需要我的话，我可以变强大的……我也想保护你，杨岁。”

丁纪喻语速很慢，每一个字似乎都是经过仔细的思考。

杨岁静静地看着丁纪喻，一股暖流涌入心中。

“小喻，”杨岁眼中有笑意，伸手环住了丁纪喻的胳膊，“谢谢你。”

“谢……谢什么谢？”丁纪喻有些不好意思，道，“我才不要你谢我，你以后不要凡事都强撑着就好。杨岁，你不是一个人了，你有丁瑞安和我了，我们永远会站在你这一边的。”

杨岁枕在丁纪喻肩膀上，笑着问道：“那如果我是错的呢？你们也会站在我这一边吗？”

“不存在这种可能性！”丁纪喻笃定地摇头，“杨岁，你永远都是对的！”

在杨岁心里，丁纪喻就像一个永远长不大的孩子。可不知道什么时候，丁纪喻已经长大到可以保护她了。

吃完饭，丁纪喻说什么都要把杨岁送到寝室楼下才肯回去。

杨岁又拨打了周裴的电话，还是关机状态。

她犹豫了一会儿，问林音音：“你能联系到周裴吗？”

“发生什么事了吗？”林音音愣了片刻，随后有些不高兴地摇了摇头，“他从昨天起就不接我电话了，也不回我信息，我也联系不到他。”

杨岁垂下眸子，想了片刻，摇了摇头：“没事。”

现在关于周裴的事也只是猜测，她还拿不出证据，自然也不能和别人说什么。

“谢谢。”杨岁轻声道。

林音音猛地抬头，看向杨岁，有些不敢相信。

她下午收到杨岁的消息，还以为是杨岁发错了，也就没有回。

但现在，杨岁就站在她面前，和她说谢谢。

“我也没做什么。”林音音有点没反应过来，“我知道你很在意成绩，也多多少少知道你有多拼命，所以就忍不住替你说了点话。”

林音音下午时点开了论坛，一开始并没有打算评论什么。杨岁身上这类事情发生过太多，她都习以为常了。同时，她也觉得，杨岁或许根本就不会在乎别人说什么，自己又何必自作多情?

但是，看到后面，她也觉得那些人说话太难听了。

与此同时，严胜男也给她打来了电话，希望能多点人在论坛上说点公道话。

“总之，还是谢谢你。”杨岁微微笑了笑，回到座位上，翻出一沓很厚的资料，这些都是杨岁修改和整理了很久的笔记，里面还有关于上次王成林教授分析的一些内容整理。

杨岁把这些放到了严胜男的桌上。

严胜男把厚重的刘海轻轻拨到两边，抬头看向杨岁。在杨岁眼神示意下，她打开了那沓资料，当看清楚资料里的内容后，眼睛一下子亮了起来。

但她赶紧把笔记退还给了杨岁。

严胜男很想要这些资料，但同为数学系学生的她，怎么可能不知道整理这些笔记要耗费多少时间和精力?

这些内容，是花钱都买不到的。

很多数学系的学生都习惯做笔记，笔记上的内容基本都是自己的理解和特别的解题思路。因此，就算是笔记内容自己已经熟知，也绝不会给别人。

每个人都有私心，都不会愿意看到有人超过自己。

严胜男其实也是。

所以，她不敢收下杨岁的笔记。

“我不是很懂怎么去感谢人。”杨岁看着严胜男，说道，“这些笔记对我的帮助很大，所以，或许也能对你有所帮助。”

严胜男又垂下了头，长长的刘海遮住了她大半张脸。她迟疑了片刻，收下了笔记。

这几天，周裴就如同人间蒸发了一样，杨岁一直都联系不上他。

杨岁有试着追踪发布帖子的账号地址，最后定位在离学校不远的一家小网吧里，可还是没有办法揪出发帖的人。

事情也并没有随着时间的流逝而消散，甚至朝着越来越不受控制的局面发展。

不知道杨岁的联系方式被谁泄露了，这几天，她一直接到各种电话，有骂她的，有威胁她的，其中不乏语言骚扰的……

微信好友添加里，也突然多了很多不知来路的好友申请。

杨岁常常会看着不断振动的手机出神。

钱老师也在刚刚给她下了最后的通牒，如果这个星期还是无法自证，那就只能填写国家奖学金自愿放弃的个人说明。

随着钱老师的电话挂断，杨岁脑中一直紧绷的那根弦也几乎断裂。

直到今天，杨岁才发现，语言和文字是最强的利刃，杀人于无形，可以轻松摧垮一个人的意志力。

杨岁原本以为，只要问心无愧，自己可以不在乎外界的声音。

可现在，她根本做不到。

不管再怎么告诉自己不要看、不要听，可那些十分难听的话依旧可以抓住缝隙，往杨岁耳朵里钻。

杨岁闭着眼休息了一会儿，看了一下午的书，终于做好了决定。

总之，不管如何，放弃奖学金的这份个人说明，她绝不会填写。一旦填写，那就是默认了帖子上说的都是真的。

杨岁开机，点开了论坛。

她突然发现，论坛置顶的帖子，已经不再是关于她奖学金作假的帖子，而是一名叫张华川的数学系学生实名发的另一个帖子。

杨岁不自觉地皱起眉头，盯着新帖子看了一会儿，才点了进去。

杨岁的奖学金没有作假，是我没有得到奖学金，所以对杨岁怀恨在心，伪造了录音。

张华川发布的内容很简单，从头到尾也没有几个字，自然招来了很多人的怀疑。

有人怀疑张华川是得了杨岁的好处，也有人怀疑张华川这个账号后面的操作人是杨岁。

杨岁垂眸，想了很久。

张华川这个人，杨岁有点印象。数学系是一个比较大的系，他们俩并不同班，但是有几节大课是合并到一起上的。

张华川并不是一个很显眼的人，成绩不算好也不算差，基本上所有的校内活动上，都很难看到他的影子。

这样的一个人，怎么可能对奖学金有兴趣？

杨岁觉得，张华川可能是被周裴拉出来的替罪羊。

叮——

正当杨岁思考的时候，手机响了起来，是周裴。

杨岁犹豫了片刻，按下了接通键。

电话那边的人沉默了很久，才声音涩哑地开口道："杨岁。"

"嗯。"

杨岁的声音跟以往一样冷淡，周裴无法从中捕捉到杨岁的态度。

周裴消失了几天，并不是害怕逃避，而是他被江乾关在了家里。

确实，他假借江乾的名义，施压给系里的一个小领导，这样就能确保杨岁的国家奖学金万无一失。

其实他也明白，杨岁根本不需要他的帮忙也能得到奖学金。可A大的数学系里有那么多竞争对手，万一出现什么变故呢？

所以，他一定要做些什么，这样杨岁知道之后说不定会感谢他……

他计划好了一切，但是没想到通话居然会被人录音，而且还发到了论坛上。更没有想到，自己做的事居然会给杨岁带来这么多的麻烦。

周裴知道自己算不上什么好人，但至少懂得一人做事一人担。所以，在看到论坛帖子的第一时刻，他就做好了承担一切的心理准备。

可是江乾就好像未卜先知一样，没收了他所有的通信设备，还将他锁在了家里。

“周裴，后面的事情我会处理的。”江乾锁上房门，对周裴道。

“舅舅！”周裴神色焦急，疯狂喊道，“你把手机给我，我自己做的事情，我自己能处理！”

“你要怎么处理？嗯？”江乾语气很冷，问道，“你是不是打算发个帖子，告知所有人，这一切都是你做的？”

周裴猛地抬头，愣愣地看着房门，微张嘴巴，却不知道该说些什么。

江乾猜对了，他的确打算这么做。

“周裴，你都大二了，不是小孩子了。”江乾听到门内没了动静，叹了口气，放缓了语气，“在做任何一件事之前，你都应该想到，事情一旦失败，后果你是否能承担。而且，你更要明白，如果这件事你出面揽下一切，后面会发生什么。”

周裴眼睛无神地盯着地面，没有出声。

“你是周裴，但同时你也是周家和江家的独苗。”江乾继续道，“你一旦出面，就算不用退学，也至少会背一个处分，同时也会让周家和江家颜面尽失。这些还都是小事，你有没有想过，公司的股价会怎样？姐姐和姐夫太过宠你，所以你才会有恃无恐，可你总要学会长大啊周裴！”

周裴缓缓地眨了一下眼睛，片刻后，问道：“那杨岁怎么办？”

“你放心，我知道该怎么做。等这件事风头过了，你再去上学吧。”江乾抛下最后一句话，离开了。

周裴听着江乾渐渐远去的脚步声，心脏一抽一抽地疼，最后，整个人瘫倒在地上，缩成了一团。

六天后，江乾才打开那扇门，把手机还给了他。

他赶紧熟练地拨下那烂熟于心的号码。可接通后，他却不知道该说些什么。他也无法想象这几天杨岁经历了什么。

“周裴，你有什么想说的吗？”杨岁道。

直到听见对面杨岁轻轻的叹气声，周裴才回过神，张开嘴，可嗓音紧绷发抖，很久之后，他才道："对不起。"

"所以，事情是你做的，对吗？张华川是被你推出的替罪羊？"杨岁听到周裴说"对不起"后，有一瞬间的停顿，似乎无法相信周裴会说出这三个字。

"是我做的。我想过发帖子说明这一切，可我的手机被我舅舅收走了，我也被他关在了家里。"周裴直到现在都还有些恍惚，"通话录音是张华川录的，我舅舅承诺在自己的公司里给他一份薪资不错的工作，他就同意了把一切揽在自己身上。"

周裴说完后，电话那边的人又陷入了沉默，久久没有声音。

周裴痛苦地捂着脑袋，一股焦灼不安渐渐涌入，蔓延到四肢。他死死捧着手机，紧紧地将手机贴在耳朵边，生怕错过杨岁的一个字。

可是，随着时间一分一秒地过去，周裴都没有听到杨岁的任何声音。

"杨岁，你还在吗？"周裴紧张地问道。

"周裴，"杨岁微微蹙眉，总觉得周裴现在的对话状态很不对劲，"我觉得，你应该去看看心理医生。"

"我去看！我现在就去看！"周裴听到杨岁的回话，声音中透露出兴奋之意，随后想到什么，眼中微弱的光又熄灭了，"杨岁，你能原谅我吗？"

杨岁疑惑地侧过头，周裴现在给她的感觉真的太奇怪了。

以前的周裴，虽然易怒暴躁，但至少直来直往，可今天的周裴，说的话和语气都很怪，但又说不出是哪里奇怪。

她沉下眸子，摇了摇头，语气异常坚决："不能。"

"杨岁——"

电话那边传来撕心裂肺的怒吼，杨岁却已经按下了挂断键。

周裴漆黑的眸子盯着已经黑屏的手机，许久之后，从喉咙深处发出一声沉闷的笑声。

他真是蠢，蠢到无可救药，又自以为是，所以才把杨岁推得越来越远。

他重新拨出一个电话："舅舅，我要看医生。"

"你怎么了？生病了？"江乾放下手中的文件，担忧地问道。

"我要看心理医生。"周裴低着头，呼吸很轻，"杨岁觉得我有心理疾病，所以我得去看心理医生，我得把我的病治好。"

江乾这才注意到，周裴这段时间确实有些奇怪。

"我下午来接你，陪你一起去看医生。"江乾道，同时立刻联系了熟悉的心理医生。

周裴躺在床上，睁着眼，一动不动地望着天花板，脑中不知为何突然冒出了很多高中时的画面。

那个时候，明明他才是天之骄子，明明所有人都无条件地追随他，明明只要是他想做的事情，就没有完不成的……可为什么到了现在，他想要的东西却一个都得不到？

真的是因为自己生病了吗？

那把病治好了，一切会回到以前吗？

周裴疲倦地闭上眼，等待江乾来接他去看医生。

第十六章

小白杨树，新年快乐

自从张华川发布了新的帖子之后，即使还有人发出很多疑问，但事情也算是得到了解决。

至少，学校有了一个交代，周裴可以不用承担过错，杨岁也算是不用再背这个罪名。

杨岁也曾经问过自己，真的要看着这场闹剧就这么不明不白地结束吗？

但她心里又很清楚，张华川没有辨别事情的对错，就凭着主观意识发布录音，本身也是极为不对的。况且，张华川拿了周裴舅舅的好处，自愿成为替罪羊，是作为一个成年人自己做出的选择，杨岁无法评判。

而且，就算是杨岁把这件事告诉学校，学校会信吗？周裴背后的江总，是不是又会换种方式来抹杀这件事情的真相？

种种分析之后，杨岁心里了然，事情的真相只能烂在肚子里了。

这件事情过去之后，她也算是过了一段平静的日子。

可是，很遗憾的是，事情闹得太大，学校里依旧有大批人对杨岁怀有质疑，因此，杨岁的国家奖学金名额最后还是被收回了。

按照顺位原则，新的奖学金得主是严胜男。

说实话，杨岁现在对这个名额已经看得没那么重要了，此前拼命证明自己得到的一切都是靠实力，是因为不想被人误解，同时也是想要捍卫自己凭本事得来的东西。

但既然学校如此处置，那这个名额要与不要，杨岁都无所谓了。

“杨岁，这个名额……本来就是你的，我不会要的。”严胜男经过很长时间的心理斗争，还是决定放弃这个名额。

虽然她很需要这笔钱，但这个名额本来就不是她的，所以，她不该要。

杨岁转身问道：“为什么不要？”

“名额原本就应该是你的，所以我不能要。”严胜男垂下脑袋，打算回绝辅导员刚刚发的消息。她正要按下发送键时，一只纤瘦白皙的手挡在手机屏幕上。

严胜男疑惑地抬头，看向杨岁。

“如果你拒绝了，这个名额就会继续顺位下去，变成第三名的了。”杨岁移开手，静静地看向严胜男，“比起第三名，你更有资格。况且，名额之前只是在公示期，并没有定下是谁的，所以，严胜男，这也是你凭自己的实力得到的，为什么不要呢？”

杨岁知道严胜男为什么拒绝。但如果换成是杨岁，杨岁不会拒绝。

严胜男愣了一会儿，对杨岁轻声说了谢谢。

“十一”假期结束后，奖学金名额确定是严胜男的了。严胜男看着手机入账短信，还没来得及高兴，就在校门口被人用力一拉。她一趔趄，差点没有站稳。

严父和严斯伟在校门口等了半天，本来想要进去，哪知道上次严父就被保安注意到了，保安死活都不让他们进校园。

等了一个上午后，他们终于在校门口抓到了要去吃午饭的严胜男。

“姐，你怎么电话都不接？我们都等你好一会儿了！你们学校的保安不让我们进去！”严斯伟抓住严胜男的手臂，一顿抱怨。

严胜男稳住身体后，看向噩梦般的两个人，连呼吸都变得急促。她压低声音问道：“你们怎么来了？你不用上学吗？”

“我们怎么来了？”严父叼着烟，发出一声嗤笑，提高音量道，“你不回家，又不汇钱，你倒是说说，我们为什么来？”

严斯伟见状，也赶紧插嘴道：“姐，你老老实实把奖学金给爸不就好了？还非要我们跑一趟，这不是浪费我们来回的路费嘛！”

“我把奖学金给你们，我今年的学费和生活费怎么办？”严胜男压住心中的怒火，在看到周围人的目光后，她的音量又急转直下，“你们能不能稍微为我想一想？爸，我也是你的孩子，你能不能把对小伟的爱稍微分我一点？”

“别，你别跟我扯这些有的没的。”严父话音一顿，眼神看向一边，躲避严胜男的目光，“把八千块钱给我，我就带着小伟走。不然，我就和小伟守在你学校门口，让大家看看你这个不孝女！读书读得再多有什么用？连最基本的孝敬长辈都不会！”

“姐，咱别跟爸吵了，把钱给爸不就什么事都没了？况且爸供你上学也不容易，你也应该体谅一下爸。”严斯伟扯住严胜男的袖子，装作苦口婆心地劝道。

严胜男盯着严斯伟，半晌后，甩开了他的手。

严父听见儿子的话，宠爱地摸了摸严斯伟的头。

这种“父慈子孝”的场面，刺痛了严胜男的眼睛。

“供我上学？他什么时候供过我上学？”严胜男质问严斯伟，“义务教育后，就一直逼我休学打工，让我嫁人拿彩礼……这类事情我还可以举出一大堆。”

严斯伟哑口无言。严胜男说的这些都是事实，他也亲眼见过。

他有时候也会觉得严父的做法有些过分，但这么多年，他早就习惯了。

要怪……就怪严胜男是个女孩吧……

严斯伟躲到严父身后，就跟小时候一样。每次跟严胜男有矛盾时，只要躲到严父身后，严父都会无条件地站在他这一边，不管谁对谁错。

严父看了一眼受委屈的严斯伟，怒从心头起，抓起严胜男的手臂就往外面拖，边拖边骂："真是读书读多了，心都变野了，敢跟老子叫板！别读书了，回家随便找个人嫁了算了！"

严胜男拼命挣脱严父的手，但严父是个长年干活儿的中年人，严胜男怎么都挣脱不了。

这边的动静越来越大，许多路过的学生都看了过来，有些还拿出手机拍照录视频。

严胜男看到有人举起手机后，眼神越来越慌乱。她赶紧低下头，寄希望于过长的刘海能挡住脸，也挡住别人的目光。

"你们在干什么？"一旁参加社团招聘的刘潇刚刚就注意到了这边的动静。本来她以为只是简单的家事，现在发现居然动起手了。

刘潇看不下去了，拉开三人，同时拉住严胜男的手，示意其躲在她身后。

"这个破学校，哪来这么多爱管闲事的人？"严父也是奇了怪了，上次来的时候，也是一堆人上来，逼得他最后只好离开！这次又来一个莫名其妙的人，他真是倒了大霉！

"他们是你什么人？"刘潇转头问严胜男。

"我是她什么人？我是她爹！"严父怒吼。

刘潇眉头一皱："你怎么骂人啊？"

"骂人？"严父一下子没反应过来，等反应过来后，翻了个白眼，"我是说，我是她爸爸，她是我亲生女儿。小姑娘，我们家的家事，你没资格管吧？"

"对啊，关你什么事啊。"严斯伟也顺着严父的话说道。

刘潇皱眉看向身后一直低着头的严胜男，小声道："学姐，你别怕，有我在，他们不敢做什么的。”

“你们要是再在校门口闹，我就报警了。”刘潇拿出手机，做好了报警的准备。

严父再蛮横无理也是怕警察的，但又不肯认输，于是梗着脖子嘴硬道：“这是我们的家事！警察难道还能管别人的家事？”

“爸！”严斯伟附在严父耳边悄悄说道，“咱们不能去警察局，你不是想让我大学考军校？万一去了警察局，留下案底啥的，我以后还怎么考军校？”

严父略一思考，衡量了八千块钱和小伟的前途之间的重要性，最终还是觉得没必要因为这点事坏了儿子的前途。

“我算是白养了你这个白眼狼！以后也别叫我爸了！我没你这种不孝女！”严父恶狠狠地抛下一句话，拉着严斯伟走了。

严斯伟跟上严父的步伐，小声问道：“爸，你真要和姐断绝关系？这不是便宜了姐吗？姐这个大学读出来，将来肯定是要当白领的，工资肯定很高！”

“哼！”严父扯着嘴角讥笑道，“不管怎样，我和严胜男都是有血缘关系的父女！到时候我还能放过她？我还得让她给你买房子，将来备着给你娶媳妇用呢。”

“果然还是爸聪明！”严斯伟嘿嘿一笑，“我想要小洋房！”

“行！你想要啥，爸都让你姐给你买！”严父宠爱地笑笑。

严胜男从刘潇背后走出来，看着渐渐走远的严父和严胜男，心早已麻木。

“学姐，你没事吧？”刘潇挠了挠头，关心地问道。

“我没事，谢谢。”严胜男依旧低着头，“你吃午饭了吗？”

“啊？”刘潇愣了一下，随即道，“还没吃呢，刚刚在看社团，正打算去吃。”

“我请你吧，吃食堂可以吗？”严胜男问道。

刘潇点点头：“可以的、可以的，我最爱吃食堂的大鸡腿了！

谢谢学姐！”

二人来到食堂，打好饭菜，正好遇到杨岁和丁纪喻，于是坐到了同一桌。

刘潇心不在焉地一边吃饭，一边偷偷抬眸看杨岁。

杨岁注意到了，觉得刘潇有些熟悉，问道：“我们是不是在哪里见过？”

“哎呀！”丁纪喻突然大喊一声，情绪激动地对杨岁道，“杨岁！你这搭讪理由也太老套了吧！我还在这里呢！你就去搭讪别人！”

杨岁无奈地笑了笑，伸手拉住了激动的丁纪喻。

“学姐，我是刘潇。”刘潇放下筷子，有些紧张，生怕杨岁还是想不起来自己，赶忙又提示道，“就是新年的时候，我爸载了你一程，然后你给我邮寄了很多复习资料。”

“我想起来了。”杨岁笑了笑，“你读了什么专业？”

“土木工程——”

“哎呀！快吃饭！吃饭的时候不能说话的！”

刘潇正打算继续说下去，就被丁纪喻强行打断了。

刘潇挑了挑眉，只好继续吃饭。

严胜男一直在静静地吃饭，偶尔抬头看几眼吵吵闹闹的三人，本来乱糟糟的心，不知为何突然就平静下来了。

她也希望自己能参与这场交流，可她根本不懂得如何表达。

不过，这样也好。

严胜男低下头，继续吃饭。

“学姐，”刘潇似乎发现了她的不对劲，“学姐也是数学系的吗？”

严胜男点了点头。

“能考进 A 大数学系的，都是学霸中的学霸！”刘潇从小就对学霸有一种天然的崇拜，于是赶忙掏出手机，“方便加一下微信吗？土木工程也有很多和数学系相关的课程，我如果有不懂的地方，可以请教学姐吗？”

“可以的，但我的成绩没有杨岁的好，你其实直接问杨岁会更好。”严胜男拿出手机，添加了对方的微信。

刘潇心满意足地发送了好友申请后，听到严胜男的话，又转头眼巴巴地看向杨岁。

“看什么看？”丁纪喻心中警铃大响，“我们岁岁的微信，可不是谁都能添加的！是不是？杨岁！”

丁纪喻说完，还特意得意地转头，想得到杨岁的认同。

“我扫你吧。”杨岁无视丁纪喻热切的目光，对刘潇道。

丁纪喻转过头去，气得猛塞一口饭。

杨岁看着丁纪喻这副气呼呼的样子，觉得有些好笑，无奈道:“午饭后，我请你吃一个冰激凌。”

“行吧，那我就勉强原谅你了。”丁纪喻把头转了回来。

自这次之后，杨岁发现，刘潇和严胜男越走越近，时常会看到她们两个待在一起。而严胜男脸上的笑容也越来越多了，整个人也肉眼可见地变得开朗。

甚至有一天，严胜男把长刘海用夹子夹了上去，露出了光洁的额头。

或许，严胜男也遇到了能给她带来快乐的人吧。

日子有条不紊地过着，转眼间，又到了新的一年。

丁纪喻趁着寒假出了一趟国，跟以往的高中同学聚了聚。

今年的新年，只剩下了杨岁和丁瑞安。

杨岁本来想着，既然丁纪喻不在，那就在家随便吃点好了，可丁瑞安直接拎着一堆菜，敲响了杨岁家的门。

杨岁穿着睡衣，开门看到丁瑞安的刹那，突然觉得有些不真实。

丁瑞安今天穿着简单的黑色羽绒服，进门时浑身还带着一丝屋外的寒气。

他打开冰箱门，看着只有几袋速冻水饺，皱了皱眉，转头问杨岁:“你今天晚上是不是打算吃速冻水饺？”

“嗯。”杨岁老实地点了点头。

“你胃不好，少吃速冻食品。”丁瑞安叹了口气后，放缓了语气，“我买了一些菜，小炒牛肉、清炒芦笋、白灼虾和排骨炖萝卜，这些都能吃吗？”

其实，丁瑞安研究过杨岁的口味，这些菜应该都是她喜欢的。

“我都能吃的。”杨岁倒了一杯热水，递给丁瑞安。

“我还买了一些水果。”丁瑞安接过热水，抿了一口，觉得身体渐渐暖和起来了，转头看到摆了一堆笔记的书桌，笑着对杨岁道，“你先吃点水果，一个半小时后就能吃年夜饭了。”

丁瑞安将袋子里的草莓、车厘子洗干净，放在盘子里。

小小的厨房里，丁瑞安在忙活儿，窗外传来热闹的嬉闹声。杨岁看着泛着水光的水果，突然觉得心里被什么东西装得满满的。

“我帮你洗菜吧。”杨岁蓦地弯起了嘴角。

连她自己都不知道，是从什么时候起，只要看到丁瑞安就会特别安心。

但杨岁又很清楚，丁瑞安和丁纪喻两个人在她心里的感觉是不一样的。

丁纪喻就是永远发光发热的小太阳，随时随地都能给她带来快乐。可丁瑞安对她而言，到底意味着什么呢？

杨岁不太明白。

她唯一知道的是，丁瑞安对她而言很重要，非常重要。

丁瑞安闻言，转身看向面带疑惑正在思考着什么的杨岁，笑着点了点头。他一只手放在水龙头下感受着水温，等水热了之后，才把水槽的位置让给杨岁。

杨岁打开袋子，想处理一下虾，却被丁瑞安制止了。

“你洗一下芦笋、萝卜和香菜。”丁瑞安将装虾的袋子从杨岁手中拿走，说道，“虾不好处理，容易划伤手，我来就好。”

杨岁愣愣地看着丁瑞安，缓过神后，微微弯了弯嘴角。

她总是很难接受别人的好意，因为不想欠别人的。

但和丁瑞安接触久了之后，这种想法越来越淡。

杨岁洗好菜后站在一边，看丁瑞安炒菜。

丁瑞安用修长干净的手拿起菜刀，专注认真地切着牛肉，片片都很均匀。垂下的发丝有些挡住了他的眼睛，丁瑞安下意识地抬手想要往后顺头发，忽然看向沾着些许肉汁的手，抬起的手又放下了。

杨岁注意到这个情况，于是走近了一些，道："我帮你吧，我的手是干净的。"

"好啊。"丁瑞安弯起眉眼，笑了笑，"谢谢小杨老师。"

杨岁踮起脚，举起右手，将丁瑞安落下的碎发拂上去。她正打算收回手时，却发现还有几丝头发落在丁瑞安额间。杨岁凑近了些，细心地将那几根头发也全数拂了上去。

纵使杨岁已经很小心地避免碰到丁瑞安，但丁瑞安依旧能感觉到杨岁微凉的手指从他额间擦过。

丁瑞安眼中的笑意快要溢出来。

她每一次小小的靠近，都让他心情愉悦。

"好了。"杨岁说完，却发现丁瑞安只要一垂头，碎发还是会掉下来。

丁瑞安无奈地耸耸肩。

"你等我一下！"杨岁想了片刻，立即转身离开厨房，进了卧室。

没过一会儿，她就从卧室里出来，手里捏着什么。

丁瑞安疑惑地看向杨岁紧握的手。

杨岁似乎有些不好意思，缓缓摊开了手，白皙的掌中，躺着一枚胡萝卜发夹。

"这个别到你头发上，碎发就不会掉下来了。"杨岁笑着说道，"我本来想找个简单一点的发夹，但家里只有胡萝卜发夹了。"

说完，她微微歪着头，眼中闪着光，似乎在期待什么。

丁瑞安弯起嘴角，垂头看着那枚小小的胡萝卜发夹，又抬眸看向杨岁，笑着点点头："那就麻烦小杨老师了。"

他微微弯下腰，好方便杨岁别上发夹。

丁瑞安一直认为自己足够冷静和成熟，可当杨岁抬手靠近他时，他那颗心还是无法克制地剧烈跳动。

“丁先生，你别上这个发夹后还挺可爱的。”杨岁别好发夹后，站远了一点，看向丁瑞安。

丁瑞安将近一米九的个子，配上胡萝卜发夹，竟然没有丝毫的不协调感。

“幸亏小喻不在，否则她能笑话我好长一段时间。”丁瑞安无奈地笑了笑，继续做菜。

过了一会儿后，他夹起一块芦笋，放到杨岁嘴边，道：“尝尝看，咸淡合适吗？”

杨岁垂眸看向那块冒着热气的芦笋，愣了愣，似乎在犹豫吃还是不吃，谁知道举着筷子的那只手又凑近了些。她微微抬头，对上了丁瑞安笑意盈盈的眼睛，片刻失神之后，还是张嘴吃下了。

“咸淡合适吗？”丁瑞安温柔地再次问道。

“嗯。”杨岁快速咀嚼了几下，回道，“合适。”

饶是杨岁反应再迟钝，也能感觉到自己对丁瑞安的反应实在太过奇怪。

最开始是一年多前，偶遇妈妈计颖那次。直到今天，杨岁都清晰地记得那天的感受，有对妈妈组成新家庭的痛苦和无奈，还有对以后生活的迷惘……可这些，在看到丁瑞安的那一刻，统统消失不见了。

从来没有一个人，可以那么及时地在她最害怕的时候出现。

也从来没有一个人坚定地告诉过她，她已经优秀到不需要命运的任何眷顾。

杨岁无意识地皱眉，沉浸在自己的思绪中。

丁瑞安注意到身边的人突然沉默了。他关火洗干净手后，转身担忧地问道：“怎么了？不舒服吗？”

“不是。”杨岁依旧垂着脑袋，很久之后，她忽然抬起头，直言道，“我觉得我自己有点奇怪。”

“我不喜欢依靠别人的，可是看见你，会觉得特别安心。

“有时候，我会觉得你和丁纪喻一样，可……有时候，又不太一样。

“心会跳得很快，不符合正常情况下的心跳频率……

“丁瑞安，我觉得我很奇怪。”

杨岁断断续续地说着，眉头也皱得越来越紧，似乎一直在自己的思绪中走不出来。以至她对丁瑞安的称呼都变了，不再是丁先生。

丁瑞安听完杨岁的话后，脑袋有一瞬间的空白。

杨岁的话很轻，更像是一个人的自言自语，丁瑞安差点以为是自己出现幻听了。

他愣了好久，在看到杨岁疑惑的目光时，才回了神。

“我比你更奇怪。”他揉了揉杨岁柔顺的头发，心里涌上奇异的感觉，有一些酸涩，还有莫名的满足，他开口重复道，“岁岁，我比你更奇怪。”

丁瑞安轻轻叹了口气，眼神温柔。

他原本以为，他会等很久，或者，也有可能永远等不到回应。

但幸好，他的小白杨树还不算太迟钝。

“丁瑞安，”杨岁安静了很久，忽然抬眸，眼神认真地道，“我现在每分钟心跳比平时差不多快了十下，我刚刚数了好几次……这很不正常。可能是大脑多巴胺分泌太多了……”

原来刚刚杨岁不说话的时候是在悄悄数心跳。丁瑞安眸色一动，忍不住弯眼笑了。

看着杨岁慌乱的表情，丁瑞安话语中隐隐藏着笑意道：“多巴胺分泌过多的原因，一般是运动过后或者是心动。”

“所以……”杨岁的眉头渐渐舒展开，声音中还透着疑惑，“所以，我喜欢你，对吗？”

“对。”

“可你喜欢我吗？”杨岁侧过脑袋，眼神对上丁瑞安坚定的目光，片刻之后，笑了，“你应该是喜欢我的，对吗？”

“对！”丁瑞安的手指有些舍不得离开杨岁的头发，这个时候的杨岁看起来有些蒙，但很可爱，他道，“岁岁，我很喜欢你，也很想和你在一起。”

一开始遇到杨岁，他并没有过多地关注她，只是觉得这个女孩有些特别，就如她的名字一样，坚韧挺拔，有超出这个年纪的成熟和冷静。

可这个世界上，经历过磨难与困境的人太多，成熟冷静的人也很多。

丁瑞安见过很多人，他们起初都是不惧困难，迎难而上。有的能成功站在顶峰，而有的人在一次又一次的失败后，选择妥协。站在顶峰的人是少数，绝大多数人撑不到成功的那一刻。

但，杨岁跟他们都不太一样。

即使苦难看不到尽头，即使前方还是一片迷茫，他都觉得，杨岁始终会在这条路上坚定地走下去，从不怨天尤人。

她真的是一棵生长在险恶条件下，却依旧能迎风成长的小白杨。

从前，他对杨岁的态度是欣赏和佩服，但不知从什么时候起，他开始心疼她。他想提前一步替杨岁解决掉可能出现的麻烦，想尽可能地为她开拓出一条宽敞无阻的大道……

可他又无比清楚地知道，杨岁不喜欢这样，不喜欢依附他人生存……

所以，这些，他都忍下了。

“我有点饿了。”杨岁微张嘴唇，本来还想说些什么，却什么都没说，只重复道，“丁先生，我们吃饭吧。”

“好。”丁瑞安将菜装盘，端到了客厅。

杨岁眼中的情绪很复杂，吃饭时她一直很沉默，似乎在想什么事情，却一直想不出答案。

“不需要给自己压力。”丁瑞安盛了一碗汤，推到杨岁面前，“考虑不好的事情，留到新的一年吧。这是年夜饭，先好好吃饭，你太瘦了。”

“我只是……不确定。”杨岁慢慢抿了一口汤，犹豫了片刻，抬头看向丁瑞安，像是下定了决心，“我不确定，我现在的感觉是不是一时冲动，我也不确定我们在一起是不是最好的解，所以，我有点害怕。丁先生，你和小喻是我最好的朋友，能遇见你们，是我最大的最幸运……所以，我想和你们一直在一起……我不知道哪种感情更长久，我不确定。”

杨岁语气有些慌乱，丝毫没有平时淡漠冷静的样子。

刚刚她不是在逃避，而是一直在想，她和丁瑞安之间到底以何种感情相处能够更加长久。就好像一道从来没有遇到过的题目，在没有想到最优解的情况下，她不敢轻易下手。

她一直尝试想出最优解，可饭桌上的氛围太过沉闷压抑。丁瑞安虽然话语温柔，但杨岁还是能从中听出淡淡的失落。

她不想让丁瑞安失落，所以，她焦急地解释。

“这不是一道题目。就算是一道题目，不去尝试，就永远得不到最优解。”丁瑞安垂下眉眼，静静地看着杨岁不安颤抖的眼睫，心也随着微微颤动。他知道杨岁在顾虑什么。

他轻轻叹了口气，道：“岁岁，跟随你的心吧。”

丁瑞安话语刚落，杨岁的心跳声越来越响，可当触及丁瑞安温柔的眼神时，她的心忽然又平静下来。真是奇怪！

“我想和你在一起。”杨岁的声音开始变得清亮，她继续重复，似乎怕丁瑞安没有听见她刚刚的话，音量又提高了一些，“即使不是最优解，我也想和你在一起。”

“我很开心，新的一年真的会有好运气。”丁瑞安弯起嘴角，整个人轻松愉悦起来。随后，他用公筷夹了一只又一只大虾，放入杨岁碗中。

杨岁看着碗中堆成山的虾，皱起了眉头，而丁瑞安却还打算往她碗里夹些什么，她赶紧伸手挡住碗口。

丁瑞安看着被手挡住的碗口，笑着放下了筷子，左手撑着下巴，看着杨岁，竟有些孩子气。

“太多了，我吃不下的。”杨岁拿起筷子，慢慢吃着虾。其实，在丁瑞安做菜的时候她就吃了很多水果，所以现在面前的虾吃了大半后，就实在吃不下了。

丁瑞安注意到杨岁进食的速度越来越慢，于是把之前盛好的小半碗汤又推过去了一点，笑着道：“虾吃不下就放着吧，再喝点汤。”

杨岁慢慢喝下了小半碗汤，抬头看了看丁瑞安空空的汤碗，伸手给他也装了满满一碗汤：“你也喝。”

“好。”丁瑞安接过杨岁递过来的汤，喝了一半，又问道，“明天有什么想吃的菜吗？”

“明天你也要过来吗？”杨岁疑惑问道。

“嗯，白天公司太忙，晚上过来给你做顿晚饭。”丁瑞安继续喝着汤，“你饮食不太规律，肠胃也不太好，明天晚上炖一点养胃的粥？”

“不用这么麻烦的，我自己随便吃一点就好，我以前都是这样的。”杨岁听到丁瑞安的安排后，下意识地拒绝。丁瑞安公司事情那么多，又要赶到晚饭的点过来专门为她做一顿饭，真的太麻烦了，而且没有必要。

“岁岁，你又在拒绝我了。”丁瑞安故作委屈，有些撒娇的意味。

“没有没有，你明天过来吧。”杨岁一愣，显然没有想到丁瑞安也会撒娇。这个时候，他和丁纪喻倒是有些像。

过了一会儿，杨岁吞吞吐吐地问道：“今天，算是第一天吗？”

“算。”丁瑞安回道。

虽然杨岁没有明确说什么，但丁瑞安明白她的话。

今天是他们的第一天，在一起的第一天。

是他想了很久，好不容易实现的一天。

丁瑞安走向沙发，从包里掏出一个盒子。

杨岁记得那个盒子，是高三时收到的保送礼物，里面是一块很贵重的手表。因为太过贵重，她不敢收下，又寄回给了丁瑞安。

丁瑞安从盒子里取出那块手表，眼神认真地看向杨岁，随后将手表戴在了杨岁白皙的手腕上，并细心地调整了表带。

“新年礼物，也是第一天的礼物。”丁瑞安伸手把自己毛衣的袖子往上拉了一点，露出一块同款的手表。

杨岁低头看了一会儿，本还想拒绝，但看到丁瑞安满含期待的眼神后，还是轻轻说道：“谢谢。”

“我也有新年礼物给你。”杨岁突然想到了什么，眼睛亮了几分，她小跑进卧室，出来后手紧紧握着，似乎有些紧张。她对丁瑞安道：“把手伸出来。”

丁瑞安伸出手，下一秒，中指似乎被套上了什么东西，冰冰凉凉的。他垂眸看去，手指上多了一枚冒着银光的戒指，是之前在H市商场橱窗里看到的那枚戒指。

“是小白杨树戒指。”杨岁解释道，“我本来不打算买的，但那天晚上想了很久，还是去买下了。戒指的尺寸只有一个，对我来说有些大了，但是戴在你手上正好。”

丁瑞安听完杨岁的话，又低头去看那枚戒指，眼底笑意更多了。

叮——

叮——

丁瑞安和杨岁的手机几乎同时发出了声音，点开看，发现是丁纪喻发的新年祝福。

新年快乐。

杨岁笑着打下这几个字，按下了发送键。她正要抬头时，耳边突然传来丁瑞安温柔的声音——

“新年快乐。

“小白杨树。”

第十七章

他一直都在

第二天杨岁起床时，整个人都有些晕晕乎乎的，她甚至有些怀疑昨天发生的事是不是自己的幻觉，总感觉是那么不真实。

直到手机收到了丁瑞安发来的消息：岁岁，早安。

杨岁侧过脑袋，愣愣地看着这则信息半晌，同时，余光瞥到手腕上的手表，这才回过了神，回了消息：早安，丁瑞安。

今天是新年第一天，杨岁倒是没有给自己安排什么事，吃完早饭后，坐在书桌前看了一会儿书。

没过一会儿，手机又响起，来电显示是林音音的名字，杨岁解锁屏幕的手指一顿。

虽然她与林音音之间的关系有所缓和，但极少有其他交流，所以，她不明白为什么林音音会在新年第一天给她打电话。

犹豫片刻后，杨岁还是接起了电话。

“新年快乐，杨岁。”林音音的声音透露着一些激动。

“新年快乐。”

杨岁的语气很淡，依旧听不出任何情绪。

林音音到嘴边的话突然说不出来了，似乎是害怕被拒绝。过了好一会儿后，她才小心地开口："你等会儿有空吗？"

"有什么事吗？"杨岁没有直接回答有没有空，而是想等林音音回答具体什么事后，再决定有没有空。

没必要或者不要紧的事，自然是没空；有必要又要紧的事，就算没有空，她也会挤出时间来。

"我们约了几个高中同学，打算一起吃个午饭。大家这么久没见了，肯定有很多话要说，你也一起过来吧，人多热闹些。"林音音说，语气中带着期待。

"新年第一天的中午，同学聚会？"杨岁微微蹙眉，觉得有些奇怪。

电话那头的人似乎沉默了一会儿，才开口回答道："有几个人过完年就要去其他城市了，只有今天能聚得比较齐。"

"抱歉。"杨岁想了一会儿，还是开口拒绝道，"我今天有其他事需要处理，而且，我并不认为我和高中的同学有什么可以聊的话题。"

"其实，大家现在都成熟了，也都对以前做的事情感到很抱歉，所以今天是有人想跟你道歉。"林音音态度很诚恳。

"都已经是过去的事了，道歉也没什么用了。"杨岁继续翻动书本。

对面久久没有说话，似乎是因她的话而有些失落。

杨岁翻动书本的手指一顿，抿了抿嘴，想到了前不久林音音曾经在帖子上替她说了一些话。她想了想，尽可能地放缓了语气，道："如果是真的想要道歉的话，打个电话或者发个消息都可以，不需要特地组织一场同学聚会。"

"哦……好。"林音音道。

"那如果没有其他的事，我就先挂电话了？"杨岁问道。

"没什么事了。"

林音音说完这话后，电话那头多了其他细微的声音，但杨岁已经挂了电话，也没有细想。

杨岁正要继续看书，快递的短信发了过来，应该是之前托人买的书到了。

杨岁穿上羽绒服，出门时，眼睛又正好瞥到挂在衣架上的那条淡黄色的围巾。本来想着就一点路，没有必要戴围巾，但她最后还是取下了围巾，一圈一圈严严实实地围绕在脖子上。

小区统一的快递点在小区外面的小巷里。

今天天气很冷，即使戴着厚厚的围巾，冷风还是能找到缝隙钻到衣服里。杨岁吸了吸鼻子，走得很快，想要早点回到温暖的房间。

在离快递点还有几十米时，杨岁听到了马路对面激动的喊声。

“杨岁！”

杨岁停下脚步，顺着声音的方向望了过去。

林音音穿着红色的大衣，头上戴着粉色的毛线帽子，帽子上连着的毛茸茸的圆球挂在耳边。她正兴冲冲地向杨岁招手。

杨岁侧过身子，看向林音音身后。

一个熟悉的身影从林音音身后缓缓探出。她直直地看向杨岁，眼中带着一抹讥讽。她笑了笑，也跟着林音音，向杨岁的方向招了招手。

“吴雯？”杨岁瞳孔微微一缩，话语中不难听出警惕意味。

吴雯翘起嘴角，眼里却看不到丝毫笑意，就像是一个无底深渊，能将人拖进其中。

林音音也似乎察觉到吴雯有些不对劲，转头疑惑地看向吴雯。

明明是吴雯联系她，说想跟杨岁好好道歉，希望她能把杨岁约出来，但又不肯让她提及吴雯这个名字，说什么怕杨岁听到这个名字就不肯出来了。

虽然高中的最后一段时间林音音不在学校，但是她也知道吴雯做了什么事情，给杨岁带来了怎样的伤害，所以，当吴雯说出想要道歉这个想法时，她自然是举双手赞成。

要是杨岁能跟吴雯摒弃前嫌，成为好朋友，那就更好了。

所以，林音音很乐意答应下来。

可是，现在站在她旁边的吴雯，没有任何道歉的姿态，林音音再迟钝也意识到有些不对劲。

她正要回头时，余光瞥到马路对面，一个人手上紧紧捏着一块红褐色的板砖，快步朝杨岁走去。

“杨岁！小心！”林音音意识到危险后，朝杨岁大喊道。

可是，太晚了。

杨岁只看到林音音焦急又慌张的神色，忽然眼皮跳了一下，脑后就猛地传来一阵刺痛，眼前只剩一片漆黑。

林音音急红了眼，眼睁睁看着杨岁被重击后脑勺，又眼睁睁看着杨岁倒在路边。她想跑去对面，手臂却被拉住。

“没看出来啊，林大小姐学会关心人了。”吴雯眼中迸发出恨意，死死盯着林音音，“看来，我在受苦的时候，你们两个成为好朋友了。既然这样，林大小姐也跟着杨岁一起来吧。”

“一起来？”林音音睁大双眼，显然还没有明白眼下的情况。

直到一辆面包车停到她们面前，杨岁被人拖到车上，她也被吴雯扯了上去。

她这才意识到，这是绑架！

“吴雯！你疯了？！”林音音掏出手机想要报警，可吴雯先她一步夺下了她的手机，随后降下车窗，将手机扔到路边的草丛中。

吴雯看了一眼刚刚用板砖重击杨岁的高个子男人。高个子男人会意，也将杨岁的手机掏出，扔了出去。

“我没疯。”吴雯做完一切后才将目光转向林音音，整个人显得无比冷静，“林音音，我没疯，我无比清楚地知道自己在做什么。”

林音音害怕地咬住下嘴唇。她实在想不明白吴雯怎么会变成这样。

吴雯虽然以前也会干一些坏事，但都是些小打小闹，怎么现在像是变了一个人？

“呵呵——”吴雯笑了笑，似乎很享受林音音的害怕，“我本来也可以不是这个样子的，我本来也可以在很好的大学接受很好的教育！我本来也可以在过年的时候，和我爸妈合家欢乐地吃年夜饭！我本来也不用变成一个什么都没有的人！都是杨岁的错！都是你的错！都是你们的错！”

吴雯说到一半，眼中的恨意越发明显，音量也提高到几近夸张的程度。

“亏我以前把你当作是我最好的朋友，可你呢？有把我当成过你的朋友吗？我被带到警察局，高考落榜，只能去偏远城市上个末流大学，父母对我失望到不认我这个女儿……林音音，这些时候你在哪里？你连一则短信、一个电话都没有！你从来都没有把我当成你的朋友！”

“所以……”吴雯的目光从杨岁紧闭双眼的脸上掠过，最后冷冷地落在林音音身上，“比起杨岁，我更应该恨的人其实是你！”

话音刚落，林音音的脸瞬间就白了，握紧的双拳止不住地微微颤抖。

“不过，我倒是没你那么绝情。”吴雯看向林音音，片刻后，好似大发慈悲般笑了笑，“我刚刚想到一个很有意思的游戏，我想，游戏的选择人应该会更偏向你吧。”

“什……什么游戏？”林音音忍着惧意，问道。

“什么游戏啊。”吴雯故意重复了一遍林音音的话，又看了一眼晕倒在车内的杨岁，似乎想到了什么，眉头微微一皱，朝高个子男人问道，“没死吧？”

高个子男人探了探杨岁的鼻息，摇了摇头。

得到高个子男人的回应后，吴雯又回到了刚刚那个话题，道：“总之，这是一个百分之百偏向你的游戏。等到了地方，等杨岁醒过来，我再跟你们一起讲。”

百分之百偏向她的游戏？

林音音垂下脑袋，有些不好的预感。

而杨岁躺在车内，后脑勺上的头发湿成一缕一缕的。林音音下意识地伸手去摸，发现全是血！

她惊恐地看着自己手上的血，恐惧死死围绕着她。

后脑勺流了那么多血，杨岁会死的！

吴雯似乎看出了林音音的想法，发出一声嗤笑："你放心，秦小磊干这事可熟练了，他说死不了就是死不了，最多……最多也就是变成一个傻子嘛。"

那个叫秦小磊的高个子看了吴雯一眼，什么都没说。

车子开了两个多小时，开到了一座荒僻的山上。

秦小磊面无表情地把杨岁拖到了废弃工厂内。

吴雯不耐烦地用脚尖踢了踢杨岁，发现她毫无反应，直接用铁皮桶从水缸里装了一桶水，泼在了杨岁身上。

刺骨的寒冷瞬间袭来，杨岁无意识地蹙眉，缓缓掀起了眼皮。

林音音看到杨岁醒来，松了一口气。

"好了，既然杨岁也醒了，那我就宣布一下接下来的这个游戏。"吴雯笑了笑，居高临下地看着倒在地上的杨岁，"音音喜欢周裴，对吧？但我最近好像听说，周裴和杨岁之间也有些关系。这样吧，这个游戏就叫作二选一，我把选择权给周裴，周裴让谁活谁就活，剩下的那个人就陪我一起去死吧。"

吴雯说得十分轻松，就好像这只是一个再简单不过的游戏。

杨岁的脸白得不正常，后脑勺又传来一阵阵的刺痛，使她意识有些模糊。

林音音听完吴雯的话，眼底闪过一瞬的喜悦，但是在看到杨岁虚弱的样子后，又羞愧地低下了头。

"听见了吗？"吴雯走到杨岁身边，蹲下身，又一字一句地在杨岁耳朵边道，"你这么聪明，应该能预料到，在这游戏里周裴会选择谁吧？"

杨岁沉下眸子，余光粗略地扫视这间屋子。

屋子不算大，里面的东西很少，一张行军床，还有几桶吃剩的泡面盒子，以及坐在门边沉默寡言的高个子男人。

秦小磊似乎也注意到了杨岁的目光，拿起水杯的手停顿了一下，随即又恢复如常。

行军床只有一张，也就说明，很大概率晚上吴雯和高个子男人只有一个人会留守。而且丁瑞安和她约了吃晚餐，那他应该很快就能发现不对劲。

所以，现下要做的就是保存体力到晚上，再观察时机。吴雯现在对她恶意很大，说不定真的会做出更严重的事情，所以，只要对方有任何松懈，她就自救。

她绝不会把自己的命交到别人手上。

吴雯看到杨岁神游的模样，皱起眉，伸手在杨岁脸上拍了拍，力度不大，更多的是想羞辱杨岁。

“听到了吗？大学霸杨岁！”吴雯只要一想到往事，就觉得自己的前途都是被杨岁毁的，所以，只要一逮到机会，她就不会放过任何羞辱杨岁的机会。她享受着杨岁奄奄一息地躺在地上，仰起头看着自己的模样。

杨岁眼珠缓缓地动了一下，忽然低咳起来，一张脸涨得通红，眼睛里布满血丝。

“听到了。”好不容易缓过气后，她道。

杨岁这副可怜兮兮的模样，彻底取悦了吴雯。

吴雯低头笑着，心情好到连肩膀都在微微抖动。

林音音听到吴雯怪异的笑声，心中一惊，悄悄往杨岁那处挪了挪。

杨岁浑身又冷又疼，被冷水打湿的羽绒服早就不保暖了，湿淋淋地贴在身上，只有刺骨的冷。她甚至觉得，照这样下去，即使吴雯不做什么，她也会被冻死在这里。

“杨岁……”林音音又凑近了点。在这种陌生又可怕的环境中，只有在杨岁身边，她才能感觉到一点点心安。

杨岁脑袋转得很慢，在听到林音音发颤的声音后，她才意识到身边的林音音很害怕，非常害怕。

一个从小生活在幸福家庭里，被父母捧在手心上的小孩，怎么可能不怕呢？

杨岁想了想，费力地伸出一只手，轻轻覆在林音音的右手上。

林音音整个人瑟缩成小小一团，手突然被轻轻握住。

她低头一看，是一只白皙到连青筋都清晰可见的手。那只手很冷，甚至还沾了几滴血迹。但林音音竟然觉得莫名的心安。

“现在在我面前演什么姐妹情深？”吴雯被这一幕刺激到眼红，仰着头大笑。等她停下笑后，眼角挂着什么亮晶晶的东西。

吴雯拿出手机，拨出周裴的号码，然后将手机高高举起，皮笑肉不笑地看着杨岁和林音音。

“喂，哪位？”电话那头响起熟悉的声音。

林音音激动地大喊道：“周裴！”

“林音音？”周裴的声音有些迟疑，问道，“你怎么换了电话号码？”

“周裴，中午好啊。”吴雯将食指抵在唇边，对着林音音做了一个噤声的动作。

周裴一愣，显然没想到对面会传来吴雯的声音。他忽然有不好的预感。

“周大公子，还记得我的声音吗？”吴雯呵呵一笑，冷漠的眼神却一直盯着地上的两人，“高中的时候，我可是你和音音最忠实的走狗啊。”

“吴雯，你想做什么？”周裴紧锁眉头，喝问道。

“我没想做什么啊。”吴雯心情愉悦，似乎很开心听到周裴紧张的声音，她微微翘起嘴角，“不如你先猜猜，我这里除了音音，还有什么客人。”

吴雯等了一会儿，却没听见周裴的声音。她颇觉可惜地叹了口气，抬起手，特意瞄准杨岁后脑勺的伤口，用了些力气敲了敲。

杨岁额头上立刻冒出了一层密密麻麻的虚汗。她双手紧紧握住，指甲掐进肉里，终于还是忍不住闷哼出声。

吴雯很满意地弯起嘴角。

“杨岁？”周裴听到这个声音后，心脏瞬间被紧紧揪起，双唇颤抖。随即，他立即意识到杨岁的声音不对劲，似乎完全没有了生命力，他眉头越皱越紧：“你到底要做什么？想要钱还是什么？”

“钱当然也是要的。”吴雯依旧慢吞吞地说，“我不多要，两百万，但是你只能选一个人。”

“什么意思？！”周裴怒吼。

“我说得不够清楚吗？”吴雯脸上依旧笑嘻嘻的，似乎没有因为周裴的暴躁而影响自己的好心情，“林音音和杨岁，这两个人中，你只能选一个。周裴，脚踏两只船是不对的，我是在帮你明确心意呢，你还得感谢我呢。”

电话那边突然静了下来，只能听到周裴急促的呼吸声。

吴雯在看到林音音表情越来越凝重的时候，嗤笑了一声。

“现在还决定不了吗？没关系，今天晚上八点，把现金准备好，带到我说的地址。不许报警，到那个时候你再决定救谁也可以。”吴雯蹲下身，仔细欣赏着林音音变得煞白的脸，片刻后，又警告周裴道，“报警的话，这两个人你谁也别想救。”说完，她也不给周裴说话的时间，直接挂了电话。

“音音啊，我有时候觉得你也挺可怜的。”吴雯做作地摇了摇头，道，“我本来以为周裴会坚定地选择你呢，哪知道他居然在犹豫。看来你对他而言，倒也没那么重要。我现在真的很期待，晚上的时候，周裴到底会选择谁。”

林音音因害怕，眼里充满泪水，说不出任何话。

“二选一……”这个时候，杨岁的神智稍微清醒了些，她喃喃重复着吴雯的话。

这简直就是言情小说里的标配情节嘛。

如果将这个世界比作一本小说，那林音音就是当之无愧的女主角，而她杨岁则是为了衬托女主角而生的女配角嘛。

虽然想法太过于荒谬，可杨岁隐隐觉得，这个世界在林音音身上加注了太多好运，却给她创造了很多阻碍。

不出意外的话，周裴在最后关头一定会选择林音音，而她……

杨岁瞳孔猛然放大，后脑勺一片温热，伤口又开始往外渗血。

可她还不想死，她也不能死。好不容易才触摸到光，触摸到幸福，好不容易有了朋友和喜欢的人，她还没好好享受这一切，她怎么能死？

必须把命掌握在自己手上，必须离开这里！

杨岁眸光暗了几分，她不动声色地观察着吴雯和秦小磊。

吴雯似乎已经发狂发疯，毫无理智，而秦小磊，在她清醒过来到现在，一句话都没有说，杨岁无法琢磨他的性格。

吴雯通话中的意思很明确，晚上八点就是最后的关口，也就是说，杨岁必须在晚上八点前完成自救。

杨岁侧过头，瞄了一眼手腕上的手表，现在是中午十一点，她还剩九个小时。

在杨岁露出手腕的时候，吴雯也被那块手表吸引过去。她轻而易举地就从杨岁手上摘下了那块手表，然后兴奋地戴在自己手上。

“这个牌子的手表少说也要几万块钱。杨岁，你哪来的钱啊？”吴雯看到杨岁轻蔑的眼神后，脸上的笑容凝固。她拽起杨岁的头发，抬手就将杨岁的脑袋往水缸里浸。

一瞬间，窒息的恐惧席卷了杨岁。

凉水就像一把小刀，密密细细地在喉咙和鼻腔里划下一刀又一刀。眼前越来越模糊，后脑勺的伤口因凉水的刺激，更加疼痛。

杨岁只觉得无力感伴随着黑暗铺天盖地而来。

她真的要死在这里了吗？

那她以往的付出和努力算什么呢？她那些拼了命得到的成绩算什么呢？她想要的幸福，从来都得不到！

她真的太累了，不想再做任何没有希望的努力，她想好好地休息一会儿……

吴雯下了狠劲。杨岁本来挣扎得厉害，可挣扎的幅度越来越小，直至她放弃了挣扎，身子软绵绵地趴在了水缸上。

吴雯的指尖轻微地颤抖了一下。就这她愣怔时，杨岁突然又拼命挣扎起来。

就在她快要溺死的时候，杨岁眼前突然浮现了以往和丁瑞安、丁纪喻在一起的画面。

忽然，她舍不得死了，她还没有活够。

可她的脸色以肉眼可见的速度变得苍白。

吴雯把杨岁拖出水缸，盯着杨岁那半死不活的样子，忽然笑了。

“差不多行了，别做过火了。”秦小磊猛吸一口烟，默默注视着吴雯的动作，道。

吴雯瞥了一眼秦小磊，似乎懒得多说什么，走到大门口，坐下开始玩手机。

废弃工厂里忽然安静下来，只偶尔能听到手机里传来的游戏背景音。

林音音见吴雯走远，哆哆嗦嗦地扶起杨岁，将杨岁的头扶到她的腿上。

“杨岁，这样会好受一点吗？”林音音小心翼翼地轻声问道，生怕惊动了门口的吴雯，“我们只要坚持到晚上，周裴一定会来救我们出去的。”

杨岁闭着眼微微点点头，随即又摇了摇头。

“我……不太明白你的意思，可以说得清楚点吗？”林音音低声问。

杨岁刚要开口，喉咙处却传来撕裂一般的剧痛。

“我们……要尽快……离开这里。”好不容易忍着疼痛开口，嗓音却哑得厉害，杨岁无法连贯地说完一句话。

“这里太危险了，吴雯已经疯了，我们还是乖乖等周裴吧，他一定会来救我们的。”林音音一双眼睛里盛满了恐惧。她不敢想象，逃跑失败的后果是什么，是不是她能够承受的。

“我……不信……周裴。”杨岁缓慢睁开眼，痛苦的折磨没有磨灭她眼中的那份坚定，她艰难地道，“你……要和我……一起吗？或者……在这里……等周裴？”

杨岁不敢肯定自己能否逃脱，也不知道如果失败将会面对什么。

所以，她并不是非要带林音音走，是走是留，由林音音自己决定吧。

林音音根本不知道该如何选择，她从来没有遇过到这种情况啊，她只能用哭发泄害怕的情绪。她想等周裴来救她。可如果杨岁成功离开了，那这里就只剩下她一个人，孤零零的。

两个人怎么都比一个人好，她害怕一个人。

林音音紧紧握住杨岁的手："我和你一起。"

杨岁点点头，目光扫视一圈，最后落在秦小磊身上。

秦小磊戴着一顶鸭舌帽，看不出具体年龄，但应该比她们大不了多少。

他外套口袋里露出一个钱包的边角，能看出上面贴了张小猪佩奇的贴纸。而且他指甲上有花花绿绿的颜色，一看就是小女孩用水彩笔涂上去的。

没猜错的话，秦小磊应该有一个女儿。

并且，他很爱他女儿。

那秦小磊到底是为什么愿意铤而走险，接下绑架这个活儿呢？

"差不多行了，别做过火了。"

杨岁脑中忽然记起这句话。

秦小磊并不是亡命之徒。

吴雯是因为恨，而秦小磊，应该是为了那两百万赎金。

所以，离开这里的切入点，应该就在秦小磊那里。

"吃面。"秦小磊面无表情地拿着泡好的两桶泡面，放在杨岁和林音音面前，随后又立刻回到门口的小板凳上。

林音音哭到打嗝，眼睛红肿得不像话。她看着面前的这桶泡面，没有任何食欲。

杨岁深吸了一口气，忍下所有的不适，从林音音的腿上起来，拿起面前的泡面，一口接一口地慢慢下咽。

"吃吧。"杨岁将另一桶泡面往林音音面前推了推，哑声道，"不吃，就没有力气。"

这里很明显是一座荒山，离开这里必须要保存体力。

林音音看向杨岁，愣了愣，才颤着手捧起泡面。

也不知道过了多久，天色黑了几分，吴雯起身，叮嘱了秦小磊几句，然后就开门上了门口的面包车，估计是去拿赎金了。

秦小磊依旧默不作声地坐在板凳上，低头看着手机，一只手在地上比画着什么。

“你们是大学生吗？”片刻后，他转头问道。

林音音还沉浸在恐惧中，听到声音后，泪眼婆娑地看了过去。

“是。”杨岁点点头，神色冷静。

秦小磊走过来，蹲下，将手机举到杨岁面前：“这个英文你会翻译吗？”

手机上是一道极简单的英语翻译题，发送题目的人，头像是小猪佩奇。

杨岁看了一眼，说出了答案。

秦小磊在手机上敲下答案，片刻后又把手机举起，问：“这个翻译成中文是什么？”

杨岁继续回答。

差不多问了七八道题后，两人才结束了这一问一答。

“谢谢。”秦小磊收起手机，轻轻抛出这句话。

杨岁看到秦小磊明显好起来的脸色，小声问道：“是你女儿吗？”

秦小磊离开的脚步一顿，犹豫片刻后，他点了点头，同时点开了手机弹出来的语音。

“爸爸，你今天怎么还没有来医院看我呀？”

“爸爸，我有好好吃药，好好打针，我好想你呀。”

即使秦小磊已经把音量调低，可奶声奶气的女孩声音还是被杨岁听到。

“她……是什么病？”杨岁问道。

“急性淋巴细胞白血病。”秦小磊坐在板凳上，愣愣地看向手机。

他以前只知道一个白血病，不知道白血病居然还有那么多种类。

急性淋巴细胞白血病这个名字从医生口中说出来的时候，秦小磊觉得天都塌了。

起初他连这个复杂的病名都说不顺溜，而在瑶瑶生病的这短短两个月，他连那些拗口的外语药物名称都能说得出来了。

他的瑶瑶，善良、聪明、天真，明明只有八岁，怎么会得这种病？一个月一次的化疗、瑶瑶掉光的头发、巨额的债务，彻底压垮了他。

否则，他又怎么敢做这种事？

杨岁看向秦小磊，问道："绑架是为了要赎金救你的孩子吗？"

"化疗的钱，还有换骨髓，差不多要一百万。"秦小磊抬起粗糙的手，擦掉脸上温热的眼泪，"我没那么多钱，就只能做这种事，不然瑶瑶只能等死。"

"可是，即使你有了一百万，也只不过是拿到了换骨髓的门票。还需要骨髓配适成功，你什么时候能等到合适的骨髓？"杨岁看着秦小磊，说道。

秦小磊的脸色越来越苍白，全然失去了血色。

杨岁收回眼神，继续缓缓地道："或许瑶瑶此时更需要的，是你能陪在她身边。能与家人在一起，比起一个人孤独地等待，重要且有意义得多。"

"你懂什么？"秦小磊低垂着脑袋，一张脸埋到双手中，声音哽咽，"没有命，就什么都没有了。瑶瑶那么聪明，她说要上大学，要找个好工作，给我买大房子……"

"绑架并造成恶劣后果，你觉得你还能看到瑶瑶上大学、找到好工作吗？你还有机会住进瑶瑶给你买的大房子吗？咳咳——"喉咙里猛地涌上一股浓烈的血腥味，杨岁止不住地剧烈咳嗽起来。

林音音见状，一边哭，一边用一只手轻轻在杨岁背后拍着，希望能减轻杨岁的疼痛。

"我……可以……帮你写……受害者谅解书。"先前因为说了太多的话，杨岁的喉咙早已针扎一样疼，现下，她再没办法讲出一句完整的话。

“受害者谅解书？”秦小磊嘴里念着这几个字，眼神温柔地看着手机中女儿的照片。

很久之后，他紧皱的眉头渐渐舒缓，随即他转头若有所思地看了杨岁一眼，道：“我去后面抽根烟。”

秦小磊走出废弃工厂后，却将门留了一道缝。

杨岁从秦小磊最后一眼中，看出了他的示意。

她拉上还在哭泣的林音音，强忍住后脑勺传来的阵阵剧痛，一路小跑离开了废弃工厂，跑进了偏僻的山中小道。

“那个男的会不会追出来？”林音音压低声音问道。她呼吸急促，脸上喜悦与害怕交织。

杨岁摇了摇头，沙哑的喉咙已再也说不出一个字。

夜色笼罩着这座荒山，她们还能听到不远处传来的动物的叫声。

小路上全是成片的有一人高的草，叶片锋利得可以轻易地割伤裸露在外的皮肤。

林音音努力将自己缩起来，却还是被割伤了好几处。她疼得发颤，想要出声让杨岁走慢些，却在抬眸的瞬间，借助着微不可见的月光，看见杨岁脖颈上、手腕上、脸上都是细细密密的小伤口，伤口还在向外渗着血珠。

林音音的瞳孔一颤，后知后觉地想到，杨岁一直走在她前面，因此被割伤的地方更多。

可杨岁什么都没有说。

忽然间，林音音说不出那些原本快要脱口而出的她想要走大道的话。

“杨岁，你走我后面吧。”林音音拽住杨岁的衣角，轻轻说着。林音音的讲话声落下，不远处的大道上传来车子开过的声音，一道刺眼的灯光照了过来。

杨岁回头赶忙捂住林音音的嘴，拉着她蹲下。

寂静的山林间，似乎只能听到她们心脏的跳动声。

而原本应该飞速离开的车子突然停下，紧跟着是车门被用力打开的声音。

“周裴竟然敢耍我！竟然敢耍我！”

这个暴怒的声音她们再熟悉不过，是吴雯！

吴雯与她们离得太近了，只要吴雯动手拨开前面两片一人高的草，就能轻易地看见蹲在一起的她们。

意识到这一点的林音音脸色惨白，浑身颤抖，握着杨岁衣角的手无意识地越握越紧，手心出了一片冷汗。

可这时，一只谈不上多温暖甚至很冰冷的手轻轻盖在了她的手上。

林音音猛地抬头，看见黑夜中的杨岁费力又温柔地笑着，好像在和她说别害怕。

“你说什么？”不远处的吴雯似乎是在打电话，“你连两个人都看不住吗？你是废物吗？”

吴雯双眼充血，恶狠狠地挂掉与秦小磊的通话，自言自语地重复着：“我一定要找到你们，再一点点地折磨你们……哈哈哈……哈哈哈哈……”

在吴雯怪异又骇人的笑声中，林音音突然体力不支地向前倒去。

前面成片的草也随之往两边倒去。

一片黑暗中，一声兴奋又尖锐的声音在杨岁和林音音耳边炸开。

“找到你们了！”

与吴雯声音一同而来的，是不远处传来的车子行驶声。听声音，来的车子起码有四五辆。

要么是周裴报警了，来的是警车；要么就是上山的其他车子路过。

不管是哪种，她们的生机来了！

她用尽全力撞开吴雯，吴雯一时没有防备，竟然还真被面前这个虚弱到快要倒下的杨岁撞倒。

杨岁拉住腿脚发软的林音音，朝着声音传来的方向跑去。

杨岁跑得越来越慢，似乎在下一刻就会倒在地上，可林音音突然跑到了她前面，死死拉住她的手，用力朝前跑去，直到看到了亮灯的警车。

而原本紧跟在后面的吴雯，脸上终于出现了慌张害怕的神色，她扭头朝着一旁的小路钻去，可不过几步，就被从警车上下来的警察抓住。

警车上下来了很多人，除了警察还有周裴，以及神色紧张的林父、林母。

林音音瞬间被一群人围绕。

林母紧紧抱住她，给她披上毛毯。林父在一旁眼睛通红，一遍又一遍地查看林音音是否受伤。

周裴的目光落在被人群隔开的杨岁身上。她就那么孤零零地站在背光处，脸上看不清是什么表情。周裴的心脏骤然一疼，他想上前抱住杨岁，想问问她有没有伤到哪里……

可是，他只往前迈了一步，就仿佛有一股无形的力量将他拉回，拉到林音音身边。

杨岁已经看不太清楚了，她茫然地站在原地，眼睛望着模糊的人群。她的指尖不受控制地微微发颤，片刻后，她眼前一黑。

“杨岁！”

“杨岁！”

好像有谁在叫她。

杨岁缓缓地掀开眼皮，她看不清现在这个温柔的怀抱是谁的，可她心里知道，面前的人，一定是丁瑞安。

丁瑞安下车的时候，就只看到杨岁一个人站在一边，浑身湿淋淋的，冷得在发抖，脸上、头发上，全是血污和泥点。她就好像一个支离破碎的娃娃，随时都会从在这个世界上消失。

他紧紧抱住昏迷的杨岁，袖子处却被轻轻拉住。

“丁瑞安……丁瑞安……”杨岁意识模糊地一遍又一遍地喊着他的名字。

丁瑞安红着眼，轻轻吻了杨岁的额头，将她抱到车内。

“我在，岁岁，我在。”

他一直都会在。

杨岁昏昏沉沉，不知道睡了多久，醒来时，闻到了浓烈的消毒水味道。

她的手腕被一只手紧紧抓着。

杨岁微微侧过头，就看到丁瑞安靠在病床一侧，已经睡着了，手却紧紧拉着她的手腕。

杨岁轻轻扯了扯，没能把手扯出来。

她看着丁瑞安熟睡的模样，就那么静静地看着，心里异常安定。

丁瑞安眼底一片青色，应该是好几天都没有睡好了，头发和衣服也都不如以前那样精致利落。

杨岁斜侧过身子，后脑勺还在隐隐作痛。她费力地抬起另一只手，轻轻覆上丁瑞安的手。

丁瑞安手掌上传出来的温度，令她安心。

“岁岁……”

感受到轻微的动静，丁瑞安醒了。

他睁开双眼，眼里居然遍布血丝，看向杨岁的时候，眼前还有一丝模糊。直到眨眨眼，过了好几秒后，他才反应过来，杨岁是真的醒了。

离绑架已经过去了六天。

杨岁在重症监护室躺了四天，又转到普通病房躺了两天。

后脑勺的伤加上冬天长时间穿着湿衣服引起的反复低烧及肺部感染，把丁瑞安吓坏了。

幸运的是，四天后，杨岁的生命体征都回归正常。

丁瑞安紧绷的神经这才得以放松。

而现在，杨岁虽然脸上还是没有血色，但至少活生生地在他面前。

“丁瑞安。”杨岁微微弯起嘴角，笑着道，“你是不是很累啊？”

“不累。”丁瑞安摇了摇头，握住杨岁的手又紧了几分，“脑袋和喉咙还疼吗？饿不饿？”

“不疼。”杨岁总觉得丁瑞安似乎瘦了不少，应该是这几天不仅没睡好，也没有吃好，她道，“可是我想喝一点排骨汤，过年的时候，你炖的排骨汤很好喝。”

“好，那你等我一会儿。”丁瑞安笑了，将原本握着的杨岁的手放回被窝，“你再睡一会儿，排骨汤好了，我再叫你。”

杨岁点点头，在丁瑞安出门后，艰难地从抽屉里取出纸和笔。

她缓缓地写下“谅解书”三个字。

杨岁答应过秦小磊的，就不能食言。

但写谅解书并不是因为同情秦小磊，而是因为瑶瑶。

她虽然没有见过瑶瑶，但杨岁能想象得出，一个八九岁的孩子，在得了急性淋巴细胞白血病的情况下，却依旧能保持乐观并努力学习的样子。

这对一个成年人来说都很困难，更何况是一个孩子。

半个小时后，杨岁写好谅解书，在最下方签上了名字。

这时，病房门口响起了敲门声，随后两名穿着制服的警察进了病房。

警察问了杨岁一些绑架案的细节，并告知杨岁，吴雯和秦小磊对绑架案供认不讳，如不出意外，身为主犯的吴雯将会被重判，而作为从犯的秦小磊在得到受害者谅解书的情况下，法院会酌情考虑减轻刑罚。

警察走后，杨岁躺在病床上想了很久。

从高中时候吴雯欺凌她，到前几天吴雯绑架她……一个身具劣性的人也许真的不会随着时间而变好。

杨岁想得出神时，一旁的手机响了起来，显示来电人是林音音。

“杨岁，我听医生说，你醒了？”

林音音的声音跟平时不太一样，有一种解脱之后的放松。

“嗯。”杨岁将谅解书折好，压了支笔放在桌子上。

“我想了很久，还是打算把这件事告诉你。”林音音手里拿着登机牌，看着航班信息道，“不知道是不是我的错觉，我总觉得，从小到大，我总是太过好运，却常常给你带来厄运。”

杨岁指尖一顿，微微蹙眉。

“杨岁……”林音音沉默了一会儿，手指摩挲着登机牌，她深吸一口气，“从小到大，只要是我想要的，我几乎都能得到。即使成绩一般，也能得到保送名额。遇到的人，也都会无缘由地偏向我……”

“我原本很享受这一切，享受一切不需要任何努力就能轻易得来的东西。

“可现在，我想尝试去改变。”

“杨岁，我想和你一样，去自己努力。”

林音音一口气把心里话说完了，感觉整个人都轻松了很多。

过去的这么多年，她一直在享受好运，有时会觉得自己就是这个世界的女主角，所有人都会为她让步。

甚至她常常不理解，为什么有些人需要那么拼命才能好好活着——比如杨岁。

可与杨岁一起经历过绑架事件后，她不想再继续靠着这些莫名的好运活下去了。她想尝试自己努力，去获得努力后的结果。

再加上她虽然极为幸运地被保送，实际上根本跟不上 A 大的教学进度，期末挂了好几科，很有可能毕不了业。

所以，在征得父母的同意后，林音音打算去国外念书。

电话那头依旧是长时间的沉默。林音音眼底泛着泪光，她尽量让自己的语气正常：“我打算去国外念书啦……杨岁。”

“在国外，要一切顺利。”杨岁缓缓道。

过了很久，电话那边终于传来熟悉的声音，林音音忍住眼泪。可温热的液体还是滑过她的脸颊，她努力让自己的声音听起来高兴一点：“我要登机了，杨岁，再见。”

“再见。”杨岁看着已经黑屏的手机，思绪万千。

“岁岁？是哪里又痛了吗？”丁瑞安拿着保温桶走进病房的时候，看到杨岁微红的眼眶，下意识地以为是那些伤口又作痛了。

杨岁笑着摇摇头：“不痛，哪里都不痛。”

丁瑞安把盖子打开，盛了碗排骨汤递到杨岁面前，伸手将杨岁过长的头发别至耳后，又仔仔细细地检查了杨岁后脑勺的伤口，确定没事后，才坐到一边。

“好喝。”杨岁喝了一口后，看向丁瑞安，“你吃午饭了吗？”

丁瑞安拿起餐巾纸，擦掉杨岁嘴边的汤渍，摇了摇头，然后，他便看见满满一勺汤被递到了他的嘴边。

“不喝吗？”

丁瑞安僵住的样子使杨岁一愣。她犹豫了一会儿，打算将勺子挪回来，哪知却被丁瑞安抓住了手。

丁瑞安就着杨岁举起的勺子，弯着眉眼，将汤喝了下去，又笑着道：“还想喝。”

杨岁看了丁瑞安一会儿，把手中的碗放到桌上，又拿了一个碗，盛了汤，递给丁瑞安。

丁瑞安眼里含着笑，无奈地看着杨岁。

“我的不够喝了。”杨岁感受到丁瑞安的目光，轻声道，“我给你盛一碗，这样大家就都能喝饱了。”

丁瑞安看着杨岁的碗，开始后悔刚刚应该给杨岁用大碗的。

“对了，”杨岁喝到一半，抬头问道，“小喻不知道这件事吧？”

“我没跟她说。”丁瑞安道。

杨岁点点头，继续喝汤：“还是不要让她知道了，免得她担心。”

“嗯。”丁瑞安轻轻笑了笑。

又过了几天，杨岁好多了，丁纪喻也从国外回来了，没有发现杨岁身上的异常。

大二下学期开学后，杨岁得到了一个国外交换生的机会，时间为两年。

在机场送别时，丁纪喻紧紧地趴在杨岁身上，哭得死去活来，总觉得杨岁要抛弃她了。

“只是出国，又不是永远不见面了。”杨岁无奈地拍了拍丁纪喻的背，耐心劝道，“你想我的时候，或者我想你的时候，我们可以见面的啊，现在交通多方便啊。”

“我知道！”丁纪喻抹掉脸上的眼泪，委屈巴巴地说道，“可是，这两年我们都没有办法时时刻刻见到了。你一个人去那么远的地方，要是有人欺负你怎么办？我又不在你身边，都保护不了你。”

“我不会被人欺负的，小喻，我能保护好自己的。”杨岁笑着揉了揉丁纪喻已经到肩膀的头发，道，“你要好好学习，期末不要挂科。每个星期我都会给你打视频电话，检查你的专业课。”

“啥？”丁纪喻愣住，没料到杨岁会在这么煽情的时候，说这些伤感情的话。

“你不要假装听不到。”杨岁提高了音量。

“知道了！知道了！”丁纪喻气急败坏，“我会好好学习的！反正放假了我就去看你。你在国外好好吃饭，不要经常忘记吃饭！知道了吗？”

“知道了。”杨岁笑着点点头，侧过身子，看向站在丁纪喻身后的丁瑞安。

丁瑞安看了杨岁半晌，上前一步，将她搂入怀中：“学习的同时，也要记得想我。”

杨岁听到丁瑞安的话，笑了笑，很用力地点点头，似乎想让丁瑞安看到她的诚意。

杨岁登机后，丁纪喻挪到丁瑞安旁边，皱眉问道：“你们怎么还抱在一起了？我都没有和杨岁抱过！”

丁瑞安摸了摸已经被他戴到无名指的小白杨树戒指，笑了笑。

“这枚戒指！”丁纪喻突然明白过来，开心地大喊，“你们什么时候在一起的？还背着我？这是杨岁送你的？”

“对。”丁瑞安笑着炫耀道，“是岁岁送我的。”

“不是，杨岁这人这么回事？不知道雨露均沾吗？怎么送你戒指，也不送我点啥？”丁纪喻看着丁瑞安往出口走的背影，追上去继续道，“不行！这枚戒指，一、三、五你戴，二、四、六、日我戴！”

丁瑞安弯起嘴角，丝毫不带犹豫地道：“你想得美。”

番外一

故事结束之后

杨岁结束交换生的学习后，在A大继续读了研究生，最后选择在A大任教。

数学系的老师一般都是严肃古板的，可杨岁的授课风格与王成林教授很像，能将枯燥的知识讲得生动有趣，常常会有外系的学生过来蹭课。

在这段时间内，杨岁看到了各种各样的学生。

有成绩优异却饱受家庭困扰的学生，也有天赋很强，随便学学就能得到高分的学生……

在这些学生中，她总能从一些人的身上看到她和严胜男、林音音以及周裴的影子。

高中的时候，杨岁受到陈老师很多的帮助，所以，她也很努力地去当一名合格的老师，就像陈江那样。

“杨老师。”下课后，一个戴着眼镜的短发女孩慢吞吞地走到讲台，有些胆怯地问道，“我有些地方没听明白，可以再问问您吗？”

“当然可以。”杨岁温柔地笑了笑，把拿起的包重新放下，道，“我上午没有其他课了，你有什么问题都可以问。”

短发女孩听她这么说，眼里有了几分喜悦，赶紧把书本摊开。

杨岁就知识点一个个耐心又详细地讲解。

“你是数学系的学生吗？”过了片刻，杨岁突然发现她对这个女生没什么印象，于是问道，“我在大考中好像没见过你。”

杨岁将大多数时间都放在与王成林教授的科研上，所授的课是好几个班一起上的大课，所以并不认识每一个学生。

“我……”短发女生听到杨岁的话，神色有些慌张，她低下了头，小声道，“杨老师，对不起，我叫孙佳意，不是数学系的学生。因为高考没有考好，被调剂去了其他专业。但我会努力的，我想在明年申请转专业。”

孙佳意很热爱数学，可惜高考发挥失常，被调剂到了与数学毫无关系的专业。可她依旧很向往数学，也想跟杨岁一样，能在这方面发光发亮，而不是困在一个不喜欢的专业，蹉跎时光。

但她目前所学的专业接触不到太多深层的数学知识，所以，只能在空课的时候来数学系碰碰运气。

“孙佳意？我好像对你有点印象。”杨岁笑着拍了拍她的肩膀，示意她不需要紧张，“我布置的作业，你是不是每次都按点发到我的邮箱？”

孙佳意点了点头，似乎更加不好意思了。

因为经常来蹭课，孙佳意会完成杨岁布置的作业。可作业写了，不批改，不知道对错，是毫无作用的。所以，她起初有一些侥幸心理，数学系那么多学生，可能杨老师也不知道她是不是数学系的。

而且，她每次都会收到回复的邮件，因此她更加觉得，杨老师应该以为她也是数学系的。可是没有想到，杨岁早就知道她不是数学系的了。

“杨老师，我这样做是不是给你增加了负担？”孙佳意低着头，小声问道。

“你的作业，即使放在数学系，也是非常出彩的。”杨岁声音温柔清亮，没有丝毫责怪她的意思，“以后的作业，也要按时发到我邮箱。”

杨岁的话刚说完，孙佳意猛地抬头，急切地道：“谢谢老师！”

杨岁弯了弯嘴角。这时，手机发出来消息的声音。

小杨老师，下课了吗？

丁瑞安坐在车内，修长的手搭在方向盘上，无名指上的戒指在阳光下折射出光。

杨岁笑着回复了一个“嗯”字。

“杨老师，我先去吃午饭了。”孙佳意注意到杨岁眼神的变化，壮起胆子问道，“老师，这是你男朋友吗？”

杨岁眼中盛满笑意，没有多说什么，只是举起了右手。

右手无名指上，是一枚跟丁瑞安手上那枚一样的戒指。

孙佳意离开后，杨岁收拾好课本，快步走出校门，坐到早已停在门口的黑色豪车上。

“中午想吃什么？”丁瑞安接过杨岁手中的课本，放到后座上，问道。

“我不是太饿。”杨岁侧过身子，自然地亲了亲丁瑞安的嘴角，笑着道，“你想吃什么？我陪你去吃。”

丁瑞安眼中的笑意更浓。

杨岁和以前一样，却又和以前不太一样了。

她还是如往常一样坚强，但现在，会愿意在他面前偶尔露出脆弱的一面，而且，也越来越会撒娇了。

这些，都是丁瑞安想看见的。

他想，这才应该是杨岁本来的样子，乐观开朗，积极向上。

“小喻说她在家里做了饭，让我们回家吃。”杨岁看到手机弹出来的消息，对丁瑞安道。

丁瑞安表情奇怪地抿了抿嘴，不敢置信地问：“小喻烧饭？”

杨岁把手机放在丁瑞安面前。

我今天研究了菜谱，做了一堆菜！你们快点回来吃！

“小喻的手艺……”丁瑞安实在找不到什么合适的词来形容小喻的手艺。

即使丁瑞安话没有说完，杨岁也明白他的意思。

到现在丁瑞安都还记得，杨岁结束交换回来的时候，丁纪喻心疼杨岁瘦了，说什么都要去研究一下营养餐。杨岁又不忍辜负她的好意，勉强吃了几口后，挂了好几天的盐水，直接又瘦了几斤。

从那一次后，丁纪喻就不下厨了，今天也不知道怎么了，突然又起了做饭的心思。

杨岁靠在丁瑞安肩上，至今还心有余悸。哪知，或许是没有收到回复，丁纪喻又发来一条消息。

你们回家没？我发誓！这次绝对不会有任何事情！我自己尝了，味道还过得去。

“回家吧。”杨岁无奈地笑了笑。

“好。”丁瑞安发动车子，掉头回家。

两人到家一看，餐桌上果然已经放着一些看起来还不错的菜，而丁纪喻还在厨房里，看似一副很忙碌的样子。

厨房里吵吵闹闹的，偶尔还会传出丁纪喻暴躁的怒吼。

“我都说了！多放点辣椒！这个菜不辣不好吃的！”

“哎呀，你怎么这么慢吞吞的？杨岁和丁瑞安都要回来了！”

丁纪喻站在一边啃着苹果，恨铁不成钢地看着蒋思右。

蒋思右一肚子想吐槽的话，却不敢说出来，只能偷偷翻一个白眼。要不是被丁纪喻逼着，他还不知道自己居然能做出这么多菜。

“你还敢翻白眼？！”丁纪喻继续啃着苹果，道，“你别以为你低着头我就看不到你翻白眼。算了，我大人有大量，就不跟你计较了。你快点把最后一个菜做好，杨岁他们回来后，你别说漏嘴，你得说这些菜都是我做的，晓得了吗？”

“知道啦！”蒋思右将最后一个菜装盘，转头就看见了站在厨房门口一脸震惊的杨岁和丁瑞安。

丁纪喻吃完苹果，将苹果核扔进垃圾桶，顺着蒋思右的目光也回头看了过去。

“你们怎么回来得这么快？”丁纪喻有些尴尬。她本来还要装作这些菜都是她做的，结果被杨岁和丁瑞安逮了个正着。但她还是嘴硬道：“这些菜其实我也有一起做啦。”

杨岁看她的目光有着深深的怀疑。

“你不信？”丁纪喻大受打击，睁大双眼。

“我信。”杨岁虽然嘴上这么说，但眼中依旧是满满的质疑。

丁纪喻听到杨岁毫无诚意的两个字后，放弃了挣扎。

“这是谁？”丁瑞安没有见过蒋思右，附到杨岁耳边轻声问道。

杨岁了然地笑了笑：“蒋思右，我高三时的同桌。”

“他喜欢小喻，对吗？”这种来自兄长天生的警觉，使得丁瑞安虽然保持着礼貌，但还是不由得皱起了眉。

“应该是的。”杨岁轻轻拉住丁瑞安的手，小声道，“他人挺好的，况且小喻早就不是小孩子了，她自己有决定的权利。”

“我知道。”皱起的眉头舒缓了些，丁瑞安反握住杨岁的手，与其十指相扣。

“杨岁，丁总。”蒋思右平时一副天不怕地不怕的样子，现在却有些紧张。

丁瑞安不露痕迹地打量着蒋思右，道：“先吃饭吧。”

四人坐下，丁纪喻丝毫没有感觉到尴尬，一直在夹菜，筷子都没有停下来过。

“你一直看蒋思右干吗？”过了好一会儿，丁纪喻才发觉丁瑞安的目光时不时落在蒋思右身上。

蒋思右听到这话差点噎住。他早就注意到丁瑞安的目光了，本来还尽力装作看不见。

丁瑞安夹了一筷子鱼肉放到杨岁碗里，微笑道：“思右做的菜挺好吃的。”

“那当然！也不看看是谁指导的。”丁纪喻继续吃菜，带着些炫耀回道。

蒋思右满脸的开心，却还是小声对丁纪喻道："低调、低调。"

杨岁看了一眼丁纪喻，又看了一眼蒋思右，忍住笑意。

吃完饭，蒋思右就打算离开了。丁纪喻穿上外套，将他送出小区。

"岁岁。"丁瑞安洗了一盘水果，坐在杨岁身边，拿了一颗草莓递到她嘴边，"我觉得蒋思右有些呆呆的。"

"他只是紧张。"杨岁张嘴吃下草莓，搂住丁瑞安的胳膊，"他在高中时帮了我很多，人很好，而且也积极向上。虽然平时脾气有些急，但在小喻面前特别听话。如果小喻也喜欢他的话，我觉得他们还挺合适的。"

丁瑞安在名利场摸爬滚打这么多年，当然看得出来蒋思右是一个怎样的人。

可是，在父母都离开之后，他除了是小喻的哥哥，更是充当了父母的角色，所以，一时有些无法消化眼下的状况。

但岁岁说得对，小喻早就不是小孩了了，如果他们互相喜欢，那他就没有理由去反对。

半个多小时后，丁纪喻回来了，脸颊微红，眼神有些慌乱，她什么也没说，就跑到楼上去了。

丁瑞安和杨岁相视一笑。

"明天晚饭我不能和你一起吃了。"杨岁突然想起了一件事，对丁瑞安道，"陈老师这个周末要办退休欢送会，我想去参加。"

丁瑞安拿出手机，看了看明天的行程安排，笑着道："明天我陪你一起去吧，我也很久没有看到老陈了。"

杨岁点了点头，有些犯困地靠在丁瑞安肩上。

"你先去睡吧。"丁瑞安温柔地揉了揉杨岁柔顺的长发，道，"我等会儿还要赶一个方案，可能会比较晚，你先回房睡吧。"

"我想陪你。"杨岁起身到书房拿了笔记本电脑，又坐回到客厅沙发上，"刚好明天周末，今天晚一点也没关系，我可以把学生交上来的作业先改一些。"

“你不是困了吗？”丁瑞安看着杨岁泛着红血丝的眼睛，有些心疼。

“不困了。”杨岁喝了口热牛奶，摇了摇头，小声道，“我想陪着你。”

“岁岁。”丁瑞安弯起嘴角，话语中满满都是笑意，“你越来越会撒娇了。”

“这样不好吗？”杨岁抬起头，看向丁瑞安。

“好。”丁瑞安亲了亲杨岁的额头，目光灼灼地笑着道，“我喜欢岁岁撒娇的样子，喜欢岁岁只对我一个人撒娇。”

周六晚上的一家小饭馆里，老陈提早半个小时先到了，兴致很好地喝了点小酒。

“哟，老陈。”王成林怕堵车，特意提早出发，结果一推开饭店的门，就看到老陈喝着小酒，“你说你，好好的一个退休欢送会，就不能换个大点的酒店吗？非要挤在小饭店里。”

“你懂什么？小饭店味道好。”老陈一看是王成林，斜睨了一眼。

他本来也想去个好一点的酒店，但这次欢送会除了同事，他还邀请了一些学生。他不想收礼，所以才特意选了小饭店，让大家都没有负担。

“哈哈哈哈，你这人还跟以前一样。”王成林坐到老陈旁边，笑着继续道，“退休了好啊，这样我们以后就可以约着去钓鱼了。都是小老头了，还非坚持带了那么多年高三，也不嫌累。”

老陈拆了一套碗筷，往王成林的杯中倒了些酒。看王成林享受他的服务，正开心的时候，忽然开口道：“我今天还邀请了杨岁。”

“啥？早知道我就不来了。”王成林听到这话，差点被呛到，“小杨太积极了，最近追着我让我回去给学生授课。”

“让你回去上课还不好？我想上都上不了。”老陈幽怨地看了一眼王成林。

他和王成林早年就认识了，算好友，也算损友。

两人谈话间，其他人也陆陆续续到了。

“陈老师，王教授。”杨岁挽着丁瑞安的臂弯，从丁瑞安手上接过包装精良的渔具，递给老陈。

老陈之前就在电话里跟杨岁说了，什么礼物都不要带，人来就好。哪知道，杨岁还是带了礼物。

高三毕业时，是一个保温杯；到他退休时，又是一套渔具。

老陈犹豫着是否接下。

“岁岁挑了好久的。”丁瑞安看出老陈的犹豫，忙笑着解释道，“不是多贵重的东西。岁岁知道您喜欢钓鱼，所以挑了一套好使的渔具，收下吧。”

“收下吧。你不是老抱怨你的鱼竿卡节？孩子多有心啊，到时候你就拿着你的新渔具，跟我好好比比。”王成林看着老陈纠结的模样，也出声劝道。

老陈想了一会儿，最终接下了渔具，同时将旁边的两把椅子推了过来，对杨岁和丁瑞安道：“你们两个跟我坐一桌。”

“陈老师！”蒋思右从门口跑了进来，抱住老陈，“我想死你了！”

“喀喀……”老陈笑着挣脱蒋思右的怀抱，“都多大了，还跟小孩似的。”

“我在陈老师这里永远都长不……大。”蒋思右话说到一半，突然看到坐在一边的丁瑞安，瞬间说话底气不足，音量急速下降。

“哟，后面那小姑娘是谁呀？”王成林看了一眼在门口张望的丁纪喻，又故意看了一眼丁瑞安，打趣道。

丁纪喻刚要进门，就看到了丁瑞安和杨岁，赶紧躲到门后。

“小喻，过来吧。”丁瑞安看了杨岁一眼，叹了口气，对门口的丁纪喻道，“别躲了，我又不会怎么样。”

丁纪喻挠了挠头，过来尴尬地坐下。

“最近周裴和林音音与你有联系吗？”老陈突然想到了什么，小声问杨岁。

杨岁一愣，随后摇了摇头。

虽然她与周裴和林音音没有联系了，但或多或少还是知道一些他们的消息。

林音音在国外读了艺术专业，常常会在社交软件上发布一些旅游的照片以及一些日常照片，成了一个小网红。从那些日常照片里可以看出，她过得很好。

而周裴，不再偏执，接手了他父亲的公司，经常可以在一些采访里看见他，人变得有礼且理智。

杨岁放在膝盖上的手被轻轻握住，她转头看向丁瑞安，笑了笑。

还有严胜男，她留在了本市的一家投资公司，从事金融分析工作，并且在刘潇的帮助下，终于摆脱了来自父亲的纠缠，人也肉眼可见地开朗起来。

刘潇也似乎成了严胜男的小尾巴，常常一口一个“学姐”地跟在她身后……

还有程宜云，在全国各地旅游，日子过得悠闲且充实……

好像所有人的生活都回到了正轨。

一切都朝着最好的方向发展。

杨岁弯了弯嘴角，也悄悄握住了丁瑞安的手。

番外二

有差别的爱才是温柔以待

第一次见到杨岁的时候，是在很多年前。

那段时间，我母亲刚去世不久，我与小喻之间关系恶劣。而公司那边依旧一团乱，我时常会觉得喘不过气来。

甚至深夜回到家，我在推开大门时，会有一瞬间的恍惚，似乎还能看到父亲坐在沙发上看报纸，母亲和小喻聊着学习上的事情。

就像小喻那般，我也将所有的错怪在了自己身上。

那天，如果我能早点结束饭局，如果没有将手机设置成静音，如果能早点赶到医院，那是不是事情的结果会有些不同？

在收拾母亲遗物时，我看到了一封来自 C 市小学的信。

信的开头是一段感谢内容，感谢纪女士选择他们这所学校，信的后面是校长推荐的孩子的名字。

那个孩子叫作杨岁。

薄薄的信封中除了信纸，还塞着一张照片。

照片上的女孩穿着校服站在领奖台上，头发绑成一个简单的马尾辫，手里捧着一张奖状。

说实话，她跟所有的好学生一样，没什么不同。

但这是母亲想去做，最后却来不及完成的事。

我想了片刻，联系了陈助理，给信最下方写着的银行卡一次性汇了一笔钱。

就在我几乎快要忘记这件事的时候，陈助理又提了起来。

陈助理的孩子也在那所小学读书，因此，他对杨岁也有些印象。

他跟我说，这几天，杨岁家里出了很多事。

先是杨岁的母亲离开了家，把杨岁丢给了酗酒家暴的父亲，杨岁上学的时候，手臂上常常会带着些淤青。

“那孩子不容易啊……”陈助理边开车边叹气，说着有关杨岁的事。

那笔钱汇过去不久，杨岁的父亲在一个晚上因喝多了酒而猝死。

我侧过头，看着车窗外来来往往的人群，脑中忽然浮现出那张照片。

我想，杨岁大抵是与其他人不同的，她的那双眸子透着对生活无限的希望。

而在那样恶劣的环境下，这确实难能可贵。

于是，一次性的资助，将变成长久的资助，直至杨岁成年——我就此做了决定。

学校那边组织了一次见面会，可杨岁没有来。

我坐进车里，通过后视镜看见一个女孩一路跑过来，气喘吁吁的。

“丁总？”陈助理也看见了，犹豫着出声。

我收回眼神，道：“开车吧。”

我资助杨岁，并不是希望见面后得到对方的感恩戴德，甚至，如果不是校方过于热情，我不会来这次见面会。

我以母亲的姓氏资助她，仅仅是因为对母亲的愧疚。

而资助者与被资助者最好的共存方式，就是互不打扰。

小喻在高三的时候选择回国高考，但成绩实在太差了。我只好联系了老陈，老陈推荐了一个他的学生。

“您好，我是陈老师介绍过来的。我叫杨岁，白杨的杨，岁岁平安的岁。”

我愣了一瞬，反应过来后，忽然觉得这个世界真的很小。

就这样，杨岁成了小喻的家教老师。

起初，我以为杨岁会和之前的家教老师一样，过段时间就会提出辞职，因为小喻太难搞了。

但，杨岁没有。

我怎么都没有想到，我与小喻之间关系的转折点会是杨岁。甚至不知道从什么时候起，小喻的话题总是围绕着杨岁展开。

再次见到杨岁是在 B 市的医院走廊上。

她垂着脑袋安静地坐在椅子上，腿绷得直直的，放在膝盖上的右手也显得有些怪异。

她整个人显得格外迷茫，甚至看着几乎在崩溃边缘。

我望了她半晌，不动声色地走到电梯口，正打算按下电梯键时，脑中忽然浮现出十年前的场景。

母亲去世的时候，小喻是不是也是这样，一个人无助地坐在椅子上？

电梯显示的楼层数字越来越大，随着电梯到达叮的一声，我转过身，将所有疲惫藏下，喊道：“小杨老师。”

话音落下，杨岁整个人瞬间绷紧，抬眸望向我时，眸中闪过一丝不知所措。

或许是杨岁平时的表现有着超出同龄人的成熟，所以，我常常会忘了她和小喻同岁。

可无论如何，现在的杨岁也不过十八岁。

老陈曾和我说过，他教了这么多年的书，杨岁是他最心疼也最欣赏的学生。

老陈还说，杨岁常常会让他想起十年前的我，都是一样的倔强，一样的认定一件事就要做到底。

我看着杨岁默不作声地用书包挡住自己的伤口。我想，老陈说得挺对的。

在力所能及的范围内帮帮杨岁，就当作是帮帮当年的自己吧。

我知道杨岁最害怕的就是他人突如其来的善意，于是，我以独自开车犯困，聊聊小喻的学习为由，将她送回了 C 市。

其实第二天早上我在 B 市还有一场会议。

而这一来一回，我会在路上花费掉将近七个小时的时间。

作为一个商人，这是稳赔不赚的生意，但我确实有些心软了。

将杨岁送回家后，不知是在什么的驱使下，我又去了最近的商店购买了笔记本电脑和一块手表，交给了江华高中的门卫师傅。

但我又想到，陌生人送的礼物，杨岁是不会收的。

于是，我拿起笔在纸上写下了几个字——

保送快乐，祝得偿所愿。

落款处，我留下了“纪”这个姓氏。

这些，就当是祝贺她被保送的礼物吧。

小喻说，她从未见过杨岁哭的样子。

但九月二十二日的晚上，我见到了。

杨岁站在一栋别墅的外面，一动不动地透过别墅的院子看着什么。

她如往常一般，脸上并没有什么明显的表情，只是紧握的双手在隐隐发颤，像是在极力克制着。

而她前面的台阶上，放着一个包装精致的蛋糕。

作为她的资助人，我翻阅过杨岁的资料，自然也能想到今天是什么日子，别墅里的人又是杨岁的谁。

仅仅几秒钟后，她脸上强装的冷静彻底瓦解，眼睛却还执着地望着别墅里面。

我走上前，举手轻轻盖住了她的眼睛。

随着杨岁眼睫的扫动，手掌中渐渐感受到温热的液体滑落。

杨岁一直以来最渴望的母爱，落空了。

她很难过，却还是一直在克制着自己的情感。

我忽然觉得，她跟几年前的我，其实也不太一样。

如果杨岁经历的一切，换成我来，也许我做不到杨岁那样坚强。

做不到一直期盼着的人，明明就在触手可及的地方，却仍然能忍着不去见面。

这天，杨岁和我说了很多话。

她对自己的生活有过迷茫，有过困惑，也有过无能为力。但在谈话的最后，她又迅速变回那棵对生活充满希望的小白杨树。

可看着这样的杨岁，我却有些不好受，甚至有些心疼。

虽然我嘴上说着，她已经强大到不需要命运的眷顾，但我心里悄悄地想着，命运能不能也眷顾眷顾她。

在 H 市时，王成林教授曾经问过我，是在什么时候喜欢上杨岁的。

我笑了笑，没有回答。

我也不清楚是什么时候开始，从不在意渐渐到有好感，最后喜欢上她的。

起初是欣赏，到后来是心疼。

连神经大条的小喻都发觉了我的喜欢，可杨岁还不知道。

“丁瑞安，喜欢就去追啊，干吗婆婆妈妈的？”小喻皱眉说道。

还没等我回答，她就着急地拿起了我的手机，拨通了杨岁的电话。

“你不说，我帮你说。”小喻张着嘴，做着口型。

我心慌了片刻，伸手去夺，幸亏在她说出那句话之前拿回了手机。

“干吗不让我说完？”小喻不解。

“会吓到她的。”我回道。

小喻眼中透着迷茫，随后摇了摇头，道：“真是搞不懂你在想什么。”

因为杨岁对我而言，是很特别的存在，而且现在时机和环境都还不够成熟。

我自然是希望那些话说出口之后，能得到好的回应。可万一，结果不是我想要的，我和杨岁之间的关系又会变成什么样？

一直以来我都不是一个优柔寡断的人。

我对一切的事和物，只要下定决心，就一定会在最短的时间内完成和得到。

可这一次，我实在是赌不起。

我从来都不是无差别地温柔对待任何人，而是因为那个人是杨岁。

年三十那天，我和岁岁确认了双方的心意。

但我还没从喜悦中回过神来，就接到了周裴的电话。

“丁瑞安，杨岁被……绑架了！”周裴音色慌张，再也没了之前那副不可一世的样子。

我立刻拿起桌上的座机拨打了杨岁的电话，果然是忙音。

“报警。”我握住手机的手开始无意识地发颤。

“不行！”周裴发了疯似的在电话对面喊道，“不能报警！如果报警了，杨岁和林音音都会出事的！”

“杨岁和林音音？”我发觉周裴似乎知道些我不知道的内容，于是压低音量问道，“你究竟还知道什么？”

周裴说是吴雯绑架了她们，并在通话的最后再次强调“不要报警”。

“音音向来运气很好，只要我们快点找到她们，就不会出事……一定不会出事的！”周裴说话的声音越来越轻，我几乎快要听不见。

“这是绑架，不是简单的游戏，也不是一句运气好就可以过去的！”我揉着太阳穴，强忍着怒意，“现在遍地都是监控，而报警就是最快解决这件事的办法！”

周裴还想说些什么，我已经按下了挂断键，随后立刻拨打了报警电话，提供了杨岁的住址。

随着天色越来越暗，警方终于锁定了一座荒山，这个时候，距离杨岁被绑架已经过去了近十个小时。

我和周裴还有林音音的父母同坐在一辆车上，心急如焚。

“都过去这么久了，音音会不会出事啊？”林母自从知道这件事后，就以泪洗面，魂不守舍，“我们音音胆子那么小……肯定被吓坏了……”

林父表情严肃，眼眶通红，他拉住林母的手：“音音那么懂事的孩子，怎么会和绑架扯上关系？”

…………

我沉默地听着他们的对话，蹙着眉。

旁边的周裴低着头，一言不发，看不见表情。

警车在暗夜里行驶。

突然，前方不远处的小路上出现了两个身影。

“停车！”我大喊。

车子急刹。

杨岁身上的外套湿漉漉的，整张脸都显出不正常的红，甚至眼神都有些不聚焦。

我的心，刹那间疼得发紧。

明明受害者是两个人，可所有人都围在林音音身边。

我望着人群之外的杨岁，喉间泛上一阵酸涩。

我冲到她面前，脱下外套盖在她身上。

盖上外套的一瞬间，杨岁身体僵住了。

她缓缓抬眸，小心地问我：“是……丁瑞安吗？”

“是我，是丁瑞安。”

“岁岁，我在。”

我的杨岁，是一棵坚韧的小白杨树。可有时，我希望她不必如此坚强。

我紧紧地拥住了她。

那座荒山离 A 市的医院最近，于是杨岁她们被送到了 A 市的医院。

在杨岁住院期间，我在她的病房门口看到了计颖。

计颖手上拿着一盒退烧药，看到我朝她靠近，打算离开。

“计颖女士？”我喊道。

她显然没有料到我知道她的名字。

“你是？”她问。

“我是岁岁的男朋友，丁瑞安。”

当我在门口看到计颖的时候，起初我以为，她身为一个母亲，应该是特意来看杨岁的。但从她的反应来看，并不是。

我心里一阵发堵，为岁岁感到难过。

计颖脸色难堪，嘴张了半天，说道：“别告诉岁岁我来过这里。”

我看了她半晌，问道：“您这话是什么意思？”

“既然岁岁过得很好，那我和她还是不要打扰彼此了吧。”计颖侧过脑袋，注视着我手上提着的保温盒道。

“你真的以为，你不在的那十年里，她过得很好吗？”我几乎要被计颖的话气笑。

任何人都可以想象得到，一个十岁的孩子，是怎么一个人艰难地生活在这个世界上的。

“计颖女士，在你离开岁岁的那十年里，她过得并没有你想象中那么好。”我透过病房门口的窗格，看见杨岁正在里面安安静静地写着什么，回头继续对着一言不发地计颖道，“而且，作为一名母亲，我并不相信你真的认为岁岁这几年过得很好。你说的这些话，不过是自欺欺人，以此来让自己好受点吧？”

计颖猛地抬头，或许是被我猜透了想法，脸色惨白。而下一秒，走廊转角处出现一大一小两个身影，她的神色变回正常，露出了一抹僵硬的微笑。

我随着她的目光，看了过去。

那两个人，是计颖的儿子和丈夫。

“妈妈，你怎么去了那么久？我和爸爸找了你好久都没有找到。”

陈思计因为发烧，小脸通红，眼睛里还泛着泪光。他小跑了几步，上来牵住了计颖的手，有些抱怨地说道，“我刚刚打针都没有哭！爸爸说奖励我吃巧克力蛋糕！妈妈，我们快点去蛋糕店吧，小宝分你吃一口。”

计颖蹲下身，亲了亲陈思计的额头，转身对我说了句：“对不起。”

声音轻得几乎听不见。

我知道，她这句“对不起”是对杨岁说的。

可杨岁想要的从来都不是一句“对不起”。这十年里，但凡计颖打一个电话、发一条短信，杨岁或许都可以过得更开心一些。

片刻后，我推开了门。

杨岁坐在病床上，眼尾处微微泛红，却还是对我挤出了一个笑容。

她应该是看到了刚刚发生的事。

我说不出什么安慰的话，却告诉自己，有生之年，我来守护她。

6.

婚后的第一个新年。

小喻饭吃到一半，忽然想起了什么，冲我伸出了手，道：“丁瑞安，新年快乐，红包拿来。”

“都多大了，还跟小孩似的。”我忍俊不禁，却还是从口袋里拿出了提前准备好的红包。

小喻拿过红包，掂了掂重量，笑着点点头，表示很满意。

“小喻。”杨岁看着小喻心满意足的样子，也从身后拿出了一个红包，递了过去，“新年快乐！”

小喻将两个红包捧在怀里，狂塞了几口饭后，就躲在沙发上开始拆红包，好像生怕谁会抢了去似的。

这时，窗外漆黑的天空中炸开了五颜六色的烟花。

杨岁抬头望着烟花。

我耳边忽然就响起了和杨岁一次见面时，她的那句自我介绍——

“我叫杨岁，白杨的杨，岁岁平安的岁。”

而现在，她果真就和她的名字那样，成长为一棵迎风生长的白杨树。

我笑着将红包递给她。

“岁岁平安，新年快乐。”

番外三

挣脱桎梏之后

一直以来，我都是家长口中别人家的孩子。

学习成绩好、长相好、家世好、人缘好……

只要是我想得到的东西，最后都可以不费任何力气就得到，哪怕是让别人为我让路。

林音音也是如此。

我们一帆风顺的人生过了十八年，却意外地出现了一个变故——杨岁。

以往的杨岁，瘦小不起眼，没有人会多看一眼，实在是再普通不过了。

除了在成绩上能与我一起被提起外，其余的时候，她更像是块黑白的背景板，是班级里可有可无的存在。

林音音十八岁生日那晚，极其热闹，可不知是谁提了一句：“杨岁是不是和音音同一天生日？”

林音音听见后，眼神慌乱地飘忽着，最后她犹豫着点了点头，轻声道："好像是的。"

提起的人本来就是随口一说，根本没人在意，林音音那句话也就随着一声声的"生日快乐"隐没在欢声笑语中。

我离她最近，也听得最清楚。

可杨岁怎么样，与我有什么关系呢？

世界上有那么多种人，各种层级的人生都是界限分明的。我又有什么必要浪费时间去想一个与我不会有太多交集的人？

但好像就是从那天起，背景板杨岁有些不一样了。

先是全校只有一个保送名额，一向沉默的她却要和林音音抢。

以杨岁的成绩，随便考考都能去 A 大，因此，她这样和别人抢名额，实在是胡搅蛮缠。

况且 A 大一直都是林音音最想去的大学，保送也可能是她唯一能进 A 大的机会……

为什么杨岁就不能将心比心呢？

但我也知道，保送不应该是如此的……

正当我要继续想下去时，身后突然响起了一个声音。

"还能是为什么？不就是嫉妒音音呗。"吴雯大声说道。

与此同时，我看向面带委屈的音音，刚刚脑中冒出来的一点点想法，也全部消失不见。

于是，我将自己空余时间全部花在了林音音身上，希望她能拿下这个名额。

但最后，老陈说保送名额属于杨岁的那一刻，不知为何，我的心忽然莫名其妙地平静下来。

可也只是一瞬间，过后，当林音音又望向我时，我的脑中又被一个想法装满——

名额是属于林音音的……

名额是属于林音音的……

最后，一个名额变成了两个，林音音也有了保送资格。

操场的广播还在播报着这则喜讯，杨岁站在我面前，眉眼弯弯似是带着笑，可漆黑的眸中是一潭毫无波澜的死水。

我突然意识到，是不是有些事情总是发生得太过恰好，就好像是特意迎合着某个人？

但世界本就是不公平的……

世界怎么可能会有意识呢？

再之后，是规则奇奇怪怪的竞赛。

并且，只有我和林音音两个人准时赶到了现场，而杨岁，差点就来不及入场。

…………

一次又一次奇怪的事情发生，我脑中很混乱。

林音音在请假的那段时间，曾经问过我一个问题。

“如果一个人的好运是用另一人的不幸来作为铺垫，那幸运的那个人可以心安理得地享受吗？”

“什么意思？”我皱眉问道。

林音音失魂落魄地扯出一个笑容，摇了摇头。

杨岁被吴雯欺负的时候，我也在食堂里。

我和学校里的很多人一样，也不喜欢杨岁，觉得她处处强出头，处处强词夺理。

但是吴雯的一系列做法，让我咋舌。

我想了很久，终于第一次战胜了那个一直萦绕在我身边的声音，起了身，朝着杨岁走去。

可杨岁早已自己处理好了一切——

她报了警。

这个时候，我突然发现杨岁和林音音是不一样的。

如果林音音遭遇了这些事情，她一定会泪眼蒙眬地站在原地，就好像所有人都对她做了错事。而她露出委屈的表情时，就一定会有人帮她出面。

可杨岁呢？

她不能站在原地不动，只能靠自己解决一切。

就像是一个人活在光圈中央，而另一个人必须淹没在黑漆漆的人海中。

不过，幸好，林音音不会遭遇这一切。

不对！

不对！

我猛地睁大双眼，震惊于自己为什么会有这样的想法。

为什么我会理所应当地觉得，林音音就不会遭遇这些？

为什么我会觉得，杨岁遇到这些不公都是她应该遇到的？

我坐回座位，看着前方站得笔直的杨岁，却怎么也想不明白。

我很少见杨岁笑，甚至下意识地认为，杨岁天生就是这样的。

大学报到那天，我本想尽一下同学情谊，顺路一起带上杨岁。

虽然 C 市离 A 市也就几个小时的车程，但哪个人开学不是大包小包的？

我要是不顺路带上杨岁，我都可以想象出杨岁拎着一大堆东西的可怜样子。

“李叔，前面掉头，去这个地址。”我对着驾驶座的司机说道。

林音音侧过脑袋，看向我，问：“还要去哪里吗？”

“杨岁也要去 A 大，顺路带一下她吧。”我看着导航中越来越近的地址，心情不错地弯起了嘴角。

林音音眼神似是暗了一下，眼睫下垂，她点了点头。

车子还没到杨岁家，我就看见了一辆十分扎眼的粉红色吉普车，而杨岁正在往吉普车的后备厢里放行李。

还没来得及收回的笑容僵在了我的脸上。

杨岁明明那么缺钱，按照她的习惯，肯定是去挤大巴，怎么会有一辆吉普车停在她家楼下，特意来接她？

那个高个的寸头，正笑嘻嘻地和杨岁说着什么，杨岁脸上也是同样的笑容，甚至还带着些宠溺。

那个人是谁？是杨岁的朋友吗？可杨岁明明没有朋友啊……

她们在聊什么？为什么能聊得那么开心？

我推开车门，正要下车，却被身后的一只手拉住了衣角。我转头，目光触及林音音时，莫名的暴躁渐渐消失。

到了A大后，我心不在焉地收拾好床铺后，来到林音音的寝室楼下，无所事事地玩着手机，等林音音。

好一会儿后，楼梯口传来熟悉的声音。我抬头望去，先看到了杨岁，然后看到了林音音。

等走近，我看到林音音嘴唇发白，下垂的眼睫微微发着颤，而杨岁依旧是神色淡漠。

两人似乎是发生了什么矛盾。

我如往常一般，上前安慰林音音，斥责杨岁，就像是一套我必须去做的流程。

但这一次，杨岁身边维护她的人，不再是蒋思右，而是另外两个我完全不认识的人。

其中一个，就是杨岁家门口，开粉色吉普车的那个高个寸头女孩。

另一个穿着一套纯色运动服，看着斯文有礼，但整个人都透着我不喜欢的气质，我也不知道为什么。

说话间，我才知道那个寸头女孩叫丁纪喻，另一个人叫丁瑞安。

杨岁和蒋思右之间就是普通的友谊，但和那两个人很明显不是。

于是，我开始留意有关丁瑞安的相关信息。

丁瑞安在杨岁面前，永远是一副温温柔柔、斯文有礼的样子，可实际上他不是这样的。

丁瑞安二十岁不到，就接手了他父亲的公司，之后用了不到一年时间，就从被排挤、被边缘化，站在了公司的权力中心。

而这一年，丁瑞安做了很多不近人情的事，为自己的上位铲除了一切障碍。

温柔面具下的丁瑞安，杨岁知道吗？

我看着手中的一沓资料，心情忽地又好了起来。

我打算趁着过年这个大好时候，去告诉杨岁有关丁瑞安的一切。

可是，杨岁根本不在意。

而且，我第一次见到了杨岁生气的模样。

我承认，我之前做了很多伤害杨岁的事，可即便是那样，我也从来没有见杨岁如此生气过。

她好像……把丁瑞安的事看得比自己的事情还重要。

我愣在原地。

——“温柔解决不了校园霸凌，也解决不了他人片面又刻意的孤立。”

杨岁的这句话一直在我耳边回荡。

原来，杨岁是在意的，她在意高中时发生的那些事。

而她脸上常常出现的冷漠与平静，都是她伪装出来保护自己的外壳。

我应该早就知道这些的。

我到底是怎么了？

为什么我感觉自己很怪，感觉自己处处都在受束缚？

我又做了蠢事。

当吴雯告诉我，杨岁和林音音都被绑架的时候，我明明第一时间想到的就是报警，可不知道哪根神经搭错了，我有些无法控制住自己。

随着时间一点一点流逝，我越来越慌。

这时，我突然想到了丁瑞安。只要我把杨岁被绑架的事告诉他，他一定会报警的。

…………

当我们找到杨岁她们的时候，杨岁的状态很不好，肉眼可见地比林音音状态差很多。

我脱下外套，想盖在杨岁身上，想问问她疼不疼，想告诉她，我来了……

我有很多很多话想和杨岁说。

可我只能和所有人一样，围在林音音身边。

我站在林音音身后，望着背光处的杨岁，看见她体力不支，即将摔倒在地。

我心里很慌，拼尽全力想要挣脱那该死的桎梏，却在下一刻，看见了丁瑞安将她拥入怀中。

我握紧了拳头，最终却无力地垂下松开。

吴雯和秦小磊都被判了刑，但秦小磊因为有杨岁的受害者谅解书，刑罚减轻了些。

林音音接受了心理治疗，之后出国了。她出国之后，我身边那些经常冒出来的嘈杂的声音也一并消失了。

杨岁住院时，我有很多次想去看她，甚至有好几次人都已经走到医院门口了，却怎么也不敢踏进。

我还有什么脸去见她呢？

因为自己那些自私的想法，我害了杨岁很多次。

就像杨岁说的，我可以对她好的唯一方法，就是离她越远越好。

所以，即使在同一座城市、同一个校园，我都尽量不再出现在她面前。

即便有时不经意间碰到，我都将自己的存在感减到最低，都不敢上前打招呼。

杨岁作为交换生出国的那天，我也在机场，躲在角落里，看着她笑着和丁瑞安、丁纪喻道别。

而此时的我，只能躲在阴暗的角落里，窥探别人的幸福。

我一直努力把杨岁的名字从我的脑海里抹去，但我发现很难，比我一步步在父亲的公司站稳跟脚还要难。

这天，公司里来了一批实习生，其中有一个女孩和杨岁很像。

她和杨岁一样努力，一样拼命，一样的不怨天尤人……

但现在，我已经能分得清楚了。

杨岁是杨岁，林音音是林音音，而那个实习生也只是她自己。

可我从前不明白，总想着做一些不合实际的事。

我想清楚得太晚了，一切都来不及了。

前段时间，我做了一个梦。

梦见我回到了高中时，林音音和我都是普通的高中生，有自己的好朋友，当然，也有看不惯的人。

而杨岁，才是我身边一直发着光的那个人。

每一次的考试，她的成绩都极其优异，为学校捧回一个又一个奖杯，靠自己的实力获得了 A 大唯一的保送名额。

我则是用尽全力地努力学习，以此来追赶杨岁前进的步伐。

并且，梦里的杨岁不是一个沉默孤僻的人，她有很多的朋友，人缘很好。

她被一群学生围绕在中间，耐心地为他们讲题。

我想，这才是杨岁原本的人生，不受我和林音音影响的人生。

不过，无论经历了什么，她都是世界上唯一的杨岁。

我推开会议室的门，里面讲台上是正在讲课的老陈，第一排一直握着笔的是杨岁，最后一排呼呼大睡的人是我。

唰——

随着窗帘的拉开，大片阳光洒进来，转眼间，眼前的教室变回了坐满人的会议室。

我垂头失神地笑了笑，坐到了前方正中间的位置。

会议还未正式开始，底下的人正在悄悄一边看手机，一边说着什么。

我转头看向助理。助理递过来他的手机，在一个没有我的群里，有人发了一张照片，下面跟着好几个疯狂的“啊啊啊”。

我点开图片，是杨岁和丁瑞安举办婚礼的照片。

脸上的笑容僵硬了一瞬，我将手机还给了助理，脑海中却一直浮现着杨岁穿着婚纱的样子。

我深吸了一口气，看向窗外热烈的阳光。

新婚快乐，杨岁！